SUTTON KRiMI

Stefanie Gregg

Tod
beim Martinszug
Ein Ottobrunn-Krimi

SUTTON KRIMI

Sutton Verlag GmbH
Hochheimer Straße 59
99094 Erfurt
www.suttonverlag.de
www.sutton-belletristik.de
Copyright © Sutton Verlag, 2014
Gestaltung und Satz: Sutton Verlag
Titelbild: picture alliance/dpa/Britta Pedersen

ISBN: 978-3-95400-387-7

Druck: CPI books GmbH, Leck

Alle Geschehnisse sowie die Personen dieser Geschichte sind frei erfunden.

Es mag wohl ähnliche Strukturen oder ähnliche Charaktere in vielen bayerischen Städten geben.

Das heißt nicht, dass dies tatsächlich gleich zu einem Mord führt.

Aber möglich ist es.

Montag, 11.11. – Martinstag

Während das kleine Kammerorchester im Hintergrund eine Sonate in d-Moll spielt, sind nur das dezente Klappern von Besteck und Gläsern und eine gedämpfte Unterhaltung im Saal zu hören. Jäh verstummt jedes Gespräch, als plötzlich das Licht ausgeht. Knarrend öffnet sich eine Tür, und mit dem Luftzug erlischt die Kerze, die bei den Musikern ein letztes düsteres Licht verbreitete. Unter den elegant gekleideten Gästen hört man Ausrufe der Verwunderung. Eine Dame beginnt zu kichern, verstummt aber gleich darauf. In diesem Moment zerreißt ein lauter Knall die Stille.

»Keine Panik, meine Damen und Herren, nur ein kleiner Stromausfall. Ich habe bereits jemanden losgeschickt, der das Notstromaggregat anschalten wird. Nur ein kleiner Stromausfall, der gleich behoben ist. Bitte bleiben Sie in aller Ruhe sitzen, gleich können Sie das Gala-Dinner weiter genießen.«

Im nächsten Augenblick geht das Licht wieder an, die Blicke wandern zum Restaurantchef, der gerade noch gesprochen hat, wenden sich dann aber in die Mitte des Saals, wo eine Dame in einer roten Robe auf dem Boden liegt.

Aus dem Loch in ihrer Stirn rinnt Blut.

»Bleiben Sie alle auf Ihren Stühlen sitzen, ich bin Kommissar der Kriminalpolizei.« Ein Mann, der bis soeben im schwarzen Anzug unter den Gästen saß, springt auf und untersucht fachkundig die leblos daliegende Dame. »Die Frau ist tot«, ruft er dem

Restaurantchef zu. »Alle anderen bleiben hier im Raum. Der Mörder muss unter uns sein.«

Antonia kicherte. »Klingt das nicht herrlich, Lotte?«

Lotte hatte gespannt den Worten ihrer Freundin am Telefon gelauscht, die ihr aus einem Prospekt vorlas. »Und was passiert dann?«

»Dann müssen alle gemeinsam mit dem Kommissar herausfinden, wer der Mörder ist. Das nennt man ein Murder-Mystery-Dinner. Der Preis ist inklusive Essen, Theaterstück und Selbst-Mitspielen. Ich finde das lustig! Also, wenn es dir auch gefällt, organisiere ich so etwas für unsere Frauen-Runde.«

Obwohl Lotte etwas skeptisch war, wollte sie ihrer Freundin nicht den Spaß verderben. Und Aktivitäten mit ihrer Frauenclique waren immer nett. »Gut, ich bin dabei, wenn du das organisierst.«

Lotte wollte schon auflegen, als Antonia sie noch um etwas bat: »Warte, da ist noch etwas anderes: Für unsere Kindergarten-Vorstandssitzung nächste Woche habe ich den Flyer nun vorliegen. An einer Stelle habe ich die Kindergarten-Beschreibung überarbeitet. Darf ich dir das auch noch vorlesen?«

»Na klar.« Lotte hatte in diesem Jahr eine Aufgabe im Vorstand des Kindergartens übernommen. Fast täglich gab es die eine oder andere organisatorische Angelegenheit für den kleinen Kindergarten, der in Elterninitiative geführt wurde, zu erledigen.

»Dann pass auf. So habe ich jetzt die Beschreibung geändert«, fuhr Antonia fort. »Der Kindergarten ›Die Gartenzwerge‹ ist auf einem fünftausend Quadratmeter großen Grundstück erbaut, das die Gemeinde vor mehr als fünfzehn Jahren als Leihgabe dem Kindergarten überlassen hat. Früher war das Grundstück ein Stück entfernt vom Stadtkern gelegen, direkt am Waldrand. Mittlerweile haben sich Wohngebiete mit Einfamilienhäusern an zwei Seiten an den Kindergarten herangeschoben. Auf einer Seite grenzt ein kleines Wäldchen an, in das unsere Kinder jederzeit Ausflüge unternehmen können. Inmitten des großen Grundstückes steht das kleine, von Eltern selbst erbaute, ökologisch ausgerichtete Holzhaus mit zwei Gruppenräumen, einem Essraum mit Küche sowie modernen Sanitärbereichen. Wie Sie sich um einen Platz bewerben, entnehmen Sie den unten stehenden Richtlinien. Bitte haben Sie dafür Verständnis, dass wir aufgrund der Vielzahl an Anfragen nicht immer alle Kinder aufnehmen können.«

»Ja, das klingt gut, finde ich«, erklärte Lotte. »Aber unser Vorstandsvorsitzender Konrad wird bestimmt noch einmal jedes Wort auf die Goldwaage legen, exakt wie er ist.«

»Gut, dann lasse ich es erstmal so. Bis heute Abend, wir sehen uns um vier beim Aufbau des Büfetts für unser Martinsfest.«

*

Wenige Stunden später stand Lotte etwas erschöpft, aber zufrieden neben dem fast fertigen Büfett und naschte ein kleines, für Kindermünder zurechtgeschnittenes Schmalzbrot.

Als Antonia, ihre gertenschlanke Freundin, hinter sie trat, fühlte sie sich ertappt. »Ach, diese Brote sind einfach zu lecker. Ich weiß schon, das werde ich wieder bereuen und beim Bauch-Beine-Po-Training abtrainieren müssen.«

Die dünne Antonia grinste. »Ach Lottchen, du bist doch prima, so wie du bist.« Trotz ihrer ausladenden Rundungen hatte sich Lotte erstaunlicherweise ihre weiblichen Proportionen erhalten. – Alles saß bei ihr an der richtigen Stelle, nur eben von allem etwas mehr als üblich.

Lotte erwiderte Antonias wohlwollende Blicke auf ihre breiten Hüften mit einer wegwerfenden Geste. »Du Persönchen hast leicht reden. Dein einziges Problem besteht darin, nicht weggeweht zu werden.« Mit einem Lachen schob sie die Freundin ein wenig beiseite, um die letzten Kerzen aus der Kiste perfekt um die reichlich gefüllten Teller zu drapieren. »Wer teilt eigentlich die Martinspferdchen aus?« Lotte sah sich besorgt um. »Und sind auch wirklich genug da?«

Antonia zuckte mit den Schultern: »Ich glaube, die sind in der Küche. Es wird schon passen. Es passt jedes Jahr.«

Antonia hatte mittlerweile ihr drittes Kind im Kindergarten »Die Gartenzwerge« und sah den aufgeregten Müttern bei der Vorbereitung eines der wichtigsten Feste im Kindergartenjahr mit großer Gelassenheit zu. Sie war zwar seit vier Jahren der Finanzvorstand des in Elterninitiative geleiteten Kindergartens, aber im Gegensatz zu Lotte hatte sie sich immer sehr bewusst darum gedrückt, mit der Vorbereitung von Festivitäten etwas zu tun zu haben. Da gab es doch andere Mamas, die hingebungsvoll noch die letzte Blume arrangierten, damit alles seine Ordnung hatte. Sachliche Aufgaben, wie sie in ihrem Bereich als Finanzvorstand des Kindergartens vorkamen, lagen Antonia mehr.

Antonia lehnte sich an die Hauswand, schlug gekonnt ihre grazilen Beine übereinander und beobachtete ihre Freundin: »Wenn du mit deinem großen Herzen und deinem überbordenden Engagement den Martinstag organisierst, dann kann das Fest doch nicht mehr schief gehen.«

Lotte schüttelte unwirsch über die Bemerkung den Kopf, sie war sich da gar nicht so sicher. Sie liebte diesen Kindergarten, in dem ihre zwei Kinder so wohl behütet den Tag verbringen konnten. Jetzt aber fühlte sie sich für alles verantwortlich und war aufgeregt darauf bedacht, dass das erste große Fest in ihrer Amtszeit mindestens so wunderschön wie immer werden würde. Dazu gehörte, dass jedes Kind ein Martinspferdchen bekam, sonst würde es Tränen geben. Schnell lief sie noch einmal in die Küche, um die Pferdchen nachzählen.

In den zwei Gruppenräumen des kleinen Kindergartens waren mittlerweile alle Kinder versammelt. Trotz des eisigen Windes waren die Fenster geöffnet, damit sich die kleinen Teilnehmer des

Martinszuges vollständig angezogen, die Laternen fest umklammert, im Sitzkreis treffen konnten.

Die Mamas, Papas, Omas und Opas hatten sich bei Glühwein um das Feuer versammelt, das ein ganzes Stück vom Haus entfernt entzündet worden war. Bei den »Gartenzwergen« gingen die Kinder ihren Martinsweg alleine, nur in Begleitung der Erzieherinnen. Die entschlossene Kindergartenleiterin Regina hatte schon vor Jahren festgestellt, dass die schwatzenden Mütter die Besinnlichkeit der Kinder beim Umzug eher störten. Deshalb standen die Erwachsenen nun mit einem Glühwein ums Feuer, während sich die Kinder in aller Ruhe mit ihren Martinslaternen und vor Aufregung glänzenden Backen zum Umzug aufstellten und kurz darauf das Gelände verließen.

Unterdessen geriet Lotte in der Küche ins Schwitzen. Hier fehlte doch tatsächlich noch eine Ladung von zwanzig Martinspferdchen. Welche Mutter hatte da nicht rechtzeitig abgeliefert?

Während sie nervös auf und ab lief, hörte Lotte, wie sich die Kinder aufstellten und die Laternen angezündet wurden.

»Sankt Martin, Sankt Martin, Sankt Martin ritt durch Schnee und Wind, sein Ross, das trug ihn fort geschwind …«, sangen die Kinder.

Manfred, der Vater eines Kindergartenkindes, kam in die Küche und schloss ein Kabel für eine weitere Außenbeleuchtung an. »Alles klar, Lotte? Du siehst unzufrieden aus.«

»Es fehlen noch Martinspferdchen.«

»Aber Lotte, so ein Problem haut dich doch nicht um«, schmunzelte Manfred, »du schaffst doch immer alles.«

»Na klar, bestimmt habe ich Mehl, Zucker und Zimt bei mir und backe noch schnell ein paar nach.« Lotte warf halb verzweifelnd, halb lachend ihre Arme hoch.

Manfred kam einen Schritt auf sie zu: »Das würde ich dir sofort zutrauen. Dir würde ich sogar alles zutrauen.«

»Warum wird immer Lotte alles zugetraut?« Antonia zwängte sich zwischen Manfred und Lotte hindurch in die Küche, nicht ohne dabei wie zufällig Manfred ihren hübschen, durchtrainierten Po hinzuschieben.

»Weil sie so wirkt, als ob sie alles schafft.« Manfred zwinkerte Lotte zu, drehte sich um und ging wieder nach draußen.

»Der schöne Manfred«, Antonia wandte sich Lotte zu. »Sag mal, ihr habt doch nicht etwa geflirtet? Pass nur auf, dass dein Alexander das nicht sieht.«

»Ach du immer, wir haben uns nur nett unterhalten.«

In diesem Moment betrat Estelle mit flatternden Haaren den Raum. Mit ihrem französischem Akzent fragte sie: »Isch bin doch noch nischt zu spät, eh?« Sie setzte ihre Pferdchen ab und fuhr sich mit den Händen durch die wallende kastanienbraune Mähne. »Les enfants, sie wollten nischt so schnell wie isch, eh.«

Erleichtert blickte Lotte auf. Sie konnte der französischen Schönheit kaum böse sein, auch wenn sie sofort vermutete, dass es eher Estelle als die Kinder war, die noch die Zeit vor dem Spiegel benötigt hatte. Egal, die gutmütige Lotte war nicht nachtragend. Hauptsache, es waren genug Pferdchen für alle da.

Lotte stemmte die Arme in ihre voluminösen Hüften und blickte Estelle und Antonia nach: der französischen Schönheit und der sportlich-kühlen Deutschen. Beide Frauen waren auf ganz unterschiedliche Art attraktiv. Lotte sah an sich herab. Ihre Hosen waren vielleicht zwei, drei Größen weiter als Antonias, aber irgendwo musste ihre Weiblichkeit doch hin, oder? Zugegeben, die Männer sahen der attraktiven Antonia nach. Aber Lotte wusste, dass sie selbst auch den einen oder anderen Blick auf sich zog. Alle mochten sie, und ab und an klebte ein Augenpaar voller Sehnsucht an ihr …

Selbstbewusst schüttelte sie ihre braunen Locken, und ihre Gedanken wanderten zurück zum Martinsfest. Das Büfett war aufgebaut, die Martinspferdchen waren da, jetzt konnte eigentlich nichts mehr schiefgehen.

Die Kinder liefen soeben mit den Erzieherinnen los. Die Erwachsenen erwarteten in etwa einer halben Stunde die Rückkehr ihres Nachwuchses. Für sie hatte bereits der gemütliche Teil des Festes begonnen, denn es war Tradition, auch nach dem Umzug noch lange beisammenzustehen, zu schwatzen und Glühwein zu trinken, bis auch das Feuer die Kälte nicht mehr aus den Gliedern vertreiben konnte.

Antonia kam in die Küche: »Na, alles okay?«

»Ja, Estelle hat noch im letzten Moment ihre Pferdchen abgeliefert.«

»Jetzt muss nur noch die Überraschung klappen, dann wird dies das schönste Martinsfest seit Jahren und geht in die Annalen der ›Gartenzwerge‹ ein«, grinste Antonia, wobei der ironische Unterton nicht zu überhören war. Ihr hatte es wie Lotte gar nicht gepasst, dass Konrad Adler, der erste Vorsitzende, in diesem Jahr gleich bei seinem Amtsantritt darauf bestanden hatte, ein ordentliches Martinsfest müsse einen echten Reiter haben. All die Jahre zuvor hatten die Kinder das Martinsspiel selbst aufgeführt. Damit waren immer alle glücklich gewesen, wie Lotte und Antonia festgestellt hatten. Nun war Konrad gekommen und hatte seine Idee mit echtem Pferd und Sankt Martin nahezu gegen den Willen aller durchgesetzt. Als Konrad erklärte, ein reitender Kollege aus dem Gemeinderat stelle sich gerne dafür zu Verfügung, konnte nicht einmal die durchsetzungsfähige Regina ihn davon abbringen.

»Keinen Handschlag hat er für das Martinsfest gemacht, – große Reden zu schwingen, das ist eher sein Ding!«, spöttelte Antonia.

»Typisch Mann«, knurrte Lotte weiter. »Wenn die glauben, etwas ist gut, setzen sie es durch, selbst wenn es gar keiner richtig will.« Sie runzelte die Stirn und rollte ihre braunen Rehaugen.

»Nur bei dir zu Hause, da setzt immer du dich durch. So ganz nebenbei.« Antonia sah Lotte auffordernd an.

»Nein, Alexander entscheidet die großen Dinge: Hausbau, Autokauf, so etwas. Ich kümmere mich um die kleinen Sachen im Alltag. Aber da muss sich niemand durchsetzen, das ist in Ordnung so, das passt uns beiden.«

Antonia hob kritisch die Augenbraue, lenkte dann aber auf ein anderes Thema um: »Vielleicht sollten wir hinaus, damit wir den grandiosen Auftritt des Reiters nicht verpassen.« Durch das Fenster hielt Antonia Ausschau nach dem Sankt Martin auf seinem Pferd.

»Na ja, meiner kleinen Lilly wird das echte Pferd bestimmt gefallen«, lenkte Lotte wie immer versöhnlich ein, nahm Antonias Arm und zog sie mit sich hinaus zu den anderen.

Entfernt hörten sie die hellen Stimmen der Kinder: »Ich geh mit meiner Laterne ... rabimmel, rabammel, rabumm.«

»Dort drüben stehen unsere beiden Männer zusammen«, Lotte zeigte auf zwei große Gestalten, die inmitten der anderen Eltern standen. Die Freundinnen liefen auf den Pulk lachender und sich unterhaltender Erwachsener zu, als sie ein Schnauben hörten.

»Oh, da kommt ja schon unser großer Reitersmann.« Antonia deutete auf den Ausgang des Feldes zur Straße hin, aber Lotte konnte noch nichts sehen. Sie ließ ihren Blick über den riesigen, eingewachsenen Garten schweifen, dem der Kindergarten seinen Namen »Die Gartenzwerge« verdankte. Viel war in der Dunkelheit nicht zu sehen. Lotte konnte nur die Umrisse des Weidentipis im vorderen Bereich erkennen, der früh hereingebrochene Novemberabend verschluckte den hinteren, weitaus größeren Teil des Gartens. Kein anderer Kindergarten in Ottobrunn verfügte über ein so großes und schönes Grundstück. Im vorderen Bereich war der Garten tagsüber hell und licht, im hinteren Teil bildete er eine abenteuerliche Wildnis. Genau so, wie Kinder es brauchen, ging es Lotte durch den Kopf. Schön, dass meine Kinder hier einen großen Teil ihrer Kindheit verbringen können, dachte sie sich.

Lotte blickte in Richtung Straße, wo sich die Büsche und Bäume nur zu einem schmalen Eingang hin öffneten. Genau dort erschien jetzt ein großes, stattliches Pferd, das aufgeregt hin und her tänzelte und laut schnaubte.

»Komm, lass uns schnell zu den anderen gehen, damit wir nichts verpassen.« Lotte zerrte an Antonias Arm und lief mit ihr in Richtung des Feuers.

Nun wieherte der Braune, wie um sich die Blicke aller für seinen Auftritt zu sichern, und scharrte mit den Hufen. Als er näher kam, glänzte das gestriegelte Fell im Schein des Feuers. Wild warf das Tier seinen Kopf hin und her.

»Na, Sankt Martin hat wohl sein Pferd nicht ganz im Griff. Vielleicht hat der seinen Glühwein schon vorher getrunken«, feixte Antonia. »Der sollte trotzdem mal aufpassen, so reitet er uns noch die Kinder um, der Herr Gemeinderat.«

Lotte zögerte. »Also, ich hatte mir den schon etwas eindrucksvoller vorgestellt. Der hängt auf dem Gaul, als ob er gleich runterfällt.«

Mittlerweile waren auch die anderen Eltern auf den Reiter aufmerksam geworden. Vereinzelt hörte man ein Kichern angesichts des unkontrolliert einreitenden Sankt Martins, der den Eindruck machte, als säße er zum ersten Mal im Sattel. Das Pferd schien nicht genau zu wissen, wo es hin sollte, und der Reiter machte offenbar keinen Versuch, es zu lenken. Langsam verstummten die Lacher. Da konnte doch etwas nicht stimmen.

In diesem Moment sackte der Reiter in sich zusammen.

»Oh Gott, ich glaub', dem muss jemand helfen!«, rief Lotte besorgt aus. »Ich geh aber nicht zu dem Riesenvieh.«

Antonia verstand die Aufforderung. Sie näherte sich dem Pferd, das aber immer weiter von ihr fort in Richtung Wald tänzelte.

»Ganz ruhig, mein Großer«, sprach Antonia beruhigend auf das Pferd ein und machte einen weiteren Schritt auf das Tier zu. Der Reiter lag nun auf dem Hals und schien jeden Moment hinunterzustürzen. Als Antonia vorsichtig die Hand nach den Zügeln ausstreckte, stieg das Tier hoch und warf seinen Reiter mit einem Ruck ab. Bewegungslos sackte die Gestalt auf den Boden. Das Pferd galoppierte panisch in den Wald hinein.

Die Eltern waren wie erstarrt, bis ein spitzer Schrei von Estelle die Luft durchschnitt. Lotte und Antonia waren als Erste bei dem Mann, der reglos mit dem Gesicht auf dem Boden lag. Lotte drehte ihn um und fühlte im Dunkeln, wie ihre Hand eine warme Flüssigkeit streifte. Mittlerweile bildeten die nun aufgeregt das Ereignis kommentierenden Eltern einen Kreis um den Reiter. Eine Mutter, die Ärztin war, drängte sich durch und fühlte dem Mann den Puls. »Hallo, können Sie mich verstehen?«, rief sie den leblosen Mann an, doch der zeigte keine Reaktion. Ein Vater leuchtete ihr mit einer Taschenlampe. Als der Lichtstrahl auf das Gesicht des Mannes fiel, sahen alle das Blut, das zähflüssig aus einer großen Kopfwunde floss.

»Schnell! Ruft einen Notarzt – eins eins zwei!«, drängte die Ärztin. Sie drehte den Mann in die stabile Seitenlage und begann, ihn schnell und routiniert zu untersuchen. Hilflos sah Lotte zu, während ein Vater bereits sein Handy herausgezogen hatte und den Notfall schilderte, wie es ihm die Ärztin zuwarf: »Sturz vom Pferd, offene Kopfverletzung, nicht ansprechbar, kritischer Zustand, – atmet nur noch schwach.«

Plötzlich fielen dicke, weiße Schneeflocken auf den sich ausbreitenden roten Fleck.

Lotte wurde schlecht.

In diesem Moment bog der Martinszug um die Ecke. Die Kinder sangen laut: »... mein Licht ist aus, ich geh nach Haus. Rabimmel, rabammel, rabumm.«

Kurz warf Lotte noch einen Blick auf die Ärztin und den blutenden Mann, doch dann fasste sie sich und war die Erste, die zu den Kindern rannte und den Zug direkt zum Haus umlenkte.

Als die Streife eintraf, hatten Rettungssanitäter den Reiter bereits im Rettungswagen abtransportiert.

Lotte hatte Regina kurz die Situation geschildert und alle Kinder in den Gruppenraum zurückgelotst. Dirigiert von Antonia und unter der Ermahnung ruhig zu bleiben, nahmen die Eltern von dort ihre Kinder mit nach Hause. Während die Jüngeren vollauf zufrieden mit ihrem Martinszug waren, beschwerten sich die älteren, in Martinszügen erfahrenen Kinder, dass noch das Martinsspiel fehle und die leckeren Pferdchen, doch Lotte tröstete sie mit dem Versprechen, dass sie die Pferdchen morgen früh im Kindergarten bekämen.

Lotte und Antonia überließen es ihren Männern, die Kinder nach Hause zu bringen, und blieben zusammen mit dem Vorsitzenden Konrad, dem Initiator des Martinsritts, vor Ort.

Endlich konnte Lotte in den Waschraum gehen und sich ihre Hand ansehen, die sie die ganze Zeit vor den Kindern versteckt hatte. Die Handfläche war bedeckt von mittlerweile verkrustetem Blut, das von der Kopfwunde des Reiters stammte, die sie berührt hatte, als sie ihn umgedreht hatte. Eine Gänsehaut überzog Lottes Nacken, sie schüttelte sich. Wie schrecklich, ihr wurde schon wieder schlecht. Nein, Ärztin hätte Lotte, die kein Blut sehen konnte, nicht werden können. Sie wusch sich die Hände und verfolgte mit Entsetzen, wie sich das Wasser rot färbte. Selbst als ihre Hände bereits längst sauber waren, wusch sie sie wieder und wieder mit Seife, bis sie sich zwang, endlich damit aufzuhören.

Zusammen mit einem der Polizisten gingen Lotte, Antonia und Konrad zu der Stelle, an der der Reiter gestürzt war. Vor dem Beamten ergriff natürlich Konrad sofort das Wort und schilderte detailliert, wie der schwankende Martin auf dem Pferd eingezogen und schließlich vor den Augen der versammelten Erwachsenen vom Pferd gefallen war. »Der Gemeinderat Henning ist es gewesen.

Er hat ein eigenes Pferd, und da hatte er mir angeboten, dieses Jahr für uns den Martin zu spielen. Wer hätte gedacht, dass dabei etwas passieren könnte.«

»Der Gemeinderat Henning?«, der Polizist horchte auf. »Hat denn niemand gesehen, wie er auf das Pferd gestiegen ist und ob er da bereits verletzt war? Oder ob es ihm vielleicht nicht gut ging? Hat überhaupt –« Das Klingeln seines Handys unterbrach den Polizisten. Seinem ernsten Gesicht und den wiederholten »Ja« und »Oh« entnahmen die Umstehenden, dass er schlechte Nachrichten erhielt.

»Der Gemeinderat Henning ist seinen Verletzungen erlegen.«

»Oh Gott!« Lotte konnte diesen Stoßseufzers nicht unterdrücken. Gleichzeitig ärgerte sie sich, dass der Polizist für diese grauenhafte Feststellung bei seinem Polizeijargon Zuflucht gesucht hatte. Musste man den Tod eines Menschen in solche Beamtenworte fassen – *den Verletzungen erlegen*? Ein Mensch war gestorben, genau vor ihren Augen! Lotte wurde ganz wackelig in den Knien.

Antonia nahm sie tröstend beim Arm.

»Wie denn das?«, fragte Lotte. »Hatte er einen Herzinfarkt oder so was?«

Der Polizist räusperte sich. Man konnte ihm ansehen, dass er nicht jeden Tag mit Todesfällen konfrontiert wurde und deshalb nicht wusste, was er überhaupt an Informationen weitergeben durfte. »Der Arzt kann wohl noch nicht mit Sicherheit sagen, ob die Kopfverletzung durch den Sturz entstanden ist «

»Ja, wodurch denn dann?« Lotte verstand nicht, was sonst der Grund für die Kopfverletzung hätte sein können, aber der Polizeibeamte stoppte sie jetzt rigoros. Lotte hatte den Eindruck, dass er seine Unsicherheit lieber mit Aktivität überspielte.

»Deswegen werden wir alle Spuren hier sichern.« Damit wandte er sich an Konrad: »Sie zeigen mir bitte genau, aus welcher Richtung der Gemeinderat geritten kam und wo er gefallen ist.« Konrad nickte. »Vor allem, wenn möglich, wo er aufgestiegen ist.«

»Das kann ich nicht, ich weiß doch gar nicht, wo er herkam. Sein Pferd steht sonst auf einer Koppel etwa einen Kilometer von hier. Ich war auf der anderen Seite der Wiese, beim Feuer, bei meiner Frau. Mehr weiß ich auch nicht. Wir hatten nur verabredet, dass er einreitet, wenn er die Kinder kommen sieht.« Konrads Stimme brach, er war um Haltung bemüht, die ihm aber allmählich abhandenkam.

Der Polizist wandte sich deshalb wieder an Lotte und Antonia: »Und Sie, meine Damen, bitte ich, im Kindergarten zu warten, damit Sie mir nachher noch einmal den Tathergang zu Protokoll geben können.«

»Tathergang«, Lotte wandte aufgebracht ein, »das können Sie doch so nicht sagen! *Tathergang.* Du meine Güte, der hatte einen Herzinfarkt oder einen Schlaganfall, und dann ist er heruntergefallen und hat sich den Kopf aufgeschlagen dabei. *Tathergang*, also bitte, bei unserem Martinsumzug!«

Antonia zog sie am Ärmel. »Komm Lotte, reg dich nicht so auf, wir gehen jetzt hinüber zum Haus, das Büfett müssen wir auch noch abbauen.«

Antonia und Lotte hörten hinter sich die wichtigtuerische Stimme Konrads, der weiter auf den Polizisten einredete, obwohl er eigentlich gar nichts wusste. Im Haus berichteten sie Regina, dass der Gemeinderat tot sei und die Polizei nun ermittle. Regina wurde blass. Die souveräne Kindergartenleitung, die eigentlich nichts umwerfen konnte, war sichtlich mitgenommen vom Ausgang dieses Martinsfestes. Nichtsdestotrotz beschlossen die drei Frauen ganz pragmatisch, erst einmal das unberührte Büfett abzubauen und aufzuräumen.

Lotte war es immer noch so flau im Magen, dass sie währenddessen nicht ein einziges Mal naschte. Nicht einmal das leckere Essen konnte sie jetzt reizen.

Sie waren gerade dabei, alles Verderbliche in den Kühlschrank zu räumen, als der Polizist den Kindergarten betrat.

Er wandte sich an Regina: »Könnten wir bitte genau besprechen, was heute Abend vorgefallen ist?«

Regina bat ihn, Lotte und Antonia in ihr kleines Büro, wo sie rund um den Kieferntisch Platz nahmen. Lotte fragte sich wie immer, ob die alten wackeligen Stühle auch ihrem Gewicht ein weiteres Mal standhalten würden. Sie setzte sich vorsichtig, der Stuhl knarrte, aber er hielt.

Regina lehnte sich in ihrem Bürostuhl zurück und erklärte: »Ich war mit den Kindern im Wald, von wo aus wir gar keinen Blick auf die Straße haben. Den Reiter habe ich auch erst wahrgenommen, als er auf den Fußballplatz eingeritten ist.«

Lotte schilderte noch einmal aufgeregt den Einzug von Pferd und Reiter und ließ ihren Emotionen freien Lauf. »Wir dachten uns noch, vielleicht hat der schon vorher einen Glühwein getrunken. Wissen Sie, der schwankte so, und das Pferd machte, was es wollte. Wir konnten doch nicht wissen, dass der gleich tot herunterfällt. So was aber auch. Und Sie reden gleich von *Tathergang*. Kann doch gar nicht sein. Der war doch Gemeinderat!«

»Das ändert nichts, auch Gemeinderäte sterben«, kommentierte Antonia, was ihr einen vorwurfsvollen Blick von Lotte einbrachte.

»So meinte ich das auch nicht. Ich meinte nur –«, Lotte brach ab, denn offensichtlich wusste sie selbst kaum, was sie eigentlich hatte sagen wollen. Sie wollte die Situation einfach nicht wahrhaben, ein Toter in ihrem Kindergarten.

Der Polizist nahm die Redepause wahr und versuchte zu erklären: »Wir sind doch nur verpflichtet, bei unklaren Unfällen direkt vor Ort festzustellen, was genau geschehen ist. Das ist unsere Aufgabe als Polizisten. Mein Kollege sieht sich draußen die Spuren an, und ich protokolliere, was Sie beobachtet haben.«

Lotte sah, wie sich Schweißperlen auf seiner Stirn bildeten. Nicht nur sie war aufgeregt, anscheinend war der Polizist mit einer solchen Situation auch überfordert. Ein tödlicher Unfall, eine Verwundung, von der man nicht wusste, woher sie kam, und eine der wichtigsten Zeuginnen war eine hysterische Frau. Lotte konnte sich gut vorstellen, dass ihm das auch zu viel wurde.

Es wurde noch ein langer Abend, bis Lotte und Antonia das Büfett abgeräumt und zum Schluss die Brote in den Müll entsorgt hatten. Lotte tat es leid um all die frischen Brote. »Ach, Essen sollte man nicht wegschmeißen, erst recht nicht in solchen Mengen«, seufzte sie.

Antonia verzog nur spöttisch die Mundwinkel. »Du wirst allerdings in unserer kleinen Gemeinde kaum eine nächtliche Tafel für Arme mehr finden, die du beliefern kannst.« Dieser Feststellung musste sich Lotte beugen.

Die zahlreichen Thermoskannen mit Glühwein und Kinderpunsch stellten sie, gefüllt wie sie waren, in den Vorraum des Kindergartens, wo sie die Mütter am nächsten Tag wieder mitnehmen konnten.

Lotte war froh, dass Antonia sie schließlich nach Hause fuhr, da ihr noch immer das Herz bis zum Hals schlug, wenn sie an den Verlauf des Abends dachte. Ihr Mann Alexander, der offenbar auf sie gewartet und den Wagen gehört hatte, öffnete ihr die Tür des kleinen, gemütlichen Doppelhauses. Lotte fiel ihm in die Arme. Er war ihr Fels in der Brandung, auf ihn konnte sie sich immer verlassen.

»Lottchen, Lottchen, jetzt komm erst mal rein.«

Lotte zog sich den Mantel aus und stellte sich dankbar vor den heißen Kamin, den Alexander bereits entfacht hatte. Trotz der Aufräumerei war ihr durch und durch kalt. Als sie sich etwas aufgewärmt hatte, rollten ihr die Tränen über die Wangen. »Ich verstehe das alles nicht. Ein toter Sankt Martin, in unserem Kindergarten, bei unserem Umzug. Das darf doch einfach nicht wahr sein!«

»Lotte, mein Täubchen«, Alexander umarmte sie behutsam, »manchmal passieren eben unglückliche Dinge, sogar in unserem Kindergarten.«

»Unglücklich!« Lotte ließ den aufgestauten Tränen nun ihren Lauf. »Du sagst *unglücklich*. Aber der Polizist spricht von *Tathergang* und *Spuren sichern* ...« Wieder unterbrach sie ein Schluchzer. »Dabei weiß ich gar nicht, was die Kinder mitbekommen haben. Und was werden die Leute sagen? Ob die unseren Kindergarten ab jetzt mit einem Mord in Verbindung bringen? Wie schrecklich!«

»Du setzt dich jetzt mal in aller Ruhe hierher, und wir trinken einen warmen Tee, mein Täubchen. Die Kinder haben überhaupt nichts gesehen. Und ein bisschen Gerede schadet euerm schönen Kindergarten doch nicht.« Im Gegensatz zu Lotte blieb Alexander auch in schwierigen Situationen ruhig und sachlich. »Jetzt setz dich, Lotte, und beruhige dich.«

»Gleich«, Lotte schniefte geräuschvoll. »Aber erstmal schaue ich zu den Kindern hoch.« Sie schlich leise die Wendeltreppe hinauf und sah in die Kinderzimmer, wo Lilly und Max selig schliefen. An beiden Betten nahm sie sich einen Moment Zeit. Sie setzte sich vorsichtig an die Bettkante, um die Kinder nicht zu wecken, schob Lilly eine Lockensträhne aus dem Gesicht und zog die Decke über Max, die er wieder einmal heruntergestrampelt hatte. Der Anblick der Engelgesichter ihrer süßen Kleinen konnte sie ein wenig beruhigen. Ihre Familie war ihr Lebensmittelpunkt und ihre Schutzburg zugleich.

Sie ging wieder hinunter zu Alexander, wo sie sich fest in ein Taschentuch schnäuzte. Auch solch ein Unglück würde sie mit dieser wunderbaren Familie bewältigen können. Selbst wenn die Todesursache des Gemeinderats kein Herzinfarkt war. Genau!

Dienstag, 12.11.

Als Lotte ihre beiden Kinder am nächsten Tag pünktlich um acht Uhr in den Kindergarten brachte, nahm Regina sie beiseite: »Ein Herr von der Kriminalpolizei, Herr Maurer, wird in einer Stunde in den Kindergarten kommen. – Um die Ermittlungen aufzunehmen! Die tödliche Wunde am Hinterkopf ist dem Henning wohl mit einem scharfkantigen Gegenstand zugefügt worden, hat Herr Maurer mir erklärt. Gefallen ist er aber auf das Gesicht, der Sturz kann also keinesfalls die Todesursache gewesen sein.« Regina sah Lotte ernst an.

Lotte musste sich erst einmal hinsetzen, so erschüttert war sie. Und Regina ließ keinen Zweifel daran aufkommen, dass Lotte bleiben musste: »Der ach so viel beschäftigte Herr Adler ließ durch seine Frau ausrichten, er sei heute beruflich unterwegs. Ein Vertreter vom Vorstand muss aber da sein!«

Dabei war das Auftreten bei offiziellen Anlässen die Aufgabe des ersten Vorsitzenden. Diesen Posten hätte Lotte nie übernommen. Sie wollte sich doch nur ein wenig für den schönen Kindergarten ihrer zwei Kinder engagieren. Ihre Aufgabe im Vorstand war darauf beschränkt, die Verbindung zu Regina und den Erzieherinnen zu halten, Feste zu organisieren, sich um den Kleinkram zu kümmern. Offiziell im Namen des Kindergartens in Erscheinung zu treten, gehörte definitiv nicht dazu!

Lotte seufzte. Ein letztes Mal versuchte sie noch, sich dem Termin zu entziehen: »Und Antonia, ist die denn nicht da?«

Regina schüttelte den Kopf. »Die hat heute eine Kinderarzt-Untersuchung mit Konstantin.«

Regina, die Lotte gut genug kannte, verstand, wie belastend eine polizeiliche Vernehmung für Lotte sein würde, aber sie war unbarmherzig: »Hier steht eine Kaffeekanne, trinken Sie erst mal eine Tasse. Ich komme wieder, sobald der Herr Maurer klingelt.«

Ganz in Gedanken schenkte sich Lotte eine Tasse Kaffee ein, die ihrem revoltierenden Magen aber gar nicht gut tat. Sie versuchte sich zu beruhigen und sprach sich Mut zu. Als sie auf die Uhr sah, hatte sie gerade noch zehn Minuten Zeit, bis sie das Klingeln an der Kindergartentür hörte. Lotte sah Regina an der Bürotür vorbeigehen und dem Polizisten die Tür aufschließen. Wenn um 8.30 Uhr alle Kinder da waren, wurden die Türen verschlossen, damit kein vorwitziges Kind auf die Idee kam, einen ungenehmigten Ausflug zu machen.

Regina betrat mit dem Polizisten das Büro.

Lotte musterte den etwas dicklichen Mann, der sie gutmütig anlächelte. Sein Gesichtsausdruck sollte wohl Zuversicht verströmen, aber Lotte glaubte auch eine Unsicherheit zu spüren. Ob er täglich mit Morden zu tun hatte? – Vielleicht nicht gerade im Umfeld eines Kindergartens. Maurer räusperte sich schließlich verlegen.

Dieses scheußliche, typische Räuspern älterer Männer, schoss es Lotte durch den Kopf.

Nun begann Maurer mit der Befragung: »Sie sind also im Vorstand des Kindergartens?«

»Ja, der erste Vorsitzende ist allerdings der Herr Adler. Wissen Sie, ich bin eigentlich nicht für das Offizielle zuständig«, erklärte Lotte umständlich und nervös, »aber der Konrad, also der Herr Adler, der ist heute nicht da.« Lotte stockte vor lauter Aufregung. »Ich habe vergessen, warum nicht.« Sie schickte einen Hilfe suchenden Blick zu Regina.

»Ist unterwegs«, steuerte Regina knapp bei und ließ sich deutlich anmerken, dass sie es nicht für nötig hielt, dies detaillierter zu erklären. Ihr war Lottes umständliche Art mal wieder viel zu langatmig.

Regina bat Herrn Maurer nun erst einmal, sich zu setzen, und bot ihm einen Kaffee an, den er dankbar annahm.

Wieder mit einem Räuspern leitete Maurer seine Feststellungen ein: »Wie ich bereits am Telefon dargestellt habe, gehen wir momentan davon aus, dass der Tod des Herrn Henning durch eine gewaltsame Einwirkung mit einem scharfkantigen Gegenstand auf dessen Hinterkopf herbeigeführt wurde.«

»Ach, jetzt sagen Sie das doch nicht so in Ihrem Beamtendeutsch!« Lotte sprach aus, was sie dachte. »Sie meinen, den hat jemand erschlagen. Hier, bei uns, im Mantel von Sankt Martin. Aber das gibt es doch einfach gar nicht! Wer soll denn so was machen!«

»Doch, das gibt es. Die Indizien weisen darauf hin.« Kommissar Maurer holte umständlich mehrere Papiere aus seiner Tasche hervor. »Den Tathergang, also das Geschehen direkt nach der Tat meine ich, haben Sie ja gestern bereits den Kollegen geschildert. Nun möchte ich gerne alle Umstände klären. Was hatte der Gemeinderat mit dem Kindergarten zu tun? Wer hat ihn als Letzter gesehen? Haben Sie Vermutungen zu den Hintergründen der Tat?« Hier räusperte sich Maurer schon wieder und versuchte, ein Grinsen unter seinem Schnurrbart zu erzeugen, was ihm nur ansatzweise gelang. »Na ja, Frauen reden doch so einiges. Was sagt man denn so?«

Auch wenn Lotte bezweifelte, dass es ein besonders professioneller Ermittlungsansatz war, Frauen nach umherschwirrenden Gerüchten zu befragen, gab sie bereitwillig Auskunft. »Der Konrad, also der Herr Adler, der ist doch auch im Gemeinderat. Und der Gemeinderatskollege Henning hat dem Konrad angeboten, für uns den Sankt Martin auf einem echten großen Pferd zu spielen. Also wissen Sie, ich war ja von Anfang an dagegen. Wir haben das immer die Kinder selbst spielen lassen. Und das war schön so. Und jetzt plötzlich so ein Schnickschnack. Am Ende sind unsere Kinder dann sogar traurig, weil sie nicht selbst den Martin spielen dürfen! Unnötiger Unsinn. – Aber ein Gemeinderat will den anderen Gemeinderat doch hofieren. Und was soll man da als Mutter sagen? Na, meine Lilly hat sich trotzdem gefreut auf das echte Pferd.«

Hier unterbrach Regina Lottes aufgeregten Redestrom und versuchte, das Ganze nüchterner zu erläutern. »Genau, auf Kontakt von Herrn Adler wollte der Gemeinderat Henning zum ersten Mal für uns den Sankt Martin spielen. Wir Erzieherinnen kennen ihn alle nicht. Die Absprachen liefen über Herrn Adler. Und soweit ich weiß, hat den Henning keiner kommen sehen. Er sollte gegen halb sechs hier einreiten für das Martinsspiel. Ausgemacht war, dass er auf der Straße wartet und auf den Fußballplatz reitet, sobald er die Kinder mit ihren Laternen kommen sieht. Während wir dann das Martinslied singen, sollte er einer als Bettler verkleideten Erzieherin den halben Mantel geben. Das war alles, was wir über Herrn Adler als Vermittler besprochen hatten.« Regina hielt kurz inne. »Vermutungen habe ich überhaupt keine. Ich kenne den Herrn Gemeinderat auch nicht. Und ich habe von niemandem etwas gehört.«

Lotte musste sich eingestehen, dass Regina knapp und sachlich alle Fakten zusammengetragen hatte. Ohne vage Vermutungen und Wertungen, wie sie selbst sie immer hinzufügte. Maurer hatte aus dem Strom der Informationen Vereinzeltes herausgepickt und aufgeschrieben. Lotte war sich nicht sicher, ob er selbst schon wusste, inwiefern er das Wesentliche notiert hatte. Aber eigentlich tat er ihr leid. Wahrscheinlich wusste er genauso viel oder wenig wie sie. Nach was sollte man da fragen? In welche Richtung ermitteln? Was würde sie an seiner Stelle für wichtig halten?

Nun blickte Maurer Lotte fragend an.

»Nein, ich weiß auch nicht mehr. Bei uns ermordet man doch keine Gemeinderäte. Also, ich meine, auch sonst niemanden. Ach je.« Lotte sank in sich zusammen. Als sie zur Kaffeetasse griff, zitterte ihre Hand so sehr, dass es ihr nur mit Mühe gelang, einen Schluck zu nehmen. Mit einem Seufzer lehnte sie sich in ihrem Stuhl zurück, der dabei gefährlich knarrte.

Kommissar Maurer hoffte immer noch auf eine Information, die ihm weiterhelfen konnte. »Aber Sie haben vielleicht Vermutungen gehört, Gerede irgendwelcher Art, irgendetwas?«, versuchte er es nochmals.

»Nein, gar nichts. Das ist doch alles erst gestern Abend passiert.« Ob dieser Polizist ernsthaft glaubte, dass Mütter tief in der Nacht Telefonkonferenzen abhielten, um Tratsch auszutauschen? Ein wenig ärgerte sich Lotte über diese Art des Polizisten.

Maurer kramte nervös in seinen Unterlagen. Er hatte sich wohl mehr Ergebnisse von diesem Gespräch erhofft. »Keine Vermutungen also. Hm. Waren vielleicht fremde Menschen da? Oder unbekannte Autos? Oder sonst etwas Auffälliges?«

Jetzt stöhnte Lotte hörbar auf. »Herr Maurer, wir standen alle im Dunkeln auf der Wiese. Ich jedenfalls habe dabei niemanden gesehen, den ich nicht kannte. Auf die Straße können wir wegen der Bäume am Rand des Fußballplatzes nicht sehen. Von dort kam der Reiter. Und ob auf der Straße Autos von uns, den Anliegern oder von Fremden parkten – keine Ahnung!«

Diesmal unterstrich Regina Lottes Worte mit einem Nicken.

»Gut, also, dann bitte ich Sie, mir jede kleinste Vermutung oder Erinnerung an etwas Besonderes oder Gerede irgendwelcher Art«, hier versuchte er sich wieder in einem konzilianten Lächeln, »unverzüglich mitzuteilen. – Dafür bekommt jede von Ihnen meine Karte.«

Lotte und Regina steckten die Visitenkarte von »Hauptkommissar Maurer«, wie die beiden schnell noch ablesen konnten, ein und begleiteten ihn zur Tür, die sie sorgfältig wieder hinter ihm verschlossen.

Regina zuckte mit den Schultern. »Mal sehen, was da noch herauskommt.«

»Wahrscheinlich gar nichts, wenn der so planlos ist, wie er auf mich wirkt«, erwiderte Lotte enttäuscht.

*

Lotte war froh, dass sie nach dem Einkaufen direkt nach Hause fahren konnte. Ihr genügte die Aufregung der letzten zwei Tage. Jetzt freute sie sich auf eine Tasse Tee und ein oder auch zwei Marmeladenbrötchen, um alles andere zu vergessen.

Als sie beinahe schon zu Hause angelangt war, fiel ihr plötzlich ein, dass sie um 10.30 Uhr noch einen Termin bei der Gemeindeverwaltung hatte. Es war 10.29 Uhr. Sie konnte den Herrn vom Ordnungsamt schlecht versetzen, der auf ihr inständiges Drängen am Freitag gleich für Dienstag einen Termin vereinbart hatte. Am Freitag schien ihr die Frage, die sie mit ihm erörtern wollte, noch überlebenswichtig für ihren Sohn Max. Jetzt fand sie die Sache gar nicht mehr dringlich, aber ihr Pflichtbewusstsein siegte, einen ausgemachten Termin auf der Gemeinde hielt man ein.

Also drehte sie mit dem Wagen um, fuhr in den Ortskern und fand drei Minuten später einen Parkplatz direkt am Rathausplatz.

In Ottobrunn war auch das Ortszentrum modern. Alte Häuser wie in anderen Münchner Vororten gab es hier kaum. Das Rathaus war ein heller, moderner Bau mit großflächigen Fensterfronten, der hinter dem großen, gepflasterten Rathausplatz stand, auf dem im Sommer zur Freude von Lottes Kindern ein hoher Brunnen sprudelte. Kurz erinnerte sich Lotte an den heißesten Tag des letzten Sommers. Während sie und Antonia in der Eisdiele gegenüber saßen, waren die Kinder kurz entschlossen, der erste unfreiwillig, die anderen dann freiwillig, vollständig angezogen, in den Brunnen gesprungen. Antonia fand das zwar unangebracht, aber Lotte hatte sich mit den Kindern über diese verrückte Erfrischung gefreut.

Jetzt im Winter war der Brunnen mit Holzbrettern abgedeckt, und Lotte hatte sowieso keine Zeit, einen Blick darauf zu werfen, da sie, so schnell ihr Gewicht ihr das erlaubte, über den großen Platz stapfte, um nicht allzu spät im Rathaus anzukommen.

Um 10.37 Uhr stand sie außer Atem vor der Tür von Herrn Ritzinger, dem Leiter des Ordnungsamts.

»Entschuldigen Sie bitte vielmals meine Verspätung«, Lotte schnaufte, »es ist einfach zu viel los bei uns.«

Herr Ritzinger stand auf und machte eine einladende Handbewegung zum Besucherstuhl. Auf der kleinen Gemeindeverwaltung Ottobrunns mit seinen etwa 20.000 Einwohnern ging alles noch beschaulich zu. Da mochten die Uhren im zehn Kilometer entfernten München bereits auf Hochtouren laufen, hier war die Welt noch in Ordnung, und auf der Gemeinde nahm man sich Zeit für seine Bürger, hier gab es noch ein Leben, ohne für jede Amtshandlung einen Wartezettel ziehen zu müssen.

»Liebe Frau Nicklbauer, ich habe doch bereits gehört, was im Kindergarten passiert ist.« Herr Ritzinger kannte Lotte als Vertreterin des Kindergartens, weil sie mit ihm die Richtlinien für eine Verlosung beim Kindergarten-Basar besprochen hatte. »Eigentlich hätte ich gar nicht damit gerechnet, dass Sie heute überhaupt zu unserem Termin kommen. Der Tod eines Gemeinderates lässt hier bei uns im Rathaus niemanden kalt. Weiß man denn bereits mehr darüber?«

»Ach Gott, jetzt wissen das schon alle. Wie schrecklich, auch für den Kindergarten, können Sie sich das vorstellen? Und nein, eigentlich gibt es nichts Neues. Wir haben doch auch alle nichts gesehen. Plötzlich lag er da, genau vor uns, der Herr Henning. Wirklich, es ist unfassbar!« Lotte schüttelte wieder entsetzt den Kopf. Dann atmete sie tief durch. »Aber eigentlich bin ich doch hier wegen des Ranhazwegs.«

»Ja, ja, ich weiß, Frau Nicklbauer, aber bei solchen Ereignissen, da rücken dann die anderen Dinge in den Hintergrund, nicht wahr?«

»Da haben Sie so recht! Und das ausgerechnet vor unserem Umzug.« Lotte nickte heftig.

»Ach, Sie planen den Umzug bereits?«

Lotte sah ihn konsterniert an: »Den Umzug haben wir doch vorher schon geplant.«

»Ach, das war mir gar nicht klar. Ich wusste gar nicht, dass Sie bereits von den Erweiterungsplänen wissen. Und Sie gehen also ganz bereitwillig woandershin?«

Lotte schüttelte den Kopf. »Ich verstehe Sie nicht ganz, ich fürchte, wir missverstehen uns. Den *Martinsumzug* habe ich geplant, sonst nichts. Aber damit hat doch der Unfall nichts zu tun. Tja, hoffe ich, denke ich. Ach, ich bin schon selbst ganz durcheinander.«

Herr Ritzinger sah sie an und zögerte etwas irritiert, was Lotte in ihrer Aufregung kaum bemerkte. Dann beeilte er sich zu sagen: »Den Martinsumzug, ja, klar, ich verstehe. Nein, damit wird der Tod des Gemeinderates sicher nichts zu tun haben.« Und dann fügte er schnell in einem ganz offiziellen Ton hinzu: »Aber heute geht es doch um den Ranhazweg, nicht wahr?«

»Genau. Also«, Lotte versuchte, ihre Gedanken zu sammeln. Sie war verwirrt, worin hatte das Missverständnis eigentlich bestanden? Egal, Herr Ritzinger wollte offensichtlich nicht mehr darüber sprechen. »Wir müssen doch, wie viele andere auch, den Ranhazweg überqueren, um zum Kindergarten, zum Spielplatz und vor allem – bald ist es mit meinem Großen so weit – in die Schule zu kommen. Sie und ich wissen, dass diese Straße wie eine Hauptverkehrsstraße als Querverbindung genutzt wird. Die Autofahrer rasen da leicht mal mit achtzig Stundenkilometern durch, selbst wenn es eine Dreißigerzone ist.«

»Na, achtzig wohl eher selten«, versuchte Ritzinger, Lotte sachlich zu halten, die sich langsam in Rage redete.

»Oh doch, sehr wohl, jedenfalls deutlich zu schnell! Und der einzige Zebrastreifen vor dem Spielplatz, der ist für viele Fahrer gar nicht zu sehen, erst recht nicht bei aufgehender Sonne! Herr Ritzinger, ich gehe seit über zwei Jahren jeden Tag mit meinen Kindern den Weg zum Kindergarten. Es vergeht keine Woche, in der nicht ein Auto mit vollem Karacho dort an einem Kind vorbeirauscht. Ich habe auch schon zahlreiche Vollbremsungen erlebt und zwei Auffahrunfälle.« Jetzt war Lotte nicht mehr zu stoppen. Sie unterstrich ihre Ausführungen mit kräftig wedelnden Armen. »Es ist nur eine Frage der Zeit, bis dort das erste Kind überfahren wird, wenn nicht endlich eine Fußgängerampel eingerichtet wird!«

Jetzt griff Herr Ritzinger ein. »Frau Nicklbauer, das Problem ist uns bekannt. Es gibt in der bayerischen Verkehrsordnung klare Bestimmungen, wann eine Fußgängerampel einzurichten ist. Und zwar ab einer bestimmten Anzahl überquerender Fußgänger. Aber – in einer Tempodreißigzone ist nach den einschlägigen Vorschriften der Straßenverkehrsordnung eine Lichtsignalanlage unzulässig. Eigentlich sind sogar Zebrastreifen entbehrlich.«

Lotte war empört. »Aber die *Anzahl überquerender Fußgänger* sind zweihundert *Kinder* früh und mittags – alleine, auf dem Schulweg! Und nachmittags gehen sie auf den Spielplatz und zum Bolzplatz. Das ist doch eine ganz andere Situation, als in Ihrer Verkehrsordnung vorgesehen. Muss denn immer erst etwas passieren, bis jemand eingreift? Unzulässig hin oder her – das ist extrem gefährlich für unsere Kinder!«

In diesem Moment wurde Herrn Ritzinger klar, dass er Lotte kaum noch beruhigen konnte, wenn er nicht ganz schnell handelte. Hier saß wieder einmal eine Vollblut-Mutter vor ihm, die um ihre Jungen bangte – die waren gefährlich. Es war ja auch nicht das erste Mal, dass eine aufgebrachte Mutter in dieser Angelegenheit zu ihm kam. Deshalb tat er nun das, was er bei solchen Gelegenheiten immer tat. »Hören Sie zu, Frau Nicklbauer, wir, die Gemeinde, wollen selbstverständlich alles Menschenmögliche tun, um unsere Kinder zu schützen. Ich werde den Polizeihauptmeister Huber bitten, sich die Straßensituation wieder einmal anzusehen. Er ist zuständig für den Verkehr und die Verkehrserziehung. Vielleicht hat er noch diese Woche Zeit. Dann wird er die Situation früh zur Hauptverkehrszeit direkt vor Ort prüfen.«

Damit hatte er Lotte den Wind aus den Segeln genommen, obwohl die sich nicht so einfach abspeisen lassen wollte. »Sie und ich wissen, dass nur eine Fußgängerampel hier helfen kann. Ist das denn ein so großes Problem? Das kann doch nicht so viel kosten.«

»Nein«, beschwichtigte Ritzinger, »das ist keine Geldfrage. Nur eine Frage von Notwendigkeiten und Bestimmungen.«

»Ich kann nur hoffen, mehr von Notwendigkeiten als von Bestimmungen«, schnaubte Lotte wütend. Wenn es um die Sicherheit ihrer Kinder ging, konnte sie scharfzüngig werden.

»Also, Herr Huber soll sich eine fundierte Meinung bilden«, betonte Ritzinger mit einem ernsten Kopfnicken.

Lotte verkniff sich einen weiteren Kommentar zu der fundierten Meinung und verabschiedete sich mit ein paar halbwegs freundlichen Sätzen, obwohl sie das Gefühl beschlich, nur vertröstet worden zu sein.

*

Der Leiter des Ordnungsamtes war froh, als Lotte sein Büro verließ. Überbesorgte Mütter waren für ihn immer die heikelsten Besucher. Der Ranhazweg war bereits mehrfach im Zuge von Beschwerden überprüft worden. Es überquerten einfach zu wenige Menschen die Straße für eine Fußgängerampel. Und noch dazu waren Ampeln eben schlicht und einfach unzulässig in Tempo-30-Zonen. Die Straßenverkehrsordnung war da eindeutig, da gab es auch für Mütter nichts auszulegen im Regelwerk. Zudem hätte eine Ampel enormen Ärger mit den Anwohnern eingebracht, vor deren Häuser dann permanent gebremst und wieder Gas gegeben würde. Und der Zweifel am Sinn einer Fußgängerampel war auch gegeben. Ritzinger nickte vor sich hin, als ob er sich selbst von seinen Gedanken überzeugen wollte. Laut Studien waren aufmerksame und verkehrsgeschulte Kinder, die im Zweifel stehen blieben und sich sorgfältig dem Verkehr unterordneten, sicherer unterwegs als Kinder, die bei Grün einen Fußgängerweg überquerten und dennoch von einem unachtsamen Autofahrer überfahren wurden. Aber, so seine Erfahrung, diesen Studien glaubten die aufgebrachten Mütter einfach nicht. Deswegen würde Polizeihauptmeister Huber jetzt wieder ein paar Tage am Ranhazweg stehen, dann würde er vielleicht noch ein oder zweimal mit Frau Nicklbauer telefonieren, bis das Ganze langsam im Sande verlaufen würde.

Er sah Lotte nach, obwohl die Tür schon geschlossen war.

Den toten Gemeinderat vom Kindergarten empfand er als deutlich gravierenderes Problem für die Gemeinde als den Ranhazweg.

Besorgt schüttelte er den Kopf.

Mit gerunzelter Stirn ärgerte er sich darüber, dass er die Frau Nicklbauer falsch verstanden hatte. *Umzug* – und sie meinte den Martinsumzug. So ein dummes Missverständnis.

Aber nachdem er das Gespräch noch einmal hatte Revue passieren lassen, war er davon überzeugt, dass die aufgebrachte Mutter nicht bemerkt hatte, was er ihr da beinahe offenbart hatte. Ach, bestimmt nicht, so eine einfältige Mama, die hat ganz andere Sachen im Kopf.

Und er nickte sich noch einmal aufmunternd selbst zu.

*

Lotte gönnte sich zu Hause gleich drei Marmeladebrötchen. Danach ging es ihr ein wenig besser. Sie telefonierte kurz mit Alexander, um mit ihm ihre Kindergarten- und Straßensorgen zu teilen. Anders als die meisten Männer hatte Alexander immer Zeit für Lotte, auch im Büro. Er war überhaupt immer für sie da. Und dafür liebte sie ihn. Und er sie dafür, dass sie ihn brauchte und liebte.

Nach dem Telefonat mit ihrem Mann sackte sie erschöpft zusammen. Sie hatte das Gefühl, in dieser Nacht kaum geschlafen zu haben. Mit einem Blick auf die Uhr stellte sie fest, dass sie noch fast eine Stunde Zeit hatte, bis sie ihrer Kinder abholen musste. Diese Stunde würde sie nutzen, um sich etwas auszuruhen. Sie ging ins Schlafzimmer, legte sich ins Bett, zog sich die warme Decke über den Kopf und schlief auf der Stelle ein.

Der Wecker, den sie sich im letzten Moment gestellt hatte, holte sie aus tiefstem Schlaf. 14.15 Uhr. Bis halb drei musste sie die Kinder abgeholt haben. Sie rappelte sich mühsam auf, kämmte kurz ihre dunkelbraunen Locken zurecht und nahm auf dem Weg nach draußen noch ein Marmeladebrötchen mit, das sie im Auto aß.

Gerade noch rechtzeitig war sie am Kindergarten.

Antonia dirigierte soeben ihre zwei Söhne Konstantin und Tibor zur Tür hinaus. Ihren wachsamen Augen entging nicht, dass der fünfjährige Tibor die Gelegenheit nutzte, um den zwei Jahre jüngeren Konstantin in den Arm zu kneifen. Ein warnend erhobener Zeigefinger genügte, dass Tibor schuldbewusst die Schultern hochzog und vorsichtshalber einen Schritt von Konstantin fortmachte, um seine Unschuld zu beweisen. Antonia hob noch einmal warnend den Finger und wandte sich dann Lotte zu. »Bleibt es bei unserer Verabredung jetzt gleich auf dem Schlittenhügel?«

Mist. Das hatte Lotte total vergessen. Sie wollten zusammen auf den Schlittenberg hinter dem Kindergarten gehen. Dieses Jahr war der Schnee so früh gekommen, dass man das einfach ausnutzen musste. Eigentlich war ihr heute alles zu viel, aber sie musste mit den Kindern am Nachmittag sowieso etwas unternehmen. Und eine wilde Schlittenpartie war genau das Richtige, damit sich die beiden austoben konnten, so dass Lotte wenigstens am Abend Ruhe finden würde. »Ja, klar«, stimmte sie also zu.

Natürlich hatte sie keine Ausrüstung fürs Schlittenfahren dabei. Aber die Kinder waren bereits in Schneeanzügen, mit Mützen und Handschuhen zum Kindergarten gekommen, und zwei Poporutscher könnte sie sich aus dem Kindergartenbestand ausleihen. – Das waren die kleinen Freiheiten, die sie sich gönnte für die unzähligen ehrenamtlichen Stunden, die sie für diesen Kindergarten arbeitete.

Natürlich brauchte Lotte länger als Antonia, bis sie ihre beiden Racker fertig angezogen hatte. Es war deutlich nach halb drei, als Lotte endlich als letzte Mutter mit einem nach vorne ziehenden Max an der linken Hand und einer nach hinten trödelnden Lilly an der rechten an Regina vorbeizog, die, selbst bereits im Wintermantel, nur noch auf die drei wartete, um den Kindergarten abzusperren.

Lotte hing kurz einem Gedanken an den toten Gemeinderat nach, als Max sich von ihrer Hand losriss und mit einem kurzen Aufschrei davonstürmte: »Ich lauf' schon vor zum Schlittenfahren!«

Lotte protestierte nur schwach. Eigentlich wollte sie es nicht erlauben, dass Max einfach so von ihr fortlief. Aber es lag keine Straße zwischen dem Kindergarten und dem Schlittenhügel, und ihre Pfunde hätten es ihr schwer gemacht, ihren fünfjährigen Jungen einzuholen. So lief sie mit gerunzelter Stirn mit Lilly an der Hand hinterher. Lotte sah in den blauen Himmel hinauf und dachte, wie schnell der Winter in diesem Jahr gekommen war. Sie genoss das wundervolle Wetter knapp um den Nullpunkt.

Für das Münchner Alpenvorland war ein so früher Wintereinbruch nicht ungewöhnlich. Und Lotte wusste, dass dies auch nicht bedeutete, dass das kalte Wetter bis Weihnachten anhalten würde. Gerade deswegen musste man solche Tage genießen.

Sie versuchte, sich von allen negativen Gedanken frei zu machen, blickte noch einmal in den strahlend blauen Himmel und winkte Antonia zu, die bereits mit Julius, ihrem Großen, der schon in die Schule ging, oben auf dem Hügel stand.

Sie stapfte den kleinen Berg hoch. Sport war nicht wirklich Lottes Ding. Ihr war es sehr recht, dass sie nur einmal auf den Hügel hinauf musste, während ihre Kinder zusammen mit den drei Jungs von Antonia wieder und wieder den Berg erklommen, um dann auf ihren Poporutschern wild hinunterzukugeln.

»Antonia, mich macht die ganze Geschichte mit dem toten Martin so fertig. Am liebsten wäre ich heute gar nicht erst aufgestanden.«

»Aber Lotte, du hast den Gemeinderat doch gar nicht persönlich gekannt. Und immerhin haben wir es so hingekriegt, dass die Kinder nichts mitbekommen haben. Also, alles bereits Vergangenheit, oder?« Antonia zog sich nach einem Seitenblick auf einen Vater, der oben auf dem Schlittenhügel stand, eine Locke keck unter der Mütze hervor.

Lotte beobachtete ihre Freundin dabei. »Meine ›kecke Toni‹«, dachte sie sich amüsiert. Immer diese Aufmerksamkeit für alles, was männlich war. Dabei hatte ihre Freundin doch einen sehr netten Mann. Als sie Antonias Blick wieder eingefangen hatte, entgegnete Lotte: »Für mich ist das alles noch längst nicht vorbei. Ich komm' nicht damit zurecht, habe das noch nicht mal verdaut. Und heute früh hat der Kommissar Maurer Regina und mir erklärt, dass wahrscheinlich jemand den Henning erschlagen hat. Kannst du dir das vorstellen? Da erschlägt hier in Ottobrunn jemand einen Gemeinderat, und das auch noch auf unserem Martinsumzug.«

»Tja«, grinste Antonia, »Gemeinderäte leben gefährlich.« Aber dann wurde sie ernst. »Das hätte ich tatsächlich auch nicht für möglich gehalten. Also ein echter Mord in Ottobrunn! Na, das ist doch mal was.« Antonia fiel etwas ein. »Heute früh beim Kinderarzt hat mir eine Mutter erzählt, dass der Henning sich als Gegenkandidat der CSU zum Bürgermeister aufstellen lassen wollte. Der Henning hätte wohl gute Chancen gehabt, er als einheimischer CSUler gegen den jetzigen SPDler. Den haben sie doch vor fünf Jahren nur gewählt, weil er der einzige Ottobrunner Kandidat war. Na, das wird jetzt wohl nichts mehr. Meinst du, der Mord könnte politische Hintergründe haben?«

Lotte seufzte. »Keine Ahnung. Ich wohne doch erst seit fünf Jahren hier, seit der Geburt von Max. Ich verstehe die Lokalpolitik gar nicht so richtig. Erklär mir das doch mal, ist es hier wirklich absolut nötig, ein schwarzes Parteibuch zu haben?«

Antonia dachte kurz nach: »Es ist so. Ottobrunn ist eine bayerische Gemeinde, in der die alteingesessenen Bayern mittlerweile in der Minderheit sind, da aufgrund der umliegenden Hochtechnologie-Firmen immer mehr Menschen aus dem ganzen Inland und auch einige aus dem Ausland hierher ziehen. Dennoch behalten in den politischen Angelegenheiten die alten Seilschaften das Ruder in der Hand. Auf der Gemeinde und unter den Gemeinderäten sind Zugezogene nach wie vor eine Ausnahme. Hier bleiben die alten Ottobrunner lieber unter sich. Da zieht man sogar einen SPDler vor, wenn er nur von hier stammt, wenn auch schweren Herzens, da doch üblicherweise immer noch das schwarze Parteibuch zum Bürgermeister-Stuhl führt.«

Lotte hatte interessiert zugehört. Sie war sich wie die meisten Zugezogenen dieser Zustände zwar bewusst, aber da sie politisch nichts auszusetzen hatte, war dies für sie kein Anlass für Kritik. Ihr gefielen die Strukturen in Ottobrunn so, wie sie waren. Sie lebte gern in diesem wohlhabenden Münchner Vorort, in dem man sich um seine gut situierten Bürger kümmerte. Ottobrunn war ein idyllischer Fleck, wo man seine Kinder noch in stabilen, traditionellen Verhältnissen groß werden lassen konnte. Lotte schätzte auch die vielen Zugezogenen, da sie in diesem Umfeld sofort nette und interessante Freundinnen gefunden hatte. Sie empfand die Menschen hier nicht als bayerisch-verschlossen, sondern als offen für Neues und Anderes. Mit dem ganzen politischen Geklüngel hatte sie sich als Hausfrau bisher nicht beschäftigt.

Sie wusste nicht, dass dies bald ganz anders werden sollte.

Lotte wägte ihre Überlegungen ab und antwortete Antonia schließlich: »Eigentlich kann ich mir politische Gründe für einen Mord hier bei uns nicht vorstellen. Ottobrunn ist doch nicht

Palermo. Vielleicht war es eher Raubmord. Denk doch mal an die rumänische Einbrecherbande, die vor zwei Monaten Wochenende für Wochenende in mehrere Häuser pro Nacht eingebrochen ist und alles, was sich zu Geld machen ließ, mitgenommen hat. Einen von denen hat die Polizei dann erwischt, aber das war doch eine Bande von mehreren, das weiß man doch. Ich denke eher, es war so etwas.«

Bevor Antonia antworten konnte, wurden die beiden Frauen von einem Höllengeschrei der Kinder unterbrochen. Tibor war anscheinend über die Sprungschanze gerutscht und direkt auf Lilly geknallt. Beide überboten sich im Schreien. Tibor tropfte Blut aus der Nase. Antonia sah sich die Sache kurz an, dirigierte dann: »Kopf nach hinten« und kühlte Tibor mit Schnee den Nacken. »Alles okay, nur ein bisschen Nasenbluten«, stellte sie ruhig fest.

Lotte brauchte etwas länger, um besorgt alle Gliedmaßen ihrer geliebten Tochter zu untersuchen, doch zum Glück konnte sie keine wesentlichen Verletzungen feststellen. Was Lilly nicht daran hinderte, weiter ohrenbetäubend zu schreien. Lotte nahm sie tröstend in die Arme und trug sie nach oben auf den Hügel. Nach fünf Minuten kehrte wieder Ruhe ein, und die Kinder setzten sich erneut auf ihre Schlitten.

Lotte nahm den Faden wieder auf. »Weißt du, ich glaube, meistens passieren die echten Dramen aus persönlichen Problemen heraus. Vielleicht ist er ja fremdgegangen, und seine Frau hat ihn erschlagen.« Lotte grinste.

»Hat der überhaupt eine Frau?«, überlegte Antonia.

Lotte zuckte mit den Schultern. »Ach ja, und dann war ich heute noch auf der Gemeinde, du weißt doch, wegen des Ranhazwegs. Ich hatte das Gefühl, der Ritzinger vom Ordnungsamt hat mich gar nicht richtig ernst genommen.« Lotte ahmte den Beamtenton nach: »*In einer Tempodreißigzone sind Lichtanlagen unzulässig.*« Sie schnaubte verächtlich: »So ein Wahnsinn. Kommt der mir mit irgendwelchen Bestimmungen, wo doch die Straße befahren ist wie eine Hauptverkehrsstraße, in einem Irrsinnstempo.«

»Sieht er denn gar nicht, wie gefährlich die Straße als Schulweg ist?« Hier konnte sich sogar die ruhige Antonia empören.

»Ich glaube, das ist dem egal. Die Vorschriften sind gegen eine Ampel, das reicht ihm. Er hat zwar versprochen, einen Verkehrspolizisten hinzuschicken, aber ich fürchte, nur um mich zu beruhigen. Ich könnte hochgehen, wenn ich daran denke, dass in ein paar Monaten mein kleiner Max alleine vor dieser Wahnsinnsstraße steht!«

»Nein, das ist wirklich nicht in Ordnung. Da sollte man sich eigentlich noch viel mehr engagieren. Vielleicht organisieren wir eine Unterschriftenaktion vor der Bürgermeisterwahl? Lass uns darüber noch mal in Ruhe reden.«

Lotte dachte nach: »Eventuell war der Ritzinger mit den Gedanken auch gar nicht bei der Sache. Nach dem Tod des Gemeinderats im Kindergarten hat er mich natürlich auch gefragt.«

Antonia nickte: »Kein Wunder. Das berührt alle.«

»Der war aber so richtig durcheinander. Stell dir vor, der hat mich sogar gefragt, ob ich meinen Umzug schon geplant habe.« Lotte schüttelte den Kopf.

In diesem Moment sausten Max und Tibor über die Sprungschanze und landeten nach einem erstaunlich hohen Satz genau in der letzten vom Schnee noch nicht überdeckten Matschpfütze, gestoppt vom Baum. Mit einem Blick auf ihre Mütter wagten beide jedoch nicht über die kleineren Blessuren, die sie davongetragen hatten, zu murren. Trotzdem reichte es Antonia jetzt: »Tibor, das darf doch nicht wahr sein, du bist von oben bis unten dreckig.« Ihr Sohn versuchte, die Schlammkrusten von Jacke und Hose zu wischen, woraufhin der Dreck nur noch großzüger verteilt war. Blut am Kind konnte Antonia gut wegstecken, ein von unten bis oben verdrecktes Kind weniger. »Los, wir gehen nach Hause.«

Beide Jungs brüllten los. »Bitte, noch nicht, bitte!«

»Ach komm, Toni, jetzt ist es doch wirklich egal. Waschen musst du in jedem Fall, lass sie doch noch.« Lotte ließ sich von ein paar Dreckkrusten nicht aus der Ruhe bringen. Da waren ihr glücklich strahlende Kinderaugen wichtiger.

Sie zog die empörte Antonia zurück in ihr Gespräch, indem sie noch ein paar weitere Mordmotive durchspielte. Darüber vergaß die Freundin sogar ihren verschmutzten Sohn, der nun umso ungenierter immer wieder in die Matschpfütze hineinfuhr.

Lotte grinste ihm hinter Antonias Rücken aufmunternd zu, als er ihr einen verschwörerischen Blick zuwarf.

In diesem Moment kam Estelle mit ihren zwei Mädchen auf den Schlittenhügel. Sie trug einen Mantel mit dem klassischen Burberry-Karo, kombiniert mit rosa Schal und Fellstiefeln. Und ihre Mädchen waren tatsächlich dazu passend ebenfalls mit Burberry-Jacken unterwegs.

»Damit würde sie besser nach Kitzbühel passen als auf den Ottobrunner Schlittenhügel«, zischte Antonia.

Estelle kam direkt auf die beiden Frauen zu: »Ist es nischt schrecklisch, was passiert ist gestern? Isch kann es kaum fassen!«

Lotte nickte: »Mir geht es genauso. Auch wenn ich ihn nicht kannte. Seine arme Familie tut mir leid.«

»Mais non, ma chère. Das muss nischt deine Sorge sein, eine famille hatte er nischt, der Henning«, erklärte Estelle zweideutig lächelnd. »Au contraire, im Gegenteil, da gibt es sogar Gerüchte, dass der sich für Frauen nischt so interessiert hat – ihr versteht, was isch meine. Offiziell hat er das nischt zugegeben, wäre wohl nischt so gut für seine Bürgermeister-Kandidatur auf dem CSU-Ticket gewesen.«

Antonia nickte. »So tolerant ist man selbst im modernsten bayerischen Städtchen nicht, dass man einen schwulen Bürgermeister akzeptieren würde.« Die waschechte Oberbayerin Antonia gehörte sicherlich zu den aufgeschlossensten Alteingesessenen, aber einen Bürgermeister, der seinen männlichen Partner zu den offiziellen

Anlässen mitnahm – das konnte auch sie sich nicht vorstellen. »In Berlin kann man das machen, aber hier? Nein, nicht hier im kleinen Ottobrunn.«

»Und die Eltern von dem Henning sind auch schon morts – gestorben«, fügte Estelle hinzu, »die haben sisch wahrscheinlich jedes Mal in die Grab herumgedreht, wenn der Sohnemann in die ›Bar Rosarot‹ ging.«

Antonia sah auf. »Die ›Bar Rosarot‹ ist doch diese bekannte Schwulen-und-Lesben-Bar in München, oder?«

»Exactement. Und überhaupt, wer im schwulen Rotlichtmilieu verkehrt, der muss sich nicht wundern, wenn er abgemurkst wird.« Estelle richtete ihren rosa Schal.

Antonia blickte zweifelnd, gab dann aber zu: »Da ist schon was dran, das haben wir ja schon beim Sedlmayer gesehen! – Der hat sich seine Jungs damals auch aus der ›Bar Rosarot‹ geholt, wenn ich mich recht erinnere.«

Lotte hörte still zu. Rein theoretisch war sie tolerant gegenüber jeglicher Form des Zusammenlebens. Nur insgeheim gestand sie sich manchmal ein, dass sie es bei ihrem eigenen Sohn doch lieber traditionell hätte.

»Alors, so viele werden um den nicht trauern. Der war so ein Monsieur Überkorrekt in die Gemeinderat. Hat immer alle attaqué - angegriffen, wenn sie versucht haben, gemeinsam etwas Positives für Ottobrunn zu schaffen. So ein richtiger spießiger Besserwisser, un Monsieur je-sais-tout. Na ja, ein Mann, der reitet ...« Estelle lachte zweideutig.

Und Lotte musste ebenfalls grinsen, denn ihr eigener Mann beispielsweise hätte sich nie auf ein Pferd gesetzt. »Estelle, woher weißt du das denn überhaupt alles?«

»Oh, Monsieur Henning wohnt nur zwei Häuser neben uns. Wohnte, muss isch sagen, pardon. Da weiß man doch so einiges. Und ein anderer voisin, Nachbar, war auch Gemeinderat ..., et voilà!«

»Nicht nur ein toter, sondern auch noch ein schwuler Sankt Martin«, quittierte Antonia trocken.

»Also Toni«, Lotte schüttelte den Kopf über diese abwertenden Worte ihrer Freundin.

Es dämmerte, und alle drei Mütter riefen ihre Racker zusammen, bevor sie die neue, für Lotte tödlich aussehende Sprungschanze einweihen konnten, die sie gerade gebaut hatten.

»Genug Nasenbluten für heute, wir gehen jetzt, keine Widerrede.« Lotte lief los, und nur Max wagte halbherzig einen Versuch über die neue Sprungschanze. Lotte tat so, als habe sie es nicht gesehen. Manchmal sollte man seine Autorität als Mutter lieber nicht in Frage stellen lassen. Man musste nicht jeden Machtkampf mitmachen.

Mittwoch, 13.11.

Am nächsten Morgen holte der Alltagstrubel Lotte wieder ein. Alexander war heute ausnahmsweise schon um sieben Uhr zu einer Geschäftsreise aufgebrochen, und nun musste Lotte ganz alleine die zwei Kinder anziehen, aufpassen, dass sie etwas frühstückten, Pausenbrote richten und auch noch sich selbst fertig machen. Das war ihr gar nicht recht, denn meist überwachte Alexander zumindest das Anziehen und Zähneputzen der Kinder.

Als sie die beiden endlich vor ihren Müslischüsseln sitzen hatte, sah sie, dass Alexander bereits die Zeitung, die Münchner Tageszeitung *tz*, aus dem Briefkasten geholt und ihr aufgeschlagen auf den Esszimmertisch gelegt hatte. Alexander nannte die *tz* Lottes Revolverblatt – aber immerhin, die kurzen Artikel konnte sie zum zweiten Frühstück lesen und fühlte sich dann informiert über die allerwichtigsten Vorgänge in der Politik, über das Wichtigste aus München und ein wenig über die Stars und die Münchner Sternchen. Lotte genoss ihren späten Frühstückskaffee mit der *tz*. Alexander las am Wochenende die *Süddeutsche*, Lotte schaffte das nur selten.

Ein Blick auf die aufgeschlagene Seite zeigte ihr sofort, warum Alexander die Zeitung für sie hingelegt hatte. Ein Bild des Fußballplatzes war zu sehen, an dem ein rotes Absperrband den Zutritt verbot. Im Hintergrund konnte man ein paar Blumen erkennen, die am Kindergartenzaun abgelegt waren.

Darunter stand als Bildunterschrift: *Ein Bild sagt mehr als tausend Worte: Lilien liegen am Zaun des Kindergartens – dem Ort des völlig unerklärlichen Verbrechens.*

Du meine Güte, wie melodramatisch, dachte Lotte und setzte sich hin, um den Artikel zu lesen.

Tod beim Martinszug
Eine kleine Gemeinde in Angst und Schrecken
Ottobrunn. Eine kleine Gemeinde wird durch einen Mord in Angst und Schrecken versetzt. Die Polizei tappt im Dunkeln.

Am Montag ereignete sich in Ottobrunn beim Martinszug des Kindergartens »Die Gartenzwerge« ein unglaublicher Vorfall. Vor den Augen der versammelten Eltern fiel der Ottobrunner Gemeinderat Albert Henning, als Sankt Martin verkleidet, tot vom Pferd.

Gegen 17.30 Uhr ritt der Gemeinderat, der sich als erfahrener Reiter bereit erklärt hatte, für den Kindergarten »Gartenzwerge« den Sankt Martin zu spielen, auf dem Sportplatz neben dem Kindergarten ein. Dort hatten sich die Eltern versammelt, die auf das Eintreffen der Kinder mit ihren Laternen warteten.

Wie Augenzeugen berichteten, hatte Henning zu diesem Zeitpunkt bereits die Kontrolle über sein Pferd verloren. Als das offensichtlich verschreckte Pferd vor der Menschenmenge aufstieg, stürzte Albert Henning herunter. Der leblose Gemeinderat wurde sofort von einer zufällig anwesenden Ärztin versorgt und von dem kurz darauf eintreffenden Notarzt noch auf dem Weg ins Krankenhaus reanimiert. Jede Hilfe kam jedoch zu spät.

Noch scheint die Polizei keine klare Spur und keinen Verdächtigen zu haben. Die eigens gebildete Sonderkommission heißt »Martinszug«, wie der leitende Hauptkommissar Maurer mitteilte.

Klar ist, laut Maurer, dass der Gemeinderat kurz vor seinem Eintreffen auf dem Sportplatz, wahrscheinlich auf der Straße vor dem Kindergarten, Opfer eines Attentats wurde. »Die Hintergründe der Tat liegen noch im Dunkeln«, musste der Hautkommissar zugeben. Er erläuterte: »Albert Henning erlag den Verwundungen, die ihm mit einem scharfkantigen Gegenstand zugefügt wurden.«

Aus ermittlungstechnischen Gründen könne weiter nichts über die laufenden Ermittlungen verlautbart werden, so Maurer.

Die Vermutungen der Bürger in dem aufgeschreckten Münchner Vorort reichen von einem zufälligen Unfall über Raubmord bis hin zu einem Attentat. Die Elternschaft des Kindergartens zeigt sich über die Vorkommnisse, die die Kinder glücklicherweise nicht zu sehen bekamen, wie eine Mutter betonte, zutiefst erschüttert.

Mit der Beisetzung des Gemeinderatsmitglieds ist aufgrund der notwendigen Obduktion laut der Gemeinde nicht innerhalb der nächsten Wochen zu rechnen. Auch der Ottobrunner Bürgermeister Bergermann äußerte sich tief erschüttert über den Vorfall und sprach den Angehörigen sein tiefes Beileid aus. »Mit Albert Henning haben wir ein langjähriges, verdientes Mitglied des Gemeinderats verloren. Auch persönlich werden wir über den Verlust eines beliebten und geschätzten Kollegen erst mit der Zeit hinwegkommen. Wir werden ihn stets in dankbarer Erinnerung behalten.«

Alles ihm zur Verfügung stehende werde er zur Aufklärung beitragen, betonte der Bürgermeister sichtlich erschüttert.

Die Polizei Ottobrunn bittet die Bevölkerung um sachdienliche Hinweise an das zuständige Kommissariat, Sonderkommission »Martinszug«. Wer an diesem Martinsabend ungewöhnliche Vorkommnisse oder Personen in der Nähe beobachtet hat oder Sonstiges zu den laufenden Ermittlungen beitragen kann, soll sich an das Ottobrunner Polizeiamt wenden.

Bestürzt legte Lotte die Zeitung aus der Hand. »Sonderkommission Martinszug«. Die Sätze ließen die ganze Szene noch einmal vor ihrem inneren Auge ablaufen. Aber sie ärgerte sich auch: »Wie Augenzeugen berichteten … eine Mutter betonte« – wer hatte da nur mit den Leuten von der Presse gesprochen? Lotte fragte sich besorgt, ob das Geschehene der Reputation des Kindergartens schaden könnte. Eigentlich war das Lottes größte Sorge. Neben dem Tod eines Menschen, natürlich.

Die Gefühle übermannten Lotte, sie merkte, wie ihre Unterlippe zu zittern begann, und versuchte, sich zusammenzunehmen.

Ein Blick auf die Uhr holte sie in die Realität zurück.

»Oh mein Gott, Kinder, es ist schon zwanzig vor acht. Los, schnell jetzt, anziehen, und dann laufen wir zum Kindergarten.«

Unter Schweißausbrüchen schaffte Lotte es, die Kinder aus dem Haus zu bugsieren. Kurz vor acht standen sie auf der Straße und machten sich auf den Weg zum Kindergarten.

Schon von Weitem sah Lotte auf dem Ranhazweg einen VW-Bus der Polizei kurz vor dem Zebrastreifen parken. Auch der uniformierte Verkehrspolizist war nicht zu übersehen. Dementsprechend fuhren die Autos im Schneckentempo den Ranhazweg entlang, unterboten sogar noch die vorgeschriebene Höchstgeschwindigkeit von 30 Stundenkilometern und hielten alle brav am Zebrastreifen an, wenn ein Schulkind den Weg überqueren wollte.

»So ein Unsinn«, knirschte Lotte zwischen den Zähnen, versuchte aber, den Polizisten freundlich zu begrüßen. »Guten Tag, meine Name ist Nicklbauer, und ich denke, dass Sie heute hierher geschickt worden sind, weil ich gestern beim Herrn Ritzinger war.«

»Grüß Gott!«, dröhnte der Polizist ihr entgegen. Lotte meinte, in diesem Gruß wieder einmal diesen vorwurfsvollen Unterton herauszuhören, den Bayern gerne anschlugen, wenn jemand erkennbar nicht ihren Dialekt sprach, so wie sie selbst. Aber der Polizist fuhr gleich darauf bemüht hochdeutsch fort: »Genau. Ich soll die Verkehrslage überprüfen. Die meisten Schulkinder haben bereits den Weg überquert. Bisher sieht alles ganz ruhig aus.«

»Was vielleicht auch an Ihrer nicht zu übersehenden polizeilichen Präsenz liegt.« Lotte grinste ihn weiterhin freundlich an.

»Mei, jetzt bin ich halt gleich nach dem Anruf vom Herrn Ritzinger hergefahren, damit ich mir sofort einen Überblick verschaffen kann. Nur mal ruhig, Frau Nicklbauer. Sein's froh, dass wir von der Polizei dafür überhaupt Zeit gefunden haben. Mir ham genug zu tun. Zur Zeit gibt's sogar oanen Mord in Ottobrunn.« Bei seinen Erklärungen verfiel er mehr und mehr in den bayerischen Dialekt.

»Davon habe ich weitläufig gehört«, schnaubte Lotte ironisch. »Aber der Mord kann doch nicht alle Ottobrunner Polizisten beschäftigen.«

»Dass Sie sich da mal nicht täuschen, Frau Nicklbauer, das zieht schon seine Kreise. Der Herr Gemeinderat hat seine Finger in den verschiedensten Bereichen gehabt. Da muss man überall nachhaken. Aber jetzt mal zur Straße. Bisher kann ich nur sehen, dass hier zwar viel, aber sehr zivilisiert gefahren wird, ganz nach Vorschrift. Wer nicht so ganz nach Vorschrift handelt, sind die Kinder. Ich werd' mich in den nächsten Tagen, wenn es sich einrichten lässt, hier hinstellen und ein wenig Verkehrserziehung machen: Arm ausstrecken, wenn man den Zebrastreifen überqueren will, warten, bis auf beiden Seiten die Autos stehen, langsam, aber zügig die Straße überqueren und so weiter.«

»Dafür bin ich Ihnen ja auch wirklich sehr dankbar, Herr ...«

»Huber.«

»... Herr Huber, also. Aber ich fände es sehr begrüßenswert, wenn Sie auch mal ohne Polizeibus und Uniform kommen würden, denn dann ergäbe sich vielleicht ein realistischeres Bild.«

»Ja, schaun wir mal, Frau Nicklbauer. Wir beobachten das hier schon ganz genau. Wir wollen alle, dass den Kindern nichts passiert, gell.«

Lotte stapfte nach einer kurzen Verabschiedung mit ihren beiden Kindern weiter. Jetzt hatte sie sich zum Schluss wieder den Wind aus den Segeln nehmen lassen. Es ging doch weder um Verkehrserziehung noch um eine Tempomessung. Eine Fußgängerampel musste hierher, das war doch jedem vernünftig denkenden Menschen klar.

»Du, Mama«, unterbrach Lilly Lottes wütende Gedanken, »wo war denn das Krokodil?«

»Welches Krokodil denn?«

»Na, das böse.«

»Welches böse Krokodil? Ich weiß gar nicht, wovon du redest.«

»Immer wenn der Polizist da ist, haut er doch dem Krokodil mit dem Knüppel auf die Nase. Du, Mama, der hatte auch keinen Knüppel. Ich glaub', das war gar kein echter Polizist.«

Lotte grinste und fuhr ihrer kleinen Süßen über die Haare.

Den Rest des Weges verbrachte Lotte damit, ihr den Unterschied zwischen echten Polizisten und Kasperltheater-Polizisten zu erklären, wenn auch mit unbefriedigendem Ergebnis.

»Nö, Mama, nur wer einen Knüppel hat, ist ein echter Polizist. Der kriegt sonst nie die Räuber ins Gefängnis, ist doch klar.«

Max sagte zwar nichts, schien aber ausnahmsweise seiner kleinen Schwester recht zu geben. Lotte beließ es bei einem Schulterzucken und übergab die beiden in Reginas Obhut.

Danach hatte sie es eilig, denn um neun begann ihr Bauch-Beine-Po-Training.

Sport gehörte eigentlich nicht zu Lottes Lieblingsbeschäftigungen, aber einmal in der Woche zwang sie sich zu ihrem Hausfrauenkurs im Turnverein mit dem wunderbaren Titel »Bauch-Beine-Po«. Ihre Problemzonen hatten das auch wirklich nötig.

Lotte lief in die nur wenige Meter vom Kindergarten entfernte Turnhalle des Turnvereins und zog ihre blaue Trainingshose und das Sport-T-Shirt an. Sie vermied es, in den Spiegel zu sehen, denn in den Sportsachen war das Kaschieren ihrer Rundungen kaum möglich. Das böse Erwachen würde früh genug im Turnraum kommen, wo an drei Wänden Spiegel hingen und ihr erbarmungslos die pfundige Wahrheit offenbarten.

Im Turnraum warteten bereits drei gertenschlanke, ältere Damen, die durchtrainiert und gut geschminkt wahrscheinlich nichts anderes zu tun hatten, als ihre Figur am Älterwerden zu hindern. Da waren Lotte die Mütter in ihrem Alter schon lieber, die nach und nach in den Raum kamen. Wenn auch keine ein solches Übergewicht wie sie selbst hatte, so konnte Lotte doch mühelos die eine oder andere Problemstelle erkennen, dicke Schenkel hier, kleine Speckringe um den Bauch da. Immerhin, tröstete sie sich.

Die drei älteren Damen unterhielten sich über die schwierige Parkplatzsituation. Als Stille eintrat, die Trainerin aber noch damit beschäftigt war, Gymnastikbälle aus einem Nebenraum zu holen, sprach eine Mutter das brennendste Thema dieser Tage an: »Hat jemand hier eigentlich Kinder in dem Kindergarten, in dem sie den Gemeinderat Henning umgebracht haben? Und weiß man da schon etwas Neues?« Lotte wollte gerade einwenden, dass der Mord zumindest nicht *im* Kindergarten stattgefunden hatte, als sich eine der älteren Damen einmischte: »Mein Mann sagt, der Mord an dieser Stelle sei kein Zufall, denn der Henning wollte den Kindergarten schützen.«

Lotte sah die Frau erschüttert an. Sie wollte nachfragen, was sie damit denn meine, kam aber gar nicht zu Wort, denn diese fuhr gleich fort: »Wisst ihr, mein Mann war ja früher Gemeinderat, und der hat gleich gesagt, dass der Henning einen Riesenwirbel gemacht hat, er würde den ganzen Gemeinderat bei der nächsten Sitzung hochgehen lassen. Aber mein Mann hielt den Henning nur für einen Schaumschläger, der sich für seine Bürgermeister-Kandidatur profilieren wollte.«

In diesem Augenblick betrat die Trainerin den Raum. »So, meine Damen, nun habe ich endlich die Gymnastikbälle. Jetzt müssen wir die verloren gegangenen Minuten rasch wieder aufholen. Schnell, schnell, auf die Matten!« Unter dem zackigen Klatschen der Trainerinnen trollten sich alle auf ihre Plätze. »Alle roll down auf die Matten, langsam und exakt, Wirbel für Wirbel, bitte.«

Die Frauen rollten sich wie geheißen auf den Rücken. Und dann legte die Trainerin mit ihren Übungen so los, dass Lotte kaum mehr dazu kam, über die für sie völlig unverständlichen Bemerkungen der älteren Dame nachzugrübeln. Wie sollte man auch gleichzeitig seine Beckenbodenmuskeln anspannen, seine Bauchmuskeln trainieren, sich mit den Armen abstützen und dabei auch noch denken. Lotte brachte die Stunde nahe an ihre Schmerzgrenze. Sie würde sich am nächsten Tag kaum noch bewegen können.

Bis sie es nach der Stunde mit schmerzenden Gliedern geschafft hatte, ihre Matte zusammenzurollen, waren die anderen schon verschwunden.

Langsam, mit vor Anstrengung pochenden Muskeln, trottete Lotte aus der Turnhalle.

Sie versuchte, sich an den Wortlaut dessen zu erinnern, was die ältere Dame gesagt hatte. Aber sie konnte die Aussagen gar nicht mehr richtig zusammenbringen. Wahrscheinlich nur dummes Getratsche.

Ständig kamen ihr irgendwelche Sachen zu Ohren, die sie wieder an den toten Gemeinderat erinnerten, obwohl sie das doch gar nicht wollte. Lotte musste an das dunkelrote, verkrustete Blut auf ihrer Hand denken, das sie nur mühsam wieder hatte abwaschen können. Ein Schauer lief ihr den Rücken hinunter. Der Henning wollte den Kindergarten schützen, hatte das die Frau nicht gesagt? Aber wovor denn schützen? Ach, Unsinn, die Frau hatte sich bestimmt falsch ausgedrückt, er wollte dem Kindergarten helfen mit seinem Auftritt beim Martinszug. Vielleicht hatte Lotte auch nur selbst die Worte falsch verstanden. Mit einem energischen Kopfschütteln verbannte sie die Gedanken aus ihrem Kopf.

*

Am Nachmittag zog Lotte ihre Kinder fürs Eislaufen an, denn Max hatte seinen wöchentlichen Kinder-Eishockey-Kurs. Noch so ein Vorteil dieses reichen Münchner Vorstädtchens, ein eigenes Eisstadion vor Ort, wenn auch eines ohne Dach, ging es Lotte durch den Kopf.

Schwitzend quetschte sie Lilly in die hohen Winterstiefel und verfluchte ein wenig den Winter, in dem sie ihren Kindern so schrecklich viel anziehen musste: Schneeanzug, Fäustlinge, Schal, Mütze, darüber einen Helm zur Sicherheit.

»Mama, ich zieh den Helm jetzt noch nicht auf«, kreischte Lilly im Alarmton.

»Gut«, gestand Lotte ihr zu, »aber dann trägst *du* ihn! Ich schleppe schon so viel mit euren Schlittschuhen – mehr geht nicht.«

Lilly zog zwar eine Schnute, nahm aber den Helm, den Lotte ihr hinhielt.

»Das Gleiche gilt für dich, Max.«

»Dann zieh ihn mir gleich auf, Mami, ich trag den nicht«, brummelte Max und ließ sich den Helm überstülpen.

Lotte war froh, als sie ihre Kinder endlich angeschnallt im Auto hatte und die schwere Tasche mit den Schlittschuhen im Kofferraum stand. Für sie war das bereits Sport genug. Sie selbst würde sich auf die Tribüne des Eisstadions setzen und zusehen.

Als sie Max im Stadion die Schlittschuhe angezogen und gebunden hatte, war sie schweißnass und heilfroh, ihren Sohn dem Eishockey-Trainer zu übergeben, der ihr erklärte: »Heute gebe ich den Kindern in der ersten halben Stunde Theorie. Das ergibt sich so, weil noch ein Mannschaftsspiel unserer alten Herren läuft, das noch etwas dauert. Die haben so viele Spielunterbrechungen gemacht, dass jetzt locker noch zwanzig Minuten nachgespielt werden. Und ich wollte mit den Jungs schon die ganze Zeit ein wenig Theorie machen. Spielregeln, Verhalten und so«, er nickte Lotte wissend zu.

»Das schadet bestimmt nicht«, bestätigte Lotte. »Tja dann, mein Mäuschen«, wandte sie sich ihrer Tochter zu, »müssen wir wohl erst einmal gemeinsam auf die Tribüne. Du darfst später aufs Eis, sobald die Herrenmannschaft mit ihrem Spiel fertig ist.«

Lilly zog wieder einmal eine Schnute, trottete aber hinter ihrer Mutter her und setzte sich auf einen der Plastikstühle.

Auf der Eislauffläche war das Altherren-Spiel in vollem Gang. In der professionellen Eishockey-Schutzausrüstung konnte man die Männer kaum unterscheiden. Nur an den behäbigeren Bewegungen war zu sehen, dass hier eher ältere Herren am Werk waren. Einer schnappte sich nun den Puck und machte einen für sein Alter offensichtlich geschickten Alleingang zum gegnerischen Tor. Ein gezielter Schuss – und hinter Lotte ertönte ein ohrenbetäubendes Geschrei. »TOOOR, TOOOR, TOOOR – ja, das war's, damit hat's

Ottobrunn geschafft – zwei Punkte Vorsprung und nur noch fünf Minuten zu spielen. Super!« Lotte drehte sich vorsichtig um und sah mehrere ältere Herren ihren Freunden auf dem Eis zujubeln.

Sie holte eine Kekstüte aus ihrer Tasche und gab sie Lilly, die ganz gespannt dem Spiel zusah und nur zu gerne in die Tüte griff. Lotte angelte sich auch ein paar Kekse heraus. Hinter ihr war jetzt ein Gespräch in Gang gekommen.

»Das war der Weinzierl, der das Tor geschossen hat.«

»Ah, der Bauunternehmer. Sauberer Schuss.«

»Wird aber auch sein einziger Erfolg gewesen sein in letzter Zeit.« Ein schadenfrohes, raues Lachen erklang.

Lotte ärgerte sich. Da behauptete man immer, nur Frauen seien neidisch, klatschsüchtig und gehässig. Das konnten alles auch die Männer! Natürlich, sie selbst tratschte auch gerne über andere Menschen. Aber war das nicht auch ein Zeichen dafür, dass man sich für andere interessierte?

Hinter ihr ging das Gerede weiter.

»Der hat sein Riesen-Unternehmen ganz direkt an die Wand gefahren. Mit Immobilien verspekuliert. Alle Millionen sind futsch. Man spricht schon davon, dass der seine Villa verkaufen muss.«

»Haha, die war eh ein bisserl groß für ihn allein!«

Lotte stand auf. Diese Männer waren wirklich keinen Deut besser als Frauen! Im Gegenteil, da waren Frauen meist deutlich mitfühlender, wenn jemand zu Schaden kam.

Der Endpfiff ertönte.

»Komm, es ist Zeit«, sagte Lotte zu ihrer Tochter, »jetzt darfst du auch aufs Eis.«

Die Kekstüte war leer. Lilly hatte nur drei Kekse geknabbert, den Rest hatte wohl Lotte gegessen.

Max bekam in dieser Stunde Weitschüsse beigebracht. Und Lilly stolperte bereits ganz passabel eigenständig über das Eis. Lotte sah in den teils bewölkten, teils blauen Himmel hinauf und genoss die wenigen ruhigen Minuten in der kalten Luft.

Kurz ging ihr noch einmal das Frauengerede im Sport durch den Kopf. Frauen machten sich genauso mit Getratsche wichtig wie die Männer oben auf der Tribüne, die gerade über den Mann hergezogen hatten, der sein ganzes Geld verspekuliert hatte, musste sie sich eingestehen.

Lotte seufzte. Wenn sie eine Menge Geld hätte, würde sie es brav für ihre Kinder auf die Bank tragen. Das würde sie machen. Stattdessen aber hatten sie und Alexander noch einige Jahre ihr Häuschen abzubezahlen. Da mussten sie sich wenigstens keine Gedanken um die richtige Geldanlage machen, tröstete sie sich.

Wieder gingen ihr die Worte durch den Kopf, die die Frau beim Turnen benutzt hatte – den Kindergarten *schützen*. Und dass der Henning den Gemeinderat *hochgehen* lassen werde. Wie denn das? Und warum? Lotte dachte nach. Vermutlich ging es darum, sich für die Bürgermeisterwahl zu profilieren. Da suchen sich die Politiker schon ihre Themen, das wusste Lotte.

Sie schüttelte den Kopf. Unsinn. Aber wovor denn schützen? Und wieso gleich einen ganzen Gemeinderat hochgehen lassen? Alles Unsinn. Wahrscheinlich hatte sie sich verhört. Oder die Frau hatte maßlos übertrieben, um sich selbst wichtig zu machen.

Aber wenn doch ein Körnchen Wahrheit in dem Gerede steckte? Lotte hatte schon oft erlebt, dass man auch beim übelsten Getratsche etwas Wahres erfahren konnte.

Sie schüttelte die Gedanken ab und reckte ihre Nase dem Sonnenstrahl entgegen, der hinter einer Wolke hervorkam.

Kurz danach nahm sie ihre erschöpften Kinder mit nach Hause und packte sie zuerst in die Badewanne und dann nach einem schnellen Abendessen ins Bett.

Diesen Abend würde sie ganz ruhig verbringen, mit einem Tee vor dem Fernseher, nahm sie sich vor.

Bereits kurz nachdem der Spielfilm im Ersten begonnen hatte, schlief Lotte selig auf der Couch.

Alexander weckte sie vorsichtig gegen elf Uhr, und sie wankte müde in ihr Bett.

Donnerstag, 14.11.

Am nächsten Morgen verließ Lotte mit einem klaren Vorhaben das Haus. Heute würde sie sich nicht vom Verkehrspolizisten Huber um den Finger wickeln und abspeisen lassen. Heute würde sie ihm ganz klar ihre Forderungen vorbringen.

Mit energischem Schritt trieb sie ihre Kinder vor sich her und sah bereits von Weitem den Polizeibeamten am Zebrastreifen stehen, diesmal zwar ohne Bus, aber wieder in Uniform.

»Guten Morgen, Herr Huber. Wie sieht es heute für Sie aus?« Der kleine gereizte Unterton bei ihr war nicht zu überhören.

»Alles ruhig, Frau Nicklbauer. – Guten Morgen.«

»Ich bin zwar ganz froh, dass Sie Ihren Bus um die Ecke geparkt haben, aber Ihre Uniform hat auch noch eine nicht zu unterschätzende Ausstrahlungskraft.«

Der Polizist verstand Lottes ironischen Unterton sehr wohl, aber er blieb ganz ruhig: »Ach, Frau Nicklbauer, jetzt schaun's mal. Die Autos fahren dort vorne schon langsam. Da können die mich überhaupt noch nicht sehen.«

In Lotte stieg die lange aufgestaute Wut langsam hoch. »Also keine Gefahrensituation weit und breit für Sie zu erkennen.«

»Mei, halt nicht mehr als bei jeder anderen größeren Straße auch.«

Das genügte Lotte, um richtig loszulegen. »Nein, Herr Huber, so geht das nicht. Diese Straße ist gefährlich! Grundschulkinder laufen hier mehrmals täglich hinüber. Und die Gemeinde und die Polizei haben die Verpflichtung, das abzusichern.«

»Frau Nicklbauer, jetzt machen's mal halblang. Hier geht alles vorschriftsmäßig vor sich. Wenn wir überall, wo sich einer beschwert, gleich eine Ampel hinstellen täten, hätten wir mehr Ampeln als Straßen.«

Nun platzte Lotte der Kragen. »Es ist einfach ignorant, wie Sie mit der Sache umgehen! Immer muss erst was passieren! Wollen Sie hier erst erleben, dass ein Kind stirbt, bevor Sie mal was tun?«

»Jetzt reicht's. Das lass ich so nicht stehen, Frau Nicklbauer.« Lotte konnte richtiggehend sehen, wie die Wut des Polizisten anstieg und seine kräftigen Backen rot färbte. Sie wollte schon einlenken, aber er war gerade erst in Fahrt gekommen: »Ich handle verantwortlich, und ich sehe hier keine Gefahrensituation. Woanders, da bringen sie Leut' um in Ottobrunn, da müssten wir viel schneller sein, sonst gibt's nämlich gleich die nächsten Toten, das war doch kein Einzelfall, da geht's doch um Geld. Aber Sie regen sich hier auf wegen einer Straße und stehlen mir die Zeit, die ich bräucht', um mal bei Wichtigem nachzuhaken.«

Lotte war verblüfft über diesen Ausbruch. Eigentlich wollte sie jetzt erst recht loswüten, aber ihre Neugier siegte, und sie fragte versöhnlich: »Wo würden Sie denn da nachhaken?«

»Beim Ottobrunner Freizeitpark, da müsst' man mal nachfragen, da könnt' ich was Sinnvolles machen und –« Er hielt abrupt inne, als ihm bewusst wurde, dass er gerade viel zu viel herausposaunt hatte. Schnell lenkte er auf das Straßenthema um. »Hören's Frau Nicklbauer, ich kümmer' mich wirklich vernünftig um die Straßensicherheit. Ich bin seit zwanzig Jahren Verkehrspolizist. Und ich werd' mir das in Ruhe und mit Vernunft hier ansehen. Haben's halt mal ein Vertrauen.«

An Lottes Empathie zu appellieren, war das Beste, was man tun konnte. Sie nickte. Aber der seltsame Wutausbruch des Polizisten hatte sich in ihrem Kopf eingenistet. – Der Freizeitpark, was genau war das eigentlich? Lotte glaubte den Namen im Zusammenhang mit dem örtlichen Schwimmbad bereits gehört zu haben, aber sie war sich nicht ganz sicher.

Auf dem kurzen Weg in den Kindergarten fragte sie sich, ob sie nicht langsam beim Straßenthema lockerlassen sollte. »Was man nicht ändern kann, muss man hinnehmen«, lautete die Weisheit ihrer Hebamme zu allen wichtigen Themen, ob Wehen, Geburt oder Kinderproblemen. Den Satz wollte sich Lotte, die sich eigentlich lieber über alles aufregte und nichts einfach so hinnahm, zu Herzen nehmen, seit ihre Kinder auf der Welt waren. Wie einen guten Vorsatz, den sie sich bei passenden Gelegenheiten wie dieser immer wieder vorsagte.

Als sie den Kindergarten verließ, traf sie ihre Freundin vor der Tür. »Hallo, Toni. Du, sag mal, was ist eigentlich der Freizeitpark?«

»Na, du stellst ja Fragen am frühen Morgen. Also, der Freizeitpark ist, glaube ich, eine GmbH oder ein Verein oder so etwas, der jedenfalls das Sphinx-Bad verwaltet, genauso wie die Fußballfelder und das Eisstadion.«

»Und ich dachte immer, das gehört alles der Gemeinde.«

»Ja, die hat da auch ihre Finger drin, aber wie genau, du, das weiß ich wirklich nicht. Warum willst du das denn plötzlich wissen?«

»Der Polizist Huber, der übrigens völlig ohne Augenmaß den Ranhazweg überprüft, hat so eine Andeutung gemacht, dass der Mord am Gemeinderat etwas mit dem Freizeitpark zu tun haben könnte.«

»Wie? Das verstehe ich nicht. Und überhaupt, wieso verbreitet jetzt schon die Polizei die Gerüchte?« Antonia tat die Worte des Polizisten mit einem Lachen ab und richtete ihren engen Rock, als sie Manfred, den »schönen Manfred«, mit seinem Sohn ankommen sah.

Der allerdings nickte ihr nur ein kurzes »Guten Morgen« zu, bevor er sich Lotte zuwandte: »Na, ist alles klar bei dir? Du sahst am Montag ziemlich mitgenommen aus.«

»Mir geht das Ganze auch immer noch nach.«

»Ach Lotte, mach dir nicht zu viele Sorgen. Ich glaube nicht, dass das mit unserem Kindergarten in Verbindung gebracht wird.«

»Na, da bin ich mir nicht so sicher. Es gehen schon seltsame Gerüchte um, dass der Henning was für den Kindergarten tun wollte, ihn *schützen*, das hat mir jemand erzählt.«

»Das ist doch nur dummes Gerede.« Manfred fasste Lotte tröstend am Arm. Mit einem Seitenblick registrierte sie, dass Antonia daraufhin eine Augenbraue hochzog.

»Außerdem geht mir einfach der sterbende Henning nicht aus dem Kopf.« Lotte streifte sich eine Locke aus der Stirn und entzog Manfred ihren Arm. Sie hatte keine Lust auf einen Kommentar von Antonia.

Manfred antwortete aufmunternd: »Du fühlst dich in jeden ein. Selbst wenn du ihn gar nicht kennst. Aber ganz im Ernst, nimm es dir nicht zu sehr zu Herzen. Es gibt einfach Dinge, die geschehen. – So, jetzt muss ich aber rein.« Er ließ sich von seinem Sohn in den Kindergarten ziehen.

Bevor Antonia zu einer Bemerkung ansetzen konnte, die ihr ins Gesicht geschrieben stand, hakte sich Lotte bei ihr unter. »Sag nichts, Toni. Oder bist du etwa eifersüchtig auf mich?«

»Oh ja, das bin ich, was glaubst du denn! Ich möchte auch mal erleben, dass alle umfallen, wenn ich hereinkomme! Aber wenn es irgendeine Frau gibt, der ich diese Wirkung gönne, dann bist du das, Lotte.«

Lotte drückte Antonias Arm. So unterschiedlich sie in ihrer Art waren, so einig waren sie sich, was ihre Freundschaft anging.

*

Als Lotte sich endlich zu einem gemütlichen zweiten Frühstück um zehn Uhr hinsetzen wollte, klingelte das Telefon. Lotte überlegte kurz, gar nicht erst hinzugehen, aber dann entschloss sie sich, das Telefonat doch anzunehmen, als sie Antonias Namen auf dem

Display sah. Es musste etwas Dringendes sein, denn ihre Freundin wusste, wie wichtig ihr dieses zweite Frühstück war.

»Hallo, Toni.«

»Hallo, Lotte. Mir hat es keine Ruhe gelassen, was du da heute früh gesagt hast. Und – es ist wirklich interessant! Da lebe ich schon immer in Ottobrunn, aber das war mir gar nicht klar.«

»Was denn überhaupt?« Lotte biss ungeniert in ihr bereits geschmiertes Marmeladenbrötchen.

»Das mit dem Freizeitpark. Hör zu, ich hab' das eben mal im Internet recherchiert. Der Freizeitpark ist eine GmbH und verwaltet das Sphinx-Bad, die Sportanlangen mit den Fußballfeldern, das Stadion und die Eislaufhalle. Dazu gehört auch die Mehrzweckhalle, die der Turnverein nutzt. Und jetzt pass auf, ich habe einen GmbH-Überblick gefunden: Sie wurde 1995 gegründet mit zweihundertfünfzigtausendundeinem Euro Kapital, und jetzt erzielen sie einen Umsatz von zehn Millionen Euro.«

Lotte versuchte, möglichst geräuschlos ihren Kaffee zu trinken, um Antonia in ihrem Redefluss nicht zu stoppen.

»Die Adresse ist manchmal angegeben mit der Adresse des Sphinx-Bades, manchmal mit Rathausplatz eins, also dem Sitz der Gemeindeverwaltung! Irgendwie ist das Ganze miteinander verwoben. Ich weiß zwar noch nicht, wie, aber das kriege ich schon noch heraus. Bislang kann ich auch nicht herausfinden, wer der Geschäftsführer oder Leiter ist. Aber, jetzt kommt's: In einem Eintrag steht als E-Mail-Adresse die von August Rentler! Und der Rentler, der sitzt in der Bauverwaltung der Gemeinde, das weiß ich von unserem Hausbau her.«

Lotte hatte mittlerweile ihr Marmeladenbrötchen aufgegessen. »Na und? Antonia, ich verstehe nicht, warum das alles so wichtig sein soll.«

»Ach Lottchen, weil die auf der Polizei anscheinend vermuten, dass es einen Zusammenhang zwischen dem Mord am Gemeinderat und dem Freizeitpark gibt. Und auf jeden Fall sind Freizeitpark und Gemeinde stark miteinander verflochten. Das ist doch wirklich hochinteressant.«

Lotte fand es im Moment weitaus interessanter, sich noch einen Kaffee zu machen. Mit viel Milchschaum und drei Löffeln Zucker, so wie sie das mochte. »Antonia, können wir nicht heute Abend darüber sprechen, wir haben doch sowieso Vorstandssitzung.«

Antonia überhörte in ihrer Begeisterung das mangelnde Interesse von Lotte. »Genau, bis dahin weiß ich vielleicht schon mehr. Und außerdem können wir Konrad fragen, der muss sich da doch auskennen.«

Lotte war froh, als sie endlich auflegen konnte und sich mit der *tz* an den gemütlichen Frühstückstisch setzen konnte. Heute überflog sie den Politikteil nur und blieb dann beim Münchner Teil hängen. Ein großes Foto zeigte den Marienplatz, auf dem sich eine große Menschenmenge mit vielen bunten Fahnen, davon die meisten regenbogenfarben, versammelt hatte. *Demo gegen Homo-Ehe am Stachus gescheitert. Polizei über Eskalation erstaunt,* lautete die Schlagzeile dazu. Lotte begann interessiert zu lesen. Was war denn das?

Die Demonstranten, junge Leute aus Frankreich von der katholischen Gruppierung ›Chapitre Saint Gatien‹, deren Pilgerreise auf den Spuren des abgetretenen Papstes Benedikt XVI. in München endete, setzten mit einer Kundgebung ein Zeichen im Namen von ›La Manif pour tous‹. Diese radikalen katholischen Aktivisten bringen in Frankreich Hunderte auf die Straße, wenn es darum geht, gegen die Homo-Ehe und das Adoptionsrecht für gleichgeschlechtliche Paare zu kämpfen. Die Bewegung ist mittlerweile europaweit aktiv.

> Doch mit der Reaktion der Münchner Schwulen-
> Community hatten die Pilger nicht gerechnet. Kaum
> ein Wort der Redner war zu verstehen. Jeder Gesang
> ging in Gepfeife, Getröte und Gebrüll unter.
> Die Zahl der Regenbogen-Fahnen der homosexuellen
> Community hat bei Weitem die der Familien-Fahnen
> der radikalen Katholiken überboten.
> Die Polizei war überrascht von der Eskalation und
> musste Verstärkung anfordern, hatte doch eine
> deutsche Frau die Demonstration für die »Rechte
> von Kindern und Familien« angemeldet. Einen
> homophoben Hintergrund ahnte da noch niemand.

Lotte grinste. Sie wusste kaum, was komischer war, die Vorstellung, dass es Menschen gab, die unter dem Vorwand des Schutzes von Kindern und Familie gegen Homosexuelle demonstrierten, oder eine Polizei, die völlig überfordert von laut-fröhlichen Schwulen waren, die sich das in München nicht bieten lassen wollten. – *Man muss den Anfängen wehren. Damit München bunt bleibt,* stand unter dem abgedruckten Bild.

Stimmt, wäre ja noch schöner, wenn man hier die Zeit wieder zurückdrehen würde, dachte Lotte.

*

Den Nachmittag verbrachte Lotte endlich mal wieder ganz ruhig mit den Kindern. Sie spielten Domino und Memory und all die Spiele, die sowohl einer Dreijährigen wie einem Fünfjährigen als auch Lotte Spaß bereiteten. Mit seinen fünf Jahren war Max auf der Höhe seines Memory-Könnens angelangt. Er konnte sich nahezu alle aufgedeckten Karten merken, sogar wenn sie alle sechzig Memory-Karten des Spiels auslegten. Selbst wenn sie es ernsthaft versuchte, hatte Lotte keine Chance gegen ihn, denn sie konnte sich teilweise kaum noch erinnern, ob die aufgedeckte Karte eher rechts oder links lag oder überhaupt bereits aufgedeckt war. Sie nahm sich mal wieder vor, Regina nach den entwicklungspsychologischen Hintergründen für diese unglaubliche Merkfähigkeit zu befragen. Zwischen fünf und acht Jahren waren manche Kinder absolute Meister beim Memory, anscheinend hatte hier die bildhafte Merkfähigkeit ihren Höhepunkt, danach wurden ältere Kinder schlechter. Der zehnjährige Cousin hatte keine Chance gegen Max.

Für die nötige Frischluft schickte Lotte dann ihre Kinder in den Garten, wo sie ausnahmsweise friedlich miteinander spielten.

Währenddessen setzte sie sich mit einem Tee hin und las die Tagesordnung, die Konrad für die heutige Vorstandssitzung pünktlich wie immer, bereits vor einer Woche, verschickt hatte. Auch wie immer hatte er gefragt, ob weitere Punkte hinzukämen, und Regina hatte Lotte auf dem Gang darauf hingewiesen, dass sie unbedingt den Vorflur im nächsten halben Jahr renoviert haben wollte. Das hätte Lotte Konrad bereits für die Tagesordnung mitgeben sollen, aber sie beschloss, dass sie es problemlos auch erst heute Abend ansprechen könnte. Natürlich würde sie deswegen wieder einen Rüffel von Konrad erhalten, aber das konnte sie gut hinnehmen. Ansonsten stand nichts Wesentliches auf der Tagesordnung, für das sie sich hätte vorbereiten müssen.

Sie legte sich das Blatt Papier an der Tür für den Abend bereit, zusammen mit einer Tüte Chips und ein paar von den köstlichen Wasabi-Nüssen, die bei den letzten Sitzungen bereits großen Anklang gefunden hatten. Lotte grinste bei dem Gedanken daran, dass der schmächtige Konrad wieder pikiert in die Runde sehen würde, wenn sich die Frauen erst einmal zehn Minuten darüber auslassen mussten, wie gut die Nüsse waren und wo man sie am günstigsten erstehen konnte. Vorstandssitzungen waren zwar Arbeit, aber immer auch ein großes Vergnügen, fand Lotte.

Und dann naschte sie erst einmal genüsslich aus der Tüte mit den gerösteten Nüssen, eingehüllt in den Wasabi-Meerrettich. Zuerst brannte ihr der chilischarfe Geschmack des Wasabi nicht nur auf der Zunge, sondern im ganzen Rachenraum und sogar in der Nase. Als sie die Nuss mit den Zähnen knackte, löste ihr süßlicher Geschmack das Brennen ab. Lotte schloss die Augen, um sich ganz diesem Gaumenvergnügen hinzugeben.

Plötzlich stand Lilly mit knallrotem Gesicht an der Tür und schrie ohrenbetäubend.

»Was ist denn, mein Häschen?«, Lotte sprang auf, beugte sich besorgt über sie und schluckte schnell die Reste der Wasabi-Nuss hinunter.

»Max hat mich mit dem Gesicht in den Schnee geschubst.«

»Max, komm mal her.«

Ganz langsam schlenderte Max mit zusammengezogenen Augenbrauen zu seiner Mutter. »Weil sie die ganze Zeit sagt, dass ich in Alicia verknallt bin. Aber das stimmt gar nicht.«

»Ihr kommt jetzt alle beide rein. Ab in die Badewanne, Schlafanzug an und Abendessen.«

Ganz so reibungslos ging es natürlich nicht. Auf dem Weg nach oben zwickte Max Lilly ins Bein, worauf diese wieder mit einem gellenden Schrei reagierte. Lotte versuchte, sich nicht allzu sehr aufzuregen, und dirigierte die zwei unter Protest zusammen in die Badewanne. Nachdem beide Kinder sauber waren, fühlte Lotte sich durchgeschwitzt und erschöpft. Eigentlich hatte Alexander versprochen, frühzeitig da zu sein. Sie hasste es, abgehetzt zur Vorstandssitzung kommen zu müssen.

Als Alexander endlich kam, richtete er wenigstens noch das Abendessen für die Kinder, so dass Lotte sich ein wenig frisch machen konnte.

»Musst du eigentlich immer die guten Nüsse für eure Vorstandssitzung mitnehmen?«, nörgelte Alexander von unten, als er die vorbereiteten Fressalien sah. »Ich denke, ihr arbeitet da, oder haltet ihr einen verspäteten Kaffeekranz?«

Lotte ignorierte das Quengeln von Alexander einfach. Sie wusste genau, dass es ihm nicht wirklich passte, wenn sie abends aus dem Haus ging. Aber ihre Vorstandssitzungen gehörten zu den kleinen Freiheiten, die sie sich nahm. Sollte er ruhig ein wenig nörgeln und sich dabei abreagieren.

Fünf Minuten vor acht Uhr verließ Lotte endlich das Haus und kam mit nur geringer Verspätung im Kindergarten an. Die anderen waren bereits da: Konrad, der Vorsitzende, Antonia als Zuständige für die Finanzen, der Bauvorstand Franz, die Personalfrau Andrea sowie Gerlinde und Bernhard, die beiden Beisitzer. »Na, da ist der Vorstand ausnahmsweise mal komplett anwesend«, kommentierte Konrad zufrieden, als Lotte den Raum betrat.

Auf dem Tisch standen eine geöffnete Flasche Wein, Wasser und Schokolade. Als Lotte ihre Nüsse auspackte, kam die erwartete Begeisterung sofort auf.

»Ah«, stöhnte Bernhard gespielt dramatisch auf, »diese göttlichen Nüsse, die zuerst wie Feuer auf der Zunge brennen, um dann in einem herrlichen Knack zu zerschmelzen.«

Bernhard war zwar auf seinem Beisitzerposten nicht das engagierteste oder wichtigste Vorstandsmitglied, aber er wurde von allen dafür geschätzt, dass er jederzeit zur guten Stimmung beitrug. In seiner Freizeit war er Schauspieler bei der hiesigen Laientruppe, die jeden Sommer ein Stück auf dem Marktplatz aufführte. Neben seinem bürgerlichen Leben als Bankbeamter und Vater zweier Söhne war er im Grunde seines Herzens ein Künstler.

Nun wechselte er in einen französischen Akzent: »Oh, wie isch dies-e Nüss-e lieb-e. Je les adore! Sie sind, wie sagt man, génial! Diese Nüsse essen – das ist wie faire l'amour ...« Dramatische Gesten begleiteten seinen Auftritt.

Die Vorstandskollegen hatten schon oft Kostproben seines schauspielerischen Könnens erlebt. Bernhard konnte wunderbar Menschen und ihre Stimmen nachahmen, und heute wirkte er wieder einmal besonders komisch, denn es war allen klar, dass diese Vorführung auf Estelle, die französische, etwas überdrehte Mama anspielte, die sie im Kindergarten hatten.

Alle lachten.

»Können wir jetzt mal anfangen, es ist schon zehn nach acht.« Konrads Versuch, die Begeisterung über Nüsse und Schauspiel zu stoppen, wurde geflissentlich ignoriert.

Erst zwanzig nach acht, nachdem auch noch alle wichtigen Kinderangelegenheiten durchgesprochen waren, konnte Konrad sich endlich durchsetzen und die Sitzung offiziell eröffnen.

Er leitete sie mit ein paar Worten zu den Vorgängen bei dem Umzug ein. »Wir stehen alle noch unter dem Eindruck dieses schrecklichen Unglücks beim Martinsumzug –«

Antonia schritt sofort korrigierend ein: »Kein *Unglück*. Die Polizei geht von einem Mord aus.«

Lotte sah Antonia an. Wie entschieden sie sich ausgedrückt hatte. Nur weil ein Verkehrspolizist eine Verbindung zu einem Verein hier zog. Na, das fand Lotte etwas übertrieben.

Auch Konrad winkte ab. »Nun, das scheint mir doch sehr weit hergeholt zu sein. Lassen wir die Polizei ermitteln. Wie auch immer, die Frage für uns ist doch, ob wir verpflichtet sind, die Eltern noch offiziell darüber zu informieren?«

Lotte zuckte hilflos mit den Schultern. »Na ja, mitbekommen haben es bereits alle, und mehr wissen wir auch nicht.«

»Ich denke auch«, bestätigte Konrad, »wir behandeln das nicht weiter als Kindergartensache.«

Lotte fand, dass Konrad ungewöhnlich locker mit der Tatsache umging, dass er selbst den Gemeinderat Henning hierhergeholt hatte, wo er sein Leben gelassen hatte. Ihr wäre das mit Sicherheit sehr nahegegangen. Konrad hingegen schien sich darüber keine

Gedanken zu machen. Lotte fing einen Seitenblick von Antonia auf, der ihr sagte, dass der Freundin ähnliche Gedanken durch den Kopf gingen.

»Nur der Vollständigkeit halber möchte ich euch noch die zwei Artikel über den Vorfall vorlegen, aus der *tz*, und heute hat dann auch die *Süddeutsche* berichtet. Für den Kindergarten ist die Erwähnung in diesem Zusammenhang nicht sehr glücklich. Unter Öffentlichkeitsarbeit verstehen wir eigentlich etwas anderes. Aber ich denke, das wird bald auch wieder vergessen sein.« Konrad legte zwei ausgeschnittene Artikel auf den Tisch.

Den aus der *tz* kannte Lotte bereits, der Artikel aus der *Süddeutschen Zeitung* war wesentlich kürzer:

Mord in Ottobrunn
Ottobrunner Gemeinderat wurde aus noch ungeklärten Umständen ermordet.
Bei dem Martinszug eines Kindergartens in Ottobrunn, Landkreis München, für den der passionierte Freizeitreiter Albert Henning am Montag im Kostüm des Sankt Martins einritt, fiel der Gemeinderat leblos vom Pferd. Schnell eingeleitete Reanimationsmaßnahmen blieben erfolglos.

Bevölkerung und Gemeinde trauern um ein langjähriges verdientes Mitglied des Gemeinderates.

Hauptkommissar Maurer, der die einberufene Sonderkommission »Martinszug« leitet, bittet die Bevölkerung um sachdienliche Hinweise in dem Mordfall. Konkrete Verdächtige oder Vermutungen bezüglich der Hintergründe der Tat liegen noch nicht vor, wie Maurer bestätigte.

Alle hatten die Köpfe über den zwei Zeitungsberichten zusammengesteckt. »Der Artikel von der *Süddeutschen* ist wenigstens sachlich. Und zum Glück steht da unser Kindergarten auch nicht mit Namen drin«, kommentierte Lotte das Gelesene.

»Anders als die *tz*«, erwiderte Gerlinde, »die ist ganz schön reißerisch.«

»Ich glaube, ich weiß, wer da mit der Presse gequatscht hat. Estelle hat mir mal erzählt, dass ihr Schwager bei der *tz* arbeitet. Da hat sie sich bestimmt wichtig gemacht«, erklärte Antonia.

»Nun dann«, Konrad sammelte die Artikel wieder ein, »da können wir nichts mehr machen. Lasst uns ganz ruhig unsere Arbeit tun. Diese Artikel werde ich auch nicht im Kindergarten aufhängen.«

Die anderen nickten zum Einverständnis.

Danach nahm die Sitzung ihren normalen Verlauf. Andrea, die Zuständige für Personal, wies darauf hin, dass der befristete Vertrag einer Teilzeit-Erzieherin automatisch in einen unbefristeten verwandelt werde, wenn man sie weiter beschäftige. Keiner hatte etwas dagegen einzuwenden. Die jährliche Sicherheitsbegehung wurde genauso terminiert wie die Mitgliederversammlung für das nächste Jahr. Das Herrichten des Vorflurs wollte Franz als Bauvorstand selbst übernehmen, was alle erleichtert zur Kenntnis nahmen.

Antonia stellte als Finanzvorstand in ihrem Jahresbericht dar, dass das Geld in Zeiten der neuen Kindergartengesetze zwar weiterhin sehr knapp bemessen sei, »die Gartenzwerge« sich jedoch keine existenziellen Sorgen machen müssten.

Fast wurde es langweilig, als Andrea noch einmal das Thema Klohygiene aufgriff. Die Mitvorstände verdrehten die Augen. Keiner wollte sich vorstellen, wie es in Bezug auf die Hygiene im Detail aussah, wenn ihre kleinen Mäuse sich darin versuchten, alleine die Toilette zu benutzen, vor allem, wenn dies bis zu zwanzig Kinder hintereinander taten. Wo da die kleinen Finger hinkamen – Lotte mochte es wirklich nicht wissen.

Andrea jedenfalls plädierte eindringlich: »Wir brauchen unbedingt desinfizierende Einmaltücher, die die Kinder selbst nach jedem Toilettengang zum Abwischen der Klobrille benutzen können.«

Lotte winkte ab. »Das habe ich doch bereits mehrfach mit Regina durchgesprochen. Die versichert mir jedes Mal sehr bildhaft, dass Kinder sich mit Desinfektionstüchern eher die Hände und den Mund abputzen, eventuell auch *nachdem* sie damit die Toilette gereinigt haben.«

»Ich denke, damit hat Regina recht«, bestätigte Antonia. »Außerdem verstopfen diese Tücher die Toilette, wenn man zu viele nimmt. Ich glaube, wir müssen das Toilettenproblem einfach so hinnehmen.«

Andrea nahm einen Schluck Wein und grinste. »Also, ich habe das Toilettenproblem für mich perfekt gelöst, und jetzt ärgere ich mich nur, dass meine Jana das einfach nicht hinkriegt.«

Lotte lehnte sich zurück und nahm ebenfalls ihr Weinglas in die Hand, denn es war völlig klar, dass es jetzt endlich doch noch lustig werden würde. »Na, Andrea, das möchten wir jetzt aber ganz genau wissen – wie hast du welches Toilettenproblem *perfekt* gelöst?«

Konrad verkniff sich einen Kommentar. Er wusste mittlerweile, dass er es nicht verhindern konnte, dass zwischendurch immer wieder von den Sachthemen abgeschwenkt wurde.

»Ach nein, das erzähle ich lieber nicht«, versuchte Andrea noch grinsend abzuwehren.

»Zu spät. Wer gackert, muss auch legen!«

»Der Spruch passt allerdings genau auf meinen Fall«, Andrea lachte. »Also gut: Ich stelle mich mit den Füßen auf die Toilettenbrille und hocke mich hin. So komme ich nirgendwo dran und kann in aller Ruhe mein Geschäft erledigen.«

»Was, bitte?« Lotte kicherte bereits. »Wie ein Huhn?«

Antonia stellte sich, Andrea bewusst provozierend, dumm: »Verstehe ich nicht genau, kannst du uns das mal vormachen?«

Andrea ließ sich nicht lange bitten. Sie stellte sich mit beiden Füßen auf ihren Stuhl, verkündete triumphierend: »Schaut, so!«

und hockte sich dann demonstrativ popowackelnd hin. »Seht ihr, das klappt wunderbar, sehr gemütlich und ganz ohne Berührung!«

Alle lachten, sogar Konrad.

Lotte traten die Tränen in die Augen. »Und Jana kann das nicht?«

»Unerhört, nicht wahr? Da erfinde ich den perfekten hygienischen Toilettengang, und meine eigene Tochter schafft es nicht. Fragt mich nicht, warum. Stattdessen muss ich sie immer noch über jede fremde Toilette halten. – Und ihr wisst, wohin Mädchen da überall zielen.«

»Nein, weiß ich nicht«, gab sich die Söhne-Mama Antonia interessiert, »ich dachte, immer nach unten.«

»Meine nicht, die jedenfalls kann auch nach vorne.«

Das Gelächter war so laut, dass ein Vorbeigehender hinter der Tür eher eine Faschingssitzung statt einer Vorstandsbesprechung hätte vermuten können. Lotte liefen die Lachtränen über beide Wangen. Sie konnte ihr Glucksen kaum noch unter Kontrolle halten.

»Stimmt, meine pieselt auch nicht gerade nach unten. Und ich dachte, das wäre eine Lilly-Spezialität. Oh Gott.«

»Seht ihr, und deswegen brauchen wir Desinfektionstücher«, versuchte Andrea noch einmal den Schwenk zu ihrem Lieblingsthema, aber die anderen lachten weiter und gingen einfach gar nicht wieder darauf ein.

»Also, können wir zum Abschluss noch den nächsten Vorstandstermin festlegen?«, Konrad versuchte, alle ein letztes Mal auf die Sache zu konzentrieren.

Sie konnten.

Beim Aufbrechen fragte Antonia dann ganz nebenbei: »Sag mal, Konrad, weißt du eigentlich Bescheid über die Freizeitpark-Konstruktion? Wie hängt der Freizeitpark denn mit der Gemeinde zusammen?«

Hier war der Gemeinderat in Konrad gefragt, und er antwortete daher ganz staatsmännisch: »Also, die Freizeitpark GmbH verwaltet unsere ganzen Sportstätten, das Sphinx, die Fußballfelder und das Stadion. Die Gemeinde wiederum hält eine Mehrheitsbeteiligung an dieser Verwaltungs-GmbH.«

»Warum hat die Gemeinde das denn nicht gleich alles selbst in der Hand behalten?« Während die anderen bereits hinausgegangen waren, standen Antonia und Konrad noch im Flur. Lotte hielt sich unauffällig im Hintergrund, konnte aber alles mithören.

»Es steht einer Gemeinde nicht gut an, ein lukratives Geschäft dieser Art zu betreiben. Das ergäbe Interessenskonflikte, zu viele Reibereien. Aber wenn eine unabhängige GmbH diese Dinge verwaltet und die Gemeinde als Mehrheitsbeteiligte davon profitiert, ist das doch eine ganz ordentliche Konstruktion. Außerdem muss man im täglichen Geschäft schnelle Entscheidungen treffen können, und das können die Verantwortlichen einer GmbH deutlich schneller als der Gemeinderat. Bis der Gemeinderat mal wieder tagt und dann zu Entscheidungen gekommen ist – darauf kann ein großer Betrieb nicht warten! Aber sag mal, warum interessiert dich das überhaupt?«

Antonia stockte. »Ach, mir hat jemand erzählt, dass der Tischtennisverein sich darüber beschwert, dass es hier Kungeleien zwischen Gemeinde und Freizeitpark gibt.«

Lotte fragte sich, warum Antonia nichts von dem Zusammenhang mit dem Mord sagte, aber sie hielt den Mund, packte ganz langsam weiter ihre Papiere zusammen und hörte aufmerksam zu.

»Genau deswegen macht solche Sachen lieber eine unabhängige GmbH. Eine Management-GmbH kann viel leichter wirtschaftlich agieren. Ist doch wie bei der Müllabfuhr. Die vom Tischtennisverein sind nur sauer, weil sie jetzt mehr Geld für die Nutzung der Turnhallen zahlen müssen. Aber von nichts kommt eben auch nichts.«

»Und wer betreibt die Freizeitpark-GmbH dann?«

»Geschäftsführer ist der August Rentler, der von der Gemeinde. Aufsichtsratsvorsitzender ist der erste Bürgermeister Bergermann. Aufsichtsräte sind ein paar Gemeinderäte. Aber das Praktische macht der Herr Mader vom Sphinx. – So, jetzt wartet aber meine Frau auf mich. Einen schönen Abend noch. Ihr habt ja einen Schlüssel zum Abschließen.« Und damit verließ Konrad das Gebäude und zog die Haustür hinter sich zu.

Antonia wandte sich an Lotte. »Das stinkt zum Himmel.«

»Warum denn? Er hat doch alles ganz einleuchtend erklärt.«

»Einleuchtend erklärt«, Antonia seufzte über Lottes Gutgläubigkeit. »Eine vorgeschobene GmbH ist das, damit man nicht sieht, wie viel die Gemeinde mit der ganzen Sache eigentlich verdient. Ich finde das überhaupt nicht okay.« Antonia zog einen ganzen Stapel Papiere aus ihrer Tasche und knallte ihn vor Lotte auf den Tisch. »Lies dir das mal durch. Hab ich alles im Internet gefunden. Und wie das stinkt. Du wirst schon verstehen.«

Lotte seufzte innerlich. Als ob sie Zeit und Lust hatte, sich in die Belange von Gemeinde und Freizeitpark einzulesen. Aber wenn sie das vor Antonia zugab, würde die sie wieder für desinteressiert und einfältig halten. Also nahm sie den Packen und schob ihn zu den Kindergarten-Unterlagen in ihre Tasche. »Ich werde es mir durchlesen. Aber erst morgen. Jetzt bin ich müde.«

Die beiden verließen den Kindergarten und sperrten die Tür hinter sich ab.

»Na, dann, spätestens bis Samstag«, verabschiedete sich Lotte. Sie wurde am Samstag 35 Jahre alt und hatte einige Freunde zur Feier bei ihrem Lieblingsgriechen eingeladen.

Antonia betonte: »Ich freue mich schon darauf! Das wird bestimmt wieder richtig lustig werden. Kommt eine Bauchtänzerin?«

»Ja, habe ich alles schon mit Alexis besprochen. Erst wird gut gegessen, und dann machen wir richtig Party!« Lotte freute sich schon auf den Abend im Freundeskreis.

»Wen hast du eigentlich alles eingeladen?«

»Ach, meine Lieblingsfreundinnen eben, natürlich mit männlichen Anhängseln, aber ausnahmsweise ohne Kinder!« Lotte grinste. »Also, dich, Andrea, Conny, Mareike und zwei Pärchen, die in München und Freising wohnen, die ihr also gar nicht kennt.«

»Wie auch immer, ich freue mich wirklich. Bis dann!« Antonia verabschiedete sich von Lotte mit einer herzlichen Umarmung.

Freitag, 15.11.

Am nächsten Morgen war Lotte müde, wie meist nach Vorstandssitzungen. Da sie sonst gegen 22 Uhr im Bett lag, fehlten ihr an solchen Abenden mindestens zwei Stunden Schlaf.

Mit einem freundlichen Guten-Morgen-Kuss und einem lieben Lächeln ließ Alexander sich dazu überreden, die Fahrt in den Kindergarten zu übernehmen. Dafür machte Lotte die Kinder fertig. Noch im Morgenmantel schloss sie mit einem Seufzer hinter den dreien die Tür und entschloss sich, jetzt erst einmal in aller Ruhe einen Kaffee zu trinken, bevor sie die Alltagshektik an sich heranließ. Beim Kaffee räumte sie ihre Tasche aus, die noch vom Vorabend im Flur lag, und fand auch den Packen über den Freizeitpark, den ihr Antonia mitgegeben hatte. Sie begann darin zu blättern. Es waren fast dreißig Seiten mit diversen Artikeln aus dem Internet: GmbH-Eintragungen, Presseartikel, Veröffentlichungen auf den Homepages. Lotte überflog die Fakten.

Tatsächlich war der Freizeitpark eine GmbH mit dem Bürgermeister höchstselbst als Aufsichtsratsvorsitzendem.

Die Liste des Aufsichtsrats las sich für Lotte wie eine Aufzählung des halben Gemeinderates: Binger, Henning, Kittler, Meyer, Mugglbauer, Wagner, Weinzierl. – Weinzierl, Lotte stockte, war ihr dieser Name nicht soeben erst untergekommen? Sie konnte sich aber nicht mehr erinnern, in welchem Zusammenhang.

Die Aufsichtsräte waren ausnahmslos Gemeinderäte.

Lotte stockte erneut, als ihr bewusst wurde, was sie da eigentlich gelesen hatte. Henning, der tote Gemeinderat Albert Henning, gehörte ebenfalls zu den Aufsichtsräten der Freizeitpark GmbH.

Lotte schüttelte den Kopf und fuhr sich durch die noch ungekämmten, wilden Locken. Da war der Henning wirklich irgendwie verwickelt in die Freizeitpark-Gesellschaft.

Was in keiner Weise bedeuten musste, dass dies ein Grund für einen Mord war, fand Lotte.

Und als Geschäftsführer der GmbH fungierte tatsächlich Albert Rentler, der stellvertretende Leiter der städtischen Bauverwaltung.

Lotte wusste von Konrads Ausführungen gestern, dass solche Verflechtungen von öffentlichen Institutionen und privatrechtlichen Gesellschaften üblich waren. Dass aber der Aufsichtsrat der Gesellschaft ausschließlich aus Gemeinderäten bestand, schien ihr doch ungewöhnlich. Sie wollte das am Abend mit Alexander besprechen.

Ihre Neugier war geweckt. Sie machte sich einen weiteren Cappuccino und ein Marmeladenbrot und las nun mit wachsendem Interesse die nächsten Seiten.

Der erste Artikel stammte aus der *Süddeutschen Zeitung*. Netterweise hatte Antonia gleich die interessanteste Passage markiert, in der der Bürgermeister über die Freizeitpark-Anlagen sprach: *Wenn dort florierende Anlagen entstünden, könnte eine Ost-Umgehung gebaut werden. Das hängt ganz davon ab, was beim Sphinx geschieht.*

Lotte hatte bereits davon gehört, dass das Sphinx-Bad, bisher ein wunderschönes Familienbad mit einem kleinen Saunabereich, zu einem Wellness-Bad umgebaut werden sollte. Dass dies dann auch ein Grund für den Bau einer Umgehungsstraße sein sollte, leuchtete ihr zunächst nicht ein. Aber langsam wurde Lotte klar, dass es bei diesem ganzen Komplex auf jeden Fall um viel Geld für die Gemeinde ging.

Im nächsten Artikel fand sie dazu auch eine konkrete Zahl. Die Freizeitpark GmbH benötige fünf Millionen Euro für den Ausbau des Bades in eine *moderne Wellness-Oase*. Lotte ärgerte sich sofort darüber, dass es für Wellness-Oasen offenbar genug Geld gab. Wahrscheinlich konnte man es sich von den betuchten Senioren der Gegend, die sich dann tagelang dem Wellnessvergnügen hingaben, schnell wieder zurückholen. Für Kinderbedürfnisse standen solche Summen nie zur Verfügung.

Diese fünf Millionen, so las Lotte weiter, sollten aus einem Kredit kommen, den die Gemeinde mit einer Bürgschaft absichern würde.

»Alles ein Topf«, grummelte Lotte in sich hinein, »sieht nur von außen wie zwei unterschiedliche Dinge aus.« Obwohl das sonst gar nicht ihre Art war, verbiss sich Lotte langsam in diese Verwicklungen.

Unglaublich, diese ganzen Kungeleien, fand sie.

Beim nächsten Artikel verstand Lotte anfangs gar nicht, warum Antonia ihn zu der Freizeitpark-Geschichte dazugepackt hatte.

Sport bewegt die Ottobrunner, lautete die Headline.

Offensichtlich hatten sich die vier Kandidaten vor der letzten Bürgermeisterwahl einer Podiumsdiskussion gestellt, die völlig aus dem Ruder gelaufen zu sein schien, als der Vorsitzende des Tischtennisvereins heftige Attacken gegen die Gemeinde losließ. Die Einsparungen und Kürzungen der Zuschüsse für die Sportvereine seien unverantwortlich gewesen und würden die sporttreibenden Ottobrunner fort von den meist ehrenamtlich unterstützten Sportvereinen und hin zum Freizeitpark führen. Dies sei von der Gemeinde genau so politisch gewollt.

Bergermann, jetziger Bürgermeister und einer der damaligen Kandidaten, beantwortete den Angriff salomonisch mit der Aussage, dass es zwar richtig sei, dass die Sportvereine mehr finanzielle Unterstützung bräuchten, es in Zeiten schlechter Kassenlage jedoch unmöglich sei, alle Wünsche zu erfüllen.

Und nun riss Lotte die Augen weit auf, als sie weiterlas: *Gemeinderat Henning schaltete sich in die erhitzte Diskussion ein mit der Feststellung, dass sich die Bürger und Bürgerinnen Ottobrunns ganz* vertrauensvoll darauf verlassen sollten, dass sich die Gemeinderäte, integer, persönlich, verantwortungsvoll und in solchen Belangen überparteilich, dieses ganzen Themas noch einmal genauer annehmen werden.

Lotte versuchte, all diese Fakten in ihrem Kopf zu sortieren und mit jenen Dingen, die sie bereits wusste, in Verbindung zu bringen. Sie biss noch einmal in ihr Marmeladenbrot, nahm sich einen Zettel und notierte sich die wichtigsten Stichpunkte:

- *Gemeinderat Albert Henning wollte sich bei der nächsten Bürgermeister-Wahl als CSU-Kandidat gegen den jetzigen SPDler aufstellen lassen (mit guten Chancen!)*
- *Die Gemeinde ist verflochten mit dem Freizeitpark.*
  Albert Henning war Gemeinderat und zugleich im Aufsichtsrat der Freizeitpark GmbH.
- *Der Freizeitpark braucht viel Geld für den Umbau. Davon hängen wahrscheinlich wieder größere Einkünfte für die Gemeinde ab und auch noch die Ost-Umgehung.*
- *Gemeinderat Henning hat sich persönlich dafür eingesetzt, die Verstrickungen von Gemeinde und Freizeitpark genauestens zu überprüfen.*
- *Gemeinderat Henning wurde ermordet.*

Lotte las sich ihre Notizen konzentriert durch. Wirklich, es gab objektive Zusammenhänge. Aber ob das für einen Mord reichte? Langsam konnte auch Lotte dies jedenfalls nicht mehr ausschließen. Sie hatte ganz heiße Wangen bekommen bei ihrer Recherche. Und sie spürte ganz deutlich, einer wichtigen Sache auf der Spur zu sein. Jetzt konnte sie Antonia verstehen, sie hatte sich genauso in das Thema verbissen wie ihre Freundin.

Lotte hängte den Notizzettel mit einem Magnet-Button an ihren Kühlschrank zwischen die Ballett-Notizen ihrer Tochter und die Eishockeytermine ihres Sohnes.

Als sie auf die Uhr blickte, war es bereits zehn.

Höchste Zeit, sich endlich anzuziehen und einzukaufen. Alexander war immer liebevoll, aber dafür hatte er auch gerne ein gutes Essen auf dem Tisch stehen, wenn er abends nach Hause kam. Und in ihrem Kühlschrank herrschte gähnende Leere. Also los.

Freitagvormittag war immer Markt in Ottobrunn. Lotte schlenderte mit ihrem Korb am Arm über den Marktplatz.

Sie liebte diese Einkaufsstunde unter freiem Himmel. Ganz bewusst nahm sie die bunten Farben des Gemüses wahr: das dunkle Lila der Auberginen, das satte Grün der Zucchini, das Rot der Paprikas und das leuchtende Orange der Karotten – wie die Farbpalette eines Malers der Provence, fand Lotte. Am Gemüsestand holte sie sich Salat, Karotten und Paprika. Außerdem Auberginen und Zucchini für ein Gratin, das sie heute Abend kochen wollte.

Am Obststand verlockten die Gerüche Lotte zum Kauf von Äpfeln und Birnen für Lilly und von Mangos, die Max so liebte.

Beim Fischstand entschied sie sich für zwei Forellen.

Schließlich warf sie einen Blick auf die Auslage des Käsestandes. Der Käsemann, der mit seinem kleinen fahrbaren Verkaufsstand nur am Freitag kam, hatte den besten Käse Ottobrunns: milden Bergkäse, den ihre Kinder so liebten, einen wundervollen Höhlengreyerzer, eine Gorgonzola-Frischkäse-Mischung, für die Lotte hätte sterben können, und Briekäse in allen Altersklassen. Sie musste nur daran denken, und schon lief ihr das Wasser im Mund zusammen.

Das einzige Problem war, dass man viel, sehr viel Zeit brauchte, wenn man bei ihm einkaufen wollte. Jedem Kunden erzählte er haarklein, auf welcher Weide die Kuh gestanden hatte, die die Milch für den gewählten Käse gegeben hatte. Oder er ließ sich über die verschiedensten Produktionsformen und ihre Qualitäten aus.

Diesmal warteten zwei Kunden vor dem Stand. Lotte schätzte ab, dass dies etwa zehn Minuten Wartezeit für sie bedeutete, plus mindestens fünf Minuten zum Bedienen für sie selbst, eine Viertelstunde also. Ein Blick auf die Uhr zeigte ihr, dass sie das knapp noch schaffen könnte, und sie stellte sich an.

Gerade wurde eine junge Frau bedient, die einen Grana verlangte. Lotte grinste in sich hinein, denn sie wusste, welche Art von Belehrung jetzt folgen würde. Und prompt setzte der Käsemann in breitem bayerischen Dialekt an: »Gell, wissens scho, dass Sie auf keinen Fall die gute Rinde abschneiden und wegwerfen dürfen. Die is' guat zum Reiben. Einen g'schmackvolleren Grana als wie den hier finden's nirgendwo!« Lotte gab ihm innerlich recht, auch wenn sie hoffte, dass er der Frau jetzt einfach den Käse aushändigen würde. Aber nein, jetzt folgte noch eine Erklärung über die Art, ihn zu essen: »Wissen's, am besten schneiden's den auch nicht. Brechen tuat ma an echten Grana. Dadurch entsteht a größere Oberfläche, und das Aroma entfaltet sich voll. I sog Eahna – dann essen's den nur noch pur. Guad is des!«

Die Frau nickte, sichtlich interessiert an diesem geballten Käsefachwissen. Als sie erklärte, dass sie nun alles habe, hoffte Lotte auf den Abschluss des Geschäfts, aber der Käsemann entdeckte jetzt erst den kleinen Jungen der Frau. Kinder ließ er nie ohne einen Probierkäse fort. Lotte hatte sonst nirgends erlebt, dass die Kinder kleine Käsestückchen gereicht bekamen, so wie eine Scheibe Gelbwurst beim Metzger. Beim Käsemann aber war das üblich – und bisher hatte sie kein Kind gesehen, das seinen Käse abgelehnt hatte.

»Na, Strizzi-Gauner«, sprach der Käsemann den Jungen an, »magst ein Stückerl vom Bergkäs'?« Der kleine Junge nickte schüchtern, aber man merkte, dass er offenbar nur darauf gewartet hatte. Lotte lächelte in sich hinein, denn ihre eigenen Kinder waren hier auch immer ganz begierig auf ein Stück Käse.

Es waren fast zehn Minuten vergangen. Nur noch ein Kunde, das würde sie doch zeitlich schaffen.

»Griaß Eahna, Herr Bürgermeister, was darf's denn heute sein?«

Erst in diesem Moment bemerkte Lotte, dass die ganze Zeit der Bürgermeister Bergermann vor ihr gestanden hatte.

»Ich habe heute Abend eine Einladung. Meine Frau hat mich losgeschickt, bei Ihnen dafür noch Käse zu kaufen. Machen Sie mir doch bitte einfach eine Zusammenstellung von ein paar guten Käsen.«

»Für wie viele Leut'?«

»Einen Moment, da muss ich nachzählen: der Rentler, der Weinzierl, der Binger und ich – vier Personen also.«

»Jawohl, Herr Bürgermeister, da mach' ich Eahna eine wunderschöne Zusammenstellung: einen Trüffelbrie, der zerläuft auf der Zunge, sag' ich Eahna, einen ganz alten Camembert, dazu den guten Hartkäse und zwei verschiedene Ziegenkäse. Das wird den Herren schmecken, das verspreche ich Eahna. Dazu kriegen's von mir heute meinen selbstgemachten Feigensenf – ich sag's Eahna, Ihre Gäste werden begeistert sein!«

Lotte stand hinter dem Bürgermeister und machte sich ihre eigenen Gedanken. Sie musste sich die Namen einprägen: Rentler, den kannte sie, Geschäftsführer der GmbH und in der Gemeinde der Zuständige in der Bauverwaltung. Binger – nie gehört, Weinzierl – der Name kam ihr irgendwie bekannt vor, aber woher nur? Gehörten Binger und Weinzierl nicht zu den Aufsichtsräten der Sphinx GmbH?

Und die hatten heute Abend also eine Privataudienz beim Bürgermeister.

Das musste nichts heißen, gar nichts, aber seltsam war es schon.

Als sie endlich drankam, gab sie ungewohnt kurz angebunden ihre Bestellung auf und war froh, als sie endlich fortkam. 25 Minuten hatte es gedauert; sie konnte für den Käsemann und sich selbst nur hoffen, dass sein Schild »Aushilfe gesucht« bald Erfolg haben würde.

*

Am Abend drapierte Lotte ihre Einkäufe vom Markt besonders hübsch auf dem Abendbrottisch. Geschälte und geviertelte Karotten, Streifen von goldgelber Paprika. Ein frisches Bauernbrot, dazu ein Teller voller Wurst und eine herrlich anzusehende Käseplatte. Als Krönung hatte sie ein warmes Zucchini-Auberginen-Gratin mit einer wunderbar krossen Käseschicht, gemischt mit Semmelbröseln, zubereitet. Es duftete verlockend. Alexander hatte soeben die Kinder erfolgreich zu Bett gebracht, denen Lotte bereits vor einer Stunde, kurz vor dem Sandmännchen ihre Leberwurst-Brote gereicht hatte.

Alexander schnupperte, als er die Wendeltreppe hinunter zu Lotte ins Wohnzimmer kam. »Mein Täubchen, haben wir etwas zu feiern? Das sieht ja wirklich verlockend aus. Ich liebe diese Markttage!« Er fasste Lotte, die gerade den letzten Teller auf den Tisch stellte, um die drallen Hüften: »Und ich liebe dich, mein göttliches Weib.«

Lotte klopfte ihm lachend auf die Finger und gab ihm dann ein versöhnliches Küsschen. »Besonders, wenn ich abends warm koche, nicht wahr!«

»Das auch«, gestand Alexander augenzwinkernd, »aber vor allem, weil du so bist, wie du bist. Heute habe ich mich den ganzen Tag wieder mit dieser blöden Zicke aus dem Marketing herumärgern müssen. So eine geschniegelte, die wahrscheinlich früh zwei Stunden vor dem Spiegel verbringt, aber leider nützt ihr das beruflich gar nichts. Die ist so unpraktisch, trifft nur sinnlose Entscheidungen, die es aber mit sich bringen, dass sie möglichst viele Vorstandstermine hat. Ich hasse solche Frauen. Solche, die sich immer nur selbst in den Vordergrund stellen.«

»Ach, da sollen wohl doch lieber nur die Männer stehen.«

»Nein, du weißt, dass ich nicht so einer bin. Damals mit meiner Chefin in der früheren Abteilung, bin ich wunderbar zurechtgekommen. Die war vernünftig und praktisch. Da ist es mir völlig egal, ob Mann oder Frau. Nur diesen Zickentyp kann ich einfach nicht ertragen.«

Lotte nickte, sie wusste schon, was ihr Alexander meinte. Sie überlegte einen Moment und schlug dann trocken vor: »Dann küss sie doch einfach!«

»Bist du verrückt? Warum sollte ich das denn tun?«

»Na, vielleicht möchte sie nur spüren, dass auch du sie attraktiv findest.«

»Manchmal, Lotte, denke ich, dass du völlig daneben bist. Und du hättest nichts dagegen, wenn ich diese hochattraktive Frau küsse?«

»Ich meine natürlich nur einen Kuss auf die Wange.« Lotte suchte nach den richtigen Worten. »Und ich hätte nichts dagegen, weil ich genau weiß, dass du nur mich liebst. Und wenn du sie küsst und ihr damit endlich den Wind aus den Segeln nimmst, dann ist das in Ordnung.«

»Ich glaube, es gibt keine Frau außer dir, der ich das glauben würde. Immerhin, du hast recht, es gibt für mich keine außer dir.«

»Eben.«

»Aber unterstehe dich und tu so etwas im umgekehrten Fall. Mir wird hier kein anderer Mann geküsst, damit das klar ist.« Alexander lachte.

»Bisher …«, Lotte tat so als müsste sie überlegen, »bisher bin ich auch nicht auf die Idee gekommen.«

Sie setzten sich, und Lotte verteilte Gratin auf die Teller.

»Die küssen – nein, das wäre wirklich das Allerletzte für mich«, Alexander betrachtete das duftende Essen. »Ich gönne mir dazu ein Bier.« Er ging in die Küche, und Lotte hörte kurz darauf das Ploppen des Kronkorkens. Doch erst eine Minute später kam Alexander zurück. »Sag mal Lotte, was hat denn dieser seltsame Zettel am Kühlschrank zu bedeuten? Recherchierst du im Mordfall Henning, oder was?«

»Nein«, Lotte grinste, »ich bin noch nicht unter die Detektive gegangen. Aber ich habe ein paar Sachen über den Henning gehört, die ich sehr seltsam finde. Und ich habe mir das alles aufgeschrieben, um meine Gedanken zu sortieren.«

Alexander zog skeptisch seine Augenbrauen hoch, widmete sich aber erst einmal seinem Gratin, dessen ölgetränkte Auberginenreste er mit dem Bauernbrot genüsslich auftunkte.

Währenddessen erläuterte Lotte dem kauenden Alexander ihre Erkenntnisse: »Der Gemeinderat Henning wollte Bürgermeister werden. Und er hat sich gegen den Ausbau des Sphinx-Bades zur Wellness-Oase ausgesprochen.«

Alexander legte sein Besteck ab und sah Lotte aufmerksam an: »Ach, das habe ich noch gar nicht gewusst, dass eine Wellness-Oase gebaut werden soll. Fände ich eigentlich ganz nett.« Dann holte er sich eine zweite Portion vom Gratin aus der noch warmen Schüssel. Lotte fragte sich ganz kurz, wo ihr schlanker Mann eigentlich die Mengen hin aß, die er immer vertilgte. Nun, zugegebenermaßen betrieb er deutlich mehr Sport als sie.

Sie nahm sich auch schnell noch eine weitere Portion, da sie befürchtete, dass Alexander ihren Vortrag nutzen würde, um die Auflaufform selbst auszukratzen. Dann berichtete sie weiter: »Um fünf Millionen Kosten geht es da, entsprechend viel Gewinn vermutlich, und der Ausbau der Ost-Umgehung hängt auch irgendwie davon ab. Jedenfalls stellte der Henning sich dagegen. Damit hat er höchstwahrscheinlich alle Gemeinderäte und auch den jetzigen Bürgermeister verärgert. Die stehen nämlich alle hinter dem Sphinx-Bad. Aber jetzt hör mal genau zu, Alexander, die GmbH, die das Sphinx-Bad verwaltet, ist eigentlich die Gemeinde. Alle, wirklich alle Aufsichtsräte sind Gemeinderäte, der Bürgermeister ist der Aufsichtsratsvorsitzende und der Gemeinderat Rentler führt das alles als Geschäftsführer. Findest du das nicht seltsam?« Lotte sah ihren Mann erwartungsvoll an, der kaum aufblickte, sondern sich den letzten Bissen genüsslich auf der Zunge zergehen ließ.

»Lotte, das schmeckt einfach herrlich, davon kannst du das nächste Mal ruhig mehr machen. – Und nein, so seltsam ist das nicht. Das wird doch immer so gemacht, die Müllabfuhr zum Beispiel ist meines Wissens auch so ähnlich strukturiert.« Alexander dachte kurz nach. »Dass der Aufsichtsrat ausschließlich aus Gemeinderäten besteht, ist vielleicht schon etwas ungewöhnlich. Aber du meinst doch nicht, dass das ein Grund für einen Mord ist, nur weil ein Gemeinderat eine politische Entscheidung nicht gut findet? Du, da gäbe es täglich Morde in Ottobrunn und in jeder anderen Gemeinde.«

Lotte schüttelte nachdenklich ihre braunen Locken. Wahrscheinlich hatte er recht. Sie sah schon Gespenster. Dies jedenfalls genügte wirklich nicht als Motiv für einen Mord. »Aber«, fiel ihr dann doch noch ein, »stell dir mal vor, wer heute Abend beim Bürgermeister zum Abendessen eingeladen ist.« Lotte sah ihren Mann triumphierend an: »Der Gemeinderat Rentler – der Geschäftsführer vom Sphinx, der Weinzierl – Gemeinderat und Aufsichtsrat beim Sphinx, sowie der Binger – ebenfalls Gemeinderat und Aufsichtsrat beim Sphinx. Also, wenn das nicht seltsam ist!«

Alexander stutzte: »Lotte, woher weißt du das denn? Schnüffelst du da irgendwo herum?«

»Nein«, Lotte sah ihn vorwurfsvoll mit ihren treuen braunen Augen an, »das habe ich heute rein zufällig auf dem Markt mitgekriegt.«

Missbilligend schüttelte Alexander den Kopf. »Mein Gott, Lotte, und selbst wenn die sich heute über das Sphinx unterhalten, das ist doch kein Verbrechen.« Jetzt sah er seine Frau ernsthaft vorwurfsvoll an, lenkte dann aber ein: »Außerdem, mein Täubchen, dafür haben wir in unserem Staat Polizei und Staatsanwaltschaft. Hausfrauen brauchen sich wirklich nicht um die Verbrechensbekämpfung zu kümmern.« Und dann beugte er sich mit einem liebevollen Dackelblick über den Tisch, ganz nahe zu ihrem Gesicht: »Die sollten sich besser um ihren Mann kümmern …«

Lotte lachte und gab ihm einen langen Kuss. »Komm, lass uns hoch gehen.«

Samstag, 16.11.

Die Kinder ließen Lotte und Alexander ausnahmsweise bis acht Uhr in Ruhe. Dann schlich sich Lilly verschlafen ins Elternbett und kuschelte sich noch einmal an die weichen Rundungen von Lotte. Max kam zehn Minuten später und landete mit einem Sprung auf Alexanders Bauch, der laut aufstöhnte.

Auf einen Wink von Alexander verließen die beiden Kinder plötzlich schnell und leise zusammen mit ihm das Schlafzimmer. Lotte schloss wieder genüsslich die Augen und tat, als ob sie nichts bemerkt hätte, um den dreien nicht den Spaß zu verderben. Schließlich war heute ihr Geburtstag!

Tatsächlich war sie wieder eingeschlafen, als die drei einige Zeit später zurückkamen, Lilly mit einem Blumenstrauß und Max mit einem großen Kuchen in der Hand. Sie bauten sich vor Lottes Bett auf und schmetterten hingebungsvoll ihr Ständchen: »Zum Geburtstag viel Glück, zum Geburtstag viel Glück, zum Geburtstag, liebe Mama, zum Geburtstag viel Glück!«

Max sang, wenn auch etwas schief, mit voller Inbrunst. Dazu erklangen Alexanders Bass und Lillys hohes Stimmchen. Und wie jedes Jahr war Lotte einfach hingerissen von ihrer kleinen Familie.

»Danke, meine Süßen!«

Jedes der Kinder und natürlich auch Alexander holten sich einen dicken Kuss ab. Als Alexander den Kuchen und die Blumen wieder hinaustrug, schmissen sich die beiden Kinder noch einmal zu Lotte ins Bett.

Erst nach einer ausgiebigen Kitzel- und Kissenschlacht standen alle auf. Lotte begnügte sich damit, ihren Morgenmantel überzuziehen und setzte sich an den hübsch gedeckten Frühstückstisch. Alexander hatte frische Semmeln geholt und Lilly offensichtlich die Tischdekoration übernommen, da vor jedem Teller ein kleines Teddybärchen saß.

Während Max im Schlafanzug auf dem Wohnzimmer-Boden die Playmobil-Ritter aufstellte, holte Lilly sich ein kurzärmeliges Sommerkleid aus dem Schrank und streifte es über den Schlafanzug. Lotte musste lächeln, als sie ihre Tochter so sah, ließ das ungewöhnliche Outfit für das samstägliche Geburtstagsfrühstück aber durchgehen.

Natürlich bekam sie jetzt noch von jedem ein Geschenk überreicht. Lilly hatte gleich vier ihrer farbenfrohen Zeichnungen vorbereitet. Gott sei Dank erklärte sie jede Kinderzeichnung. »Das bist du, Mama, mit dem Polizisten am Ranhazweg. Ich hab' ihm auch ein Krokodil dazugemalt.« Man sah zwei blaue Kringel mit zwei Strichbeinen – Lotte glaubte, darin sich selbst zu erkennen, denn zwei schwarze Kringel mit zwei Strichbeinen waren, ganz klar, der Polizist, neben dem ein dickes grünes Ei prangte.

»Toll, mein Schatz!«, bewunderte Lotte die Zeichnung, und Lilly bekam gleich noch einen Kuss.

Max hatte eine aus Ton gefertigte Tasse für sie. Die musste er im Kindergarten gebastelt haben und hatte es dann wirklich geschafft, das kleine Kunstwerk vor ihr zu verbergen. Stolz hielt er ihr den mit blauen Tupfen besprenkelten Becher hin.

»Das ist ja ganz großartig, daraus trinke ich jetzt sofort meinen Kaffee!« Lotte drückte Max fest an sich, der sich die Umarmung nur kurz gefallen ließ und ihr dann erklärte, dass man bei so einer Tasse Ring für Ring aufeinanderlegen musste, um erst dann den Ton zu verstreichen. »Sonst wird das nichts!«, erklärte er fachmännisch. Stolz sah Lotte hier schon den nächsten Ingenieur heranwachsen.

»Ich habe auch etwas für dich, mein Täubchen.« Fast schüchtern stand Alexander hinter den Kindern und hielt Lotte ein

Kuvert hin. Lotte faltete es vorsichtig auf und entnahm ihm eine Karte: ein Wellness-Gutschein für eine Massage im Sphinx-Bad.

»Oh, wie schön, das hatte ich schon lange nicht mehr!« Lotte stand auf, um ihrem Alexander auch einen dicken Kuss zu geben. Er hielt sie lange in der Umarmung fest: »Alles Gute zum Geburtstag, mein Täubchen. Wie ich dich liebe!«

Nach dem ausgiebigen Frühstück und einem ruhigen Spielevormittag machte Lotte sich mittags an die am Vortag gekauften Forellen.

Behutsam packte sie sie aus und legte sie auf einen großen Teller. Die zwei Fische schienen sie mit ihren großen wässrigen Augen vorwurfsvoll anzusehen. Lotte hatte das Säubern der Fische noch nie gerne gemacht, aber heute kamen ihr sofort die Bilder des Gemeinderats Henning in den Sinn. Wenn sie es sich genau überlegte, hatte sie am letzten Montag einen toten Menschen in den Armen gehalten. Lotte versuchte, ihr aufkommendes Entsetzen zu bezwingen. Ohne dabei auf seine Augen zu sehen, nahm sie einen der Fische und hielt ihn unter den Wasserhahn. Das kalte Wasser floss in die Bauchhöhle hinein und spülte einen Schwall Blut mit heraus, der genau über Lottes Finger rann. Wie am Montag das Blut des Gemeinderates. Lotte verlor ihre mühsam zusammengenommene Beherrschung. Ihre Beine versagten ihr den Dienst, und sie sackte vor dem Spülbecken zusammen. Auf dem Boden kauernd betrachtete sie wie unter Schock ihre Hand, von der immer noch das mit Wasser verdünnte Fischblut lief.

Ein Mensch war gestorben, genau vor ihr. Nein, das war nichts, was sie einfach verdrängen konnte. Ein Mensch in der Mitte seines Lebens, ein Mensch mit Plänen für die Zukunft, ein Mensch mit Wünschen und Gefühlen, ein Mensch, der doch leben wollte, war ermordet worden. War ihr zu Füßen gefallen. In ihrem geliebten Kindergarten.

Sie konnte das nicht länger von sich wegschieben. Es war alles kein Zufall gewesen. Kein Unfall, sondern Mord. Und es hatte mit dem Kindergarten zu tun. Vor allem hatte es mit der Gemeinde Ottobrunn zu tun, denn der Mann hatte ihr Bürgermeister werden wollen.

Schließlich war es auch kein Zufall, dass Henning gerade Lotte vor die Füße gefallen war. Genau wie ihr alle diese Informationen quasi vor die Füße fielen. Das war eine Aufforderung an sie. Lotte schüttelte den Kopf. Nein, sie würde nicht länger wegsehen, es nicht weiter verdrängen, sie würde sich um die Aufklärung dieses Verbrechens kümmern.

»Lotte, hast du dich verletzt?« Alexanders entsetzter Aufschrei holte Lotte in die Wirklichkeit zurück. »Hast du dich geschnitten?« Für seine Verhältnisse war Alexander fast panisch. »Was ist passiert?«

Lotte hatte Mühe, ihre Stimme zurückzugewinnen: »Nein, nein, das ist nur das Blut vom Fisch. Alles in Ordnung.«

Schlagartig beruhigte sich Alexander und stellte ganz praktisch erst einmal das immer noch laufende Wasser aus, bevor er Lotte hochhalf. »Was ist denn los?«

»Mich hat nur das Blut des Fisches an das Blut vom Henning erinnert, und plötzlich sackten mir die Beine fort.«

»Ach, mein Täubchen«, er zog sie liebevoll an sich, wobei er jedoch darauf achtete, nicht mit ihren blutigen Händen in Kontakt zu kommen. »Du wäschst dich jetzt erst mal und setzt dich aufs Sofa. Ich säubere den Fisch fertig. Zubereiten kann ich ihn aber nicht, das weißt du ja.«

Lotte nickte, Alexander war keiner dieser Hobbyköche, die am Wochenende das Regiment in der Küche übernahmen. Musste auch nicht sein, dafür war sie da. »Einverstanden, ich setze mich fünf Minuten auf die Couch, dann geht's bestimmt auch wieder.«

Alexander wusch sorgfältig den Fisch aus, während Lotte aus dem Fenster sah und langsam wieder zu sich kam. Der Schock wich, aber die Erkenntnis, dass sie eine Art Auftrag vom toten Henning erhalten hatte, blieb. Aber das würde sie ihrem Alexander lieber nicht erklären. Für solche Gefühle hatte er nichts übrig, das wusste Lotte. Zufrieden sah sie ihren praktischen Mann an, der sich etwas widerwillig mit dem Fisch abmühte. Da rappelte sie sich auf und löste ihn ab: »Es geht schon wieder, ich mache jetzt hier weiter.« Alexander nickte erleichtert.

Gebraten schmeckte der Fisch hervorragend und erinnerte Lotte auch kein bisschen mehr an das schreckliche Ereignis.

*

Am Nachmittag kamen die Großeltern, die heute übernachten wollten, damit Lotte ihren Geburtstag am Abend ohne Kinder feiern konnte.

Lotte freute sich sehr, ihre Eltern zu sehen, die aus der Nähe von Frankfurt angereist kamen. Sie war ein Familienmensch und hätte ihre Eltern lieber noch näher bei sich gehabt. Sie drückte ihre Mutter und ihren Vater fest. Nach Kaffee und Kuchen entschied ihre Mutter resolut: »Wir gehen jetzt erst mal mit den Kindern ins Schwimmbad. Morgen haben wir dann mehr Ruhe, uns zu unterhalten.«

Lotte war das sehr recht. Nachdem die Kinder mit den Großeltern aus dem Haus waren, hatte Lotte genug Zeit, sich für den Abend zurechtzumachen. Sie duschte, fönte sich ausnahmsweise sehr ausführlich ihre braunen Locken glatt und zog ein schickes, goldbraunes Kleid an, das sie sich schon vor Wochen extra für ihren Geburtstag gekauft hatte. Das knielange Kleid legte sich geschickt um ihre weiblichen Formen und schmeichelte mit einem gewagten Ausschnitt ihrer üppigen Figur. Alexander betrat das Schlafzimmer und bewunderte seine Lotte: »Veronika Ferres ist ein Mauerblümchen gegen dich!«

Lotte lachte über das Kompliment, aber sie fühlte sich in diesem Moment ganz genau so. Groß, weiblich, sexy, einfach herrlich.

Alexander packte sie zärtlich an den Hüften und zog sie mit eindeutigen Blicken zu sich heran. »Die Kinder sind bestimmt noch eine Stunde fort …«

»Vergiss es!«, lachte Lotte und entwand sich seinen suchenden Händen. »Ich bin geduscht, meine Haare sind bereits geföhnt, und die kommende Stunde werde ich für mein Make-up brauchen.«

»Och«, Alexander stöhnte enttäuscht auf, aber ein Blick auf Lottes energischen Schwenk zum Spiegel sagte ihm, dass er jetzt keine Chance mehr haben würde. Er öffnete seinen Kleiderschrank. »Was soll ich denn anziehen, mein Täubchen, damit ich neben dir bestehen kann?«

»Jeans und ein Hemd genügen«, entschied Lotte und widmete sich ihrem Make-up, von dem es an diesem Abend ausnahmsweise mal etwas mehr sein durfte. Zum Schluss legte sie dunkelroten Lippenstift und ein weinrotes Rouge auf. Perfekt! Lotte war zufrieden und auch noch pünktlich fertig.

Trotz Alexanders Protest, dass sie wie immer viel zu früh da sein würden, lotste Lotte ihn kurz nach sieben Uhr aus dem Haus, um gegen halb acht bei Alexis einzutreffen, eine halbe Stunde vor ihren Gästen. Mit dem Auto fuhren sie gut fünfzehn Minuten, um zu dem griechischen Restaurant zu kommen, das bereits im Münchner Südosten lag. »Taverne Nefeli« prangte in Leuchtbuchstaben über dem Eingang des großen Lokals. Lotte war auf dieses Restaurant nur gekommen, weil der Besitzer, Alexis, in Ottobrunn wohnte und seine Tochter Helena zusammen mit Lilly die gleiche Kindergartengruppe besuchte. Gleich bei ihrem ersten Besuch hatte sie das hervorragende griechische Essen schätzen gelernt, unter anderem herrliche Fischspeisen, die weit über die üblicherweise angebotenen fettigen Souvlaki hinausgingen. Der Clou waren aber die ungewöhnlichen Partys, die hier an manchen Wochenenden gefeiert wurden. Dass das Restaurant von Helenas

Vater längst ein Münchner Geheimtipp war und als In-Lokal gefeiert wurde, hatte sie erst später erfahren. Lotte jedenfalls freute sich auf den heutigen Abend, den Alexis für sie organisiert hatte.

Der Grieche zeigte ihnen die für vierzehn Personen gedeckte Tafel, die für Lottes Geburtstag vorbereitet war, und setzte sich mit einem Ouzo zu ihnen. »Yamas, auf deinen Geburtstag!«

Lotte nippte nur höflich an dem Ouzo, der das einzige war, auf das sie beim Griechen hätte verzichten können.

Alexis lachte sie mit seinen tiefschwarzen Augen an und legte ihr einen Bierdeckel mit einer Charakterbeschreibung ihres Sternzeichens hin.

Lotte las laut vor: »Der Skorpion ist immer auf der Suche nach der Wahrheit. Er vergisst nichts, ob positiv oder negativ, und duldet keine Halbheiten. Das Wasserzeichen Skorpion wird sowohl vom ›dunklen‹ Planeten Pluto regiert als auch vom ›kämpferischen‹ Mars dominiert. Deswegen wird die Skorpion-Persönlichkeit innerhalb der Astrologie als rätselhaft und energisch, aber auch als seelenvoll und leidenschaftlich charakterisiert. Der Skorpiongeborene ist in allen sozialen Beziehungen zuverlässig und hilfsbereit. Ein Skorpion kann anderen tief in die Seele schauen. Zwar ist der Skorpion sehr kraftvoll, aber er hat auch eine Tendenz zur Aufopferung bis hin zur eigenen Erschöpfung. Er ist ein Mensch, der das, was er für richtig hält, am liebsten sofort in die Tat umsetzt.«

»Du bist also ein Skorpion«, sagte Alexis, klopfte bedeutungsvoll auf den Bierdeckel und drehte abwägend seinen Kopf hin und her. »Sozial: ja, Aufopferung bis zur Erschöpfung: ja! Aber, meine Liebe, im Aszendenten musst du ein Fischlein sein wie meine Frau«, nun zwinkerte er ihr schelmisch zu. »So etwas von überpünktlich wie du bist! – Bei uns in Griechenland darf der Gastgeber als Letzter kommen und wird gefeiert!«

Lotte lachte. Sie wusste, dass Alexis sie ein wenig von der Kindergartenarbeit her kannte und deswegen glaubte, sie charakterisieren zu können.

Lotte las sich noch einmal die Beschreibung des Skorpions durch, die ausnahmsweise positiv gestaltet war. Meist sagte man dem Skorpion sonst nach, dass er bis zur Brutalität direkt sei. Damit konnte Lotte sich nie identifizieren.

Lotte kannte sich nur wenig mit den Deutungen der verschiedenen Sternzeichen aus. Wenn sie den gelegentlich beim Frisör gelesenen Horoskopen für sich selbst glauben sollte, müsste wirklich irgendein gewichtiger Aszendent mitspielen, so wenig ähnelte ihr Charakter dem eines typischen Skorpions. Sie hatte sich schon hin und wieder vorgenommen, einmal nachzulesen, wie man genau seinen Aszendenten errechnen könnte, aber letztlich war es ihr dann doch nicht so wichtig gewesen.

Alexis schien sich hingegen gut auszukennen mit den Sternzeichen. »Im Kindergarten wirst du schon auch ab und zu den Skorpion in dir brauchen können, meine Liebe.«

Lotte sah Alexis fragend an, der nun bedenklich seinen Kopf hin und her wiegte. »Einige Gemeinderäte haben vor Kurzem nach einer Sitzung hier bei mir den Abend ausklingen lassen. Und ich kann nur so viel sagen: Der Albert Henning war dabei und auch der August Rentler, und es fiel der Name ›Die Gartenzwerge‹.« Alexis blickte Lotte vielsagend an.

Lotte war völlig verblüfft. »Was meinst du genau, Alexis, um was ging es da?«

Alexis war jetzt sehr ernst, und Lotte wurde klar, dass er sich zu ihr gesetzt hatte, um ihr das Folgende zu sagen. »Ich höre meinen Gästen normalerweise nicht bei ihren Gesprächen zu. Wegen meiner Helena habe ich aufgehorcht, als ich den Namen ›Gartenzwerge‹ gehört habe. Ich weiß nur, dass die daraufhin alle die Köpfe zusammengesteckt haben und sehr ernst und betont leise diskutiert haben. Zum Schluss hatten der Rentler und der Henning offensichtlich eine Meinungsverschiedenheit und wurden laut miteinander. Ich konnte nicht verstehen, um was es ging, das Lokal war voll, aber mir kam es so vor, als drehte sich das Gespräch immer noch um den Kindergarten. Lotte, ich weiß, wie engagiert du dich um den Kindergarten kümmerst, und ich wollte dir das einfach sagen, jetzt, wo der Henning bei unserem Martinszug …« Alexis beendete seinen Satz mit einer eindeutigen Handbewegung.

In diesem Moment kamen Gäste herein, die Alexis offensichtlich persönlich begrüßen wollte. Er legte seine Hand auf Lottes Schulter. »Ich wollte es dir nur sagen.« Dann stand er auf und wandte sich den Neuankömmlingen zu.

Lotte sah Alexander die Stirn runzeln. »Lotte, ich glaube, jetzt wird es zu viel. Erst dein Detektiv-Zettel am Kühlschrank, und jetzt sammelst du schon Informationen beim griechischen Gastwirt. Du wirst dich doch nicht auf dieses wichtigtuerische Gerede einlassen. In einer kleinen Gemeinde setzt man sich damit schnell in die Nesseln. Bitte halte dich da raus. Und bitte, lass uns den heutigen Abend genießen. Es ist dein Geburtstag!«

In diesem Moment fand Lotte, dass Alexander absolut recht hatte. Jeder konstruierte hier irgendeine lächerliche Verschwörungstheorie. Alles Unsinn. Sie war froh, dass in diesem Moment gleichzeitig Antonia und Andrea mit ihren Männern das Restaurant betraten und Lotte mit langen, herzlichen Umarmungen zu ihrem Geburtstag gratulierten.

Als alle da waren, wunderte sich Lotte ein wenig, dass sie von niemandem bisher ein Geschenk erhalten hatte.

Als Aperitif wurde in griechischer Manier ein Ouzo gereicht, in den Lotte wieder nur ihre Lippen eintauchte. Antonia stand auf, schwenkte ihr kleines Glas und sprach: »Liebe Lotte, wir freuen uns alle sehr, dass wir heute mit dir feiern dürfen – ganz wie es in unserem beliebten Kindergeburtstagslied heißt: Wie schön, dass du geboren bist – wir hätten dich sonst sehr vermisst! Und da besonders wir Frauen so gerne mit dir zusammen sind, kommt das Geschenk heute von uns allen gemeinsam und kann auch nur gemeinsam eingelöst werden: ein Murder-Mystery-Dinner!«

Antonia kicherte. »Als wir uns das ausgedacht haben, wussten wir übrigens noch nichts davon, wie realistisch das sein könnte … Nein, im Ernst, das ist ein Abend, an dem es einen Mord gibt, und wir werden gemeinsam herausfinden, wer der Mörder ist. Allerdings nur als Theaterspiel.«

Lotte lachte, auch wenn ihr das Lachen ein wenig im Halse stecken blieb. »Also ohne den akuten Anlass hätte ich das jetzt noch besser gefunden, aber ich freue mich sehr! Danke!«

In diesem Moment brachte Alexis die übervollen Vorspeisenplatten mit gefüllten Weinblättern, Oliven, gebackenen Auberginen, gegrilltem Schafskäse und vielem mehr. Die Runde genoss die kulinarischen Köstlichkeiten, und auch Lotte widmete sich ganz den Platten und versuchte, vor allem von jeder der mehrfarbigen Pasten, die in der Runde große Begeisterung hervorriefen und dementsprechend schnell auf die Teller wanderten, etwas zu erwischen.

Die Hauptspeisen waren noch fulminanter. Hier hatte Alexis sich wieder einmal selbst übertroffen: Rosmarin-Doraden, Scampi-Spieße und gegrillter Octopus. Als Fleisch gab es Gyros und Souvlaki mit großen Tsatsiki-Portionen. Der Duft von gegrilltem Fleisch und Knoblauch breitete sich aus, den Lotte genüsslich in sich aufsog.

Lotte und ihre Gesellschaft schwelgten noch in dem Essen, als die Lichter bis auf wenige ausgelöscht wurden und orientalische Musik erklang.

Aus dem Nebenzimmer kam die Bauchtänzerin, von deren Auftritt nur Lotte und Alexander wussten, die öfter bei Alexis waren. Lottes Gäste waren überrascht, als die Tänzerin sich mit gekonnten Hüftschwüngen langsam in die Mitte des Raumes hineintanzte. Sie war eine dunkelhäutige Schönheit mit langen, braunen Haaren und einer schlanken Figur, die dennoch an den richtigen Stellen gepolstert war. Lotte stand auf und klatschte im Takt der Musik mit. Die anderen Gäste des Restaurants folgten ihrem Beispiel und bildeten einen wogenden, tanzenden Kreis um die schöne Frau. Lotte blickte sich vorsichtig um und sah, dass auch ihre Geburtstagsgäste lachten und das Schauspiel genossen. Es war doch gut gewesen, dass sie sich entschieden hatte, ihren Geburtstag bei Alexis zu feiern. Hier konnte man eben nicht nur gut essen, sondern auch richtig Party machen. Die Menge ließ sich derweil von der Bauchtänzerin immer mehr zum Tanzen animieren.

Lotte sah Alexis aus der Küche kommen und ahnte, was nun passieren würde. Er hatte ihr erklärt, dass es eine griechische Sitte sei, dann, wenn die Geselligkeit ihren Höhepunkt erreichte, Geschirr auf dem Boden zu zerschlagen, um zu zeigen, dass das Materielle unwichtig sei, um glücklich zu sein. Alexis nahm einen Teller, lachte und warf ihn der Tänzerin vor die Füße, die immer wilder auf den Scherben herumwirbelte.

Lotte genoss die verrückte Zeremonie. Nun nahm ein Kellner Papierkonfetti und streute es über die Tanzenden, die alle gleichzeitig versuchten, etwas davon zu erhaschen. Die Stimmung wurde immer ausgelassener. Lotte bemerkte erfreut, dass alle ihre Gäste mitmachten, sogar die Männer, von denen sie wusste, welche Tanzmuffel sie zum Teil waren. Offensichtlich hatten alle ihren Spaß.

Alexis bahnte sich durch die wirbelnden Menschen einen Weg zu Lotte, warf zwei Teller direkt vor ihre Füße und bat Alexander mit einer Geste um einen Tanz mit seiner Frau, der lachend nickte. Alexis packte Lotte und drehte sie im Kreis umher, bis ihr ganz schwindelig wurde. Als der Tanz endete, verabschiedete er sich mit einem »Na sísete! – Auf, dass ihr glücklich leben mögt!«

Lotte kannte die Antwort darauf und rief: »Evcharistó – Danke!«

Den anschließenden Sirtaki tanzten ihre Gäste und die Fremden aus dem Restaurant gemeinsam und ausgelassen in einer großen Runde.

Bevor sie weitertanzen konnten, kamen die Nachspeisen mit zu Ehren von Lotte angezündeten Wunderkerzen. Lotte freute sich wie ein Kind. Sie liebte Süßspeisen in jeglicher Form, aber auch hier übertraf sich Alexis wieder einmal selbst. Lotte nahm sich von den Baklavas, kleinen Mandelschnitten, zusammen mit dem mit Honig angerührten Quark, der geradezu auf der Zunge zerschmolz. Am herrlichsten aber fand sie die frittierten Honigkugeln. Während die anderen sich bereits wieder zum Tanzen aufstellten, kratzte sie die letzten süßen Reste aus den Schalen.

»Und, mein Täubchen, zufrieden?«, fragte Alexander, und sie nickte ihm glücklich zu. Was für ein Abend! Lotte freute sich darüber, dass wirklich alle diese verrückte Party mitmachten.

Das Paar bestellte sich einen Espresso, auch wenn Lotte merkte, dass die meisten ihrer Gäste sich lieber dem Wein und dem Ouzo, den Alexis mittlerweile in Flaschen auf den Tisch gestellt hatte, hingaben. Sehr schön, da würden einige morgen einen dicken Kopf haben. Während sie auf ihren Espresso warteten, kuschelte sich Lotte in Alexanders Arm, den er liebevoll um ihre Schultern gelegt hatte, und freute sich an der Ausgelassenheit ihrer Gäste.

Lotte und Alexander verließen zusammen mit Andrea und ihrem Mann als Letzte gegen zwei Uhr das Lokal, nicht ohne sich herzlich bei Alexis für den schönen Abend zu bedanken.

Lotte brauchte noch eine weitere Stunde, bis sie endlich einschlafen konnte, so laut klangen die orientalischen Klänge in ihren Ohren nach.

Sonntag, 17.11.

Unvermutet wachte Lotte als Erste gegen sieben Uhr auf. Sie blickte aus dem Fenster und ließ in Gedanken die ausgelassene Feier noch einmal Revue passieren. Dabei musste sie auch an das denken, was Alexis ihr über den Streit der Gemeinderäte anvertraut hatte. Warum hatten eigentlich alle das Bedürfnis, ihr etwas über den Stadtrat Henning zu erzählen?

Nein, heute würde sie über nichts nachdenken, sondern nur einen ganz ruhigen Familiensonntag genießen.

Gegen neun Uhr war die ganze Familie, inklusive der Großeltern, beim Sonntagsfrühstück versammelt. Lotte war glücklich im Kreis ihrer Lieben und fragte neugierig: »Mama, was gibt es denn Neues von zu Hause?« Die kleine Stadt, aus der sie stammte, war durchaus vergleichbar mit Ottobrunn, wenn eben auch nicht bayerisch, sondern schon hessisch. Als Lotte mit Alexander hierherkam, hatte ihr Ottobrunn auch aufgrund der ähnlichen Größe und Ortsstruktur sofort gefallen.

»Ach Kindchen, eigentlich nichts Besonderes. Deiner Großtante geht es gesundheitlich gar nicht gut, sie macht uns große Sorgen, aber das weißt du ja. Dein Bruder ist mit seiner Familie im Urlaub in Tunesien. Wir haben kurz miteinander telefoniert, und er berichtete, es sei sogar so warm, dass sie an den Strand gehen könnten. Ach, sonst passiert bei uns nicht viel, wie das in so einem kleinen Ort eben ist. Und bei dir?«

Hier mischte sich Alexander missmutig brummend in das Gespräch ein: »Hier passiert zur Zeit eher ein bisschen zu viel.

Sogar ein Mord! – Und deine Tochter spielt Miss Marple. Deswegen musst du ihr unbedingt mal ins Gewissen reden.«

Lottes Mutter riss die Augen auf: »Was? Lottelein!«

»Ja.« Lotte warf Alexander einen grimmigen Blick zu. Das hätte er ihrer Mutter jetzt nicht gleich auftischen müssen. Sie regte sich sowieso immer leicht auf, was bei ihrem Körpergewicht, das Lottes noch deutlich übertrumpfte, und bei ihrem schwachen Herzen gar nicht gut war. Aber Alexander holte sich oft Schützenhilfe von seiner Schwiegermutter, wenn er sich bei Lotte nicht durchsetzen konnte. Fast immer waren die beiden sich dann einig. Schnell lenkte Lotte das Gespräch auf andere Themen.

Nach dem Frühstück dirigierte Lotte zuerst die Kinder nach oben zum Spielen, bevor sie ihrer Mutter über den Tod des »Sankt Martin« bei ihrem Martinsfest berichtete. Ihr Vater musste lachen: »Wahrscheinlich hat er dem Bettler nichts geschenkt, und der hat ihm dafür eins auf den Kopf gegeben.«

Lottes Mutter warf ihm einen entsetzten und vorwurfsvollen Blick zu: »Eberhard, du immer mit deinem seltsamen Humor. Darüber macht man doch keine Witze.« Trotz ihrer Leibesfülle wirkte Lottes Mutter immer wie eine »Grande Dame«. Als Apothekerin mit eigenem Geschäft war sie in ihrem Heimatstädtchen auch eine wichtige Persönlichkeit. Sie behielt immer ihre Haltung. Lottes Vater, Kaufmann in einem mittelständischen Betrieb, war eher vom gemütlichen Schlag. Unter seinem Vollbart behielt er sein Lachen bei: »Heide, jetzt gib doch mal zu, dass das etwas Komisches hat, wenn ein Martin tot vom Pferd plumpst. Und außerdem, ich kann doch nicht weinen, wenn ich ihn nicht kenne.«

Heide schüttelte pikiert den Kopf, und ihre Wangen verfärbten sich sanft rot.

Alexander mischte sich wieder ein, um seinen Punkt noch einmal einzubringen. »Ein Mord kann selbst in dem kleinsten Städtchen passieren. Und wir kennen den Toten auch nicht. Das ist also auch für uns nichts zum Weinen. Zum Weinen finde ich aber langsam, dass Lotte beginnt, sich in die Ermittlungen einzumischen.«

Lottes Mutter saß nun kerzengerade, so dass ihr Kopf mit den hochgesteckten Haaren noch höher wirkte: »Lotte, ist das wahr?«

»Nein. Keine *Ermittlungen*.« Sie blitzte Alexander wütend an, der aber ganz bewusst auf seinen Teller blickte. »Ich habe lediglich erfahren, dass der Gemeinderat Henning, der tote Martin, sich gegen den Erweiterungsbau des Sphinx', wo ihr gestern noch mit den Kindern zum Schwimmen wart, gestellt hat. Das könnte durchaus ein politisches Motiv für einen Mord sein. Noch dazu ist der Geschäftsführer des Sphinx' zugleich Angestellter der Gemeinde. Schon komisch, oder?«

»Nun ja, das ist eine durchaus übliche Konstruktion, daran ist nichts Ungewöhnliches«, gab Lottes Vater zu bedenken.

»Aber warum macht man so etwas? Um zu verschleiern, dass hier viel Geld verdient wird?«

»Nein, Lotte. Ich glaube, da bist du auf der völlig falschen Spur. Das ist so ein Bild von macht- und geldgierigen Beamten, die irgendetwas tun, um sich zu bereichern. Manchmal mag es auch das geben, aber das sind Ausnahmefälle. Vielmehr nutzen Gemeinden solche Konstruktionen, um etwas Gutes für die Bürger zu erreichen. Manchmal kommt man beispielsweise nur so an Subventionen heran. Und generell sind Bäder eher Geldvernichtungsmaschinen. Sie machen die Bürger glücklich, bringen normalerweise aber kein Geld ein. Denk mal an die Bäder im Osten, die hoch subventioniert gebaut worden sind und jetzt meist nur über Zuschüsse finanziert werden können. Ich habe da eher einen positiven Blick auf die Gemeinden.«

»Ich finde das alles zwielichtig, undurchschaubar, wie einen Sumpf.«

»Meine Kleine, ein Sumpf hat Nachteile und Vorteile. Wer einen Sumpf klug zu nutzen weiß, kann ein Biotop daraus machen, da können viele gut darin leben!«

Lotte lachte über diesen Vergleich: »Papschi, wahrscheinlich hast du recht, so klingt das auch einleuchtend. Und ich habe bisher von der Gemeinde hier auch immer nur das Beste gehört.«

»Als Betriebswirt sehe ich die wirtschaftlichen Aspekte. Bei der Erweiterung eines so großen Bades wie des Sphinx' werden kurz- und langfristig Arbeitsplätze geschaffen. Das ist absolut sinnvoll und wichtig für eine Gemeinde.«

»Eberhard, darum geht es doch gar nicht. Wir wollen hier jetzt keine betriebswirtschaftliche Diskussion führen.« Lottes Mutter strich ihren Rock glatt und sah ihre Tochter mit einem sehr ernsten, sehr mütterlichen Blick an. »Du wirst dich doch nicht in die Angelegenheiten um einen Mord einmischen, mein Kind.« Der vorwurfsvolle Tonfall war unmissverständlich keine Frage, sondern eine fürsorgliche Anweisung.

Wenn Heide in dieser Stimmung war, hatte Lotte ihrer resoluten Mutter immer noch nichts entgegenzusetzen. Da war sie eher harmoniebedürftig und einlenkend wie ihr Vater. »Nein, Mama, ich habe mich ja nur ein wenig umgehört.«

»Na ja«, brummte Alexander wieder dazwischen, »sie überlegt sich bereits, wo sie sich noch so umhören will.« Anscheinend wollte er Lottes »Ermittlungen« mithilfe seiner Schwiegermutter ein für alle Mal ein Ende setzen. Fühlte er sich etwa zu wenig beachtet in den letzten Tagen?

Nun zog Lottes Mutter einfach nur ihre Augenbrauen hoch – ein klares Zeichen für Lotte. Schnell gab sie klein bei: »Also gut, ich werde gar nichts unternehmen. Keine Ermittlungen mehr.«

Nach einer kurzen Pause kam Lottes Mutter mit einem ihrer gekonnten Augenaufschläge auf ihr Lieblingsthema zu sprechen: »Lottelein, du bist eben einfach unterfordert im Moment. Und wer sich langweilt, der kommt auf dumme Ideen.«

Lotte seufzte, wohl wissend, worauf dies hinauslaufen würde. Auch Alexander sah verlegen auf den Tisch, denn diese Wendung des Gesprächs war ihm unangenehm, da es eines der wenigen

Themen war, in dem er nicht mit seiner geschätzten Schwiegermutter übereinstimmte.

»Immer wieder entziehst du dich dieser Frage, Töchterlein, aber als Mutter muss ich auch mal bittere Wahrheiten aussprechen. Seit fünf Jahren, seit der Geburt von Max, arbeitest du nun nicht mehr. Du weißt, dass ich dafür Verständnis habe und es auch richtig finde, für kleine Kinder da zu sein, auch wenn ich mir dies als Selbstständige leider nicht leisten konnte.«

Eberhard lehnte sich zurück und strich sich gedankenverloren seinen Bart. »Für die Kinder war das aber schade.«

Lotte blickte ihn dankbar an, denn sie wusste ihn auf ihrer Seite. Ihm war klar, dass Heide es niemals ausgehalten hätte, nur Mutter zu sein. Dafür liebte sie ihre Apotheke viel zu sehr, und sie war eine überzeugte Geschäftsfrau, die ihr Geschäft sehr geschickt gegen alle Widrigkeiten aufrechterhalten und ausgebaut hatte. Er hatte aber auch gesehen, dass manchmal die Zeit für Lotte und ihren Bruder gefehlt hatte. Heide, die die ererbte Apotheke immer nur so kurz wie möglich allein gelassen hatte, hatte bereits für die kleinen Kinder eine Kinderfrau eingestellt. Im Gegensatz zu seiner Frau gönnte Eberhard deswegen Lotte das Vollzeit-Mutter-Dasein aus tiefstem Herzen.

Heide hingegen konnte sich nicht vorstellen, dass die Mutterrolle ihre Tochter auf Dauer auslasten konnte. »Lotte, mir ist klar, dass deine Kinder dich bisher gebraucht haben, aber nun ist auch Lilly im Kindergarten, und ich bin der Meinung, es wird Zeit, wieder an dich selbst zu denken. Du warst doch sehr erfolgreich in deinem Beruf und glücklich damit!«

Alexander versuchte es versöhnlich: »Lotte ist dir auch gerne nachgefolgt, als sie den Apothekerberuf gewählt hat. Aber du weißt, dass sie schon in der Famulatur, dem Berufspraktikum, gemerkt hat, dass sie zwar gerne Kunden berät«, stolz lächelte Alexander Lotte an, »dass ihr jedoch der betriebswirtschaftliche Teil der Apothekenführung ausgesprochen unangenehm ist.«

Heide stimmte in diesem Punkt ein und nickte Lotte vorwurfs-voll zu: »Ich kann mich gut daran erinnern, wie du mir kurz vor Ende der Famulatur eröffnet hast, dass du keinesfalls meine Apo-theke übernehmen wirst.«

»Mama, bitte fang nicht wieder damit an. Es ist und bleibt so. Ich war gerne eine angestellte Apothekerin. Aber ich will nicht die ganze Verantwortung für eine eigene Apotheke haben.«

»Vielleicht siehst du das ja anders, wenn die Kinder größer werden.«

»Nein, Mama, das wird sicher nicht passieren.« So bestimmt war Lotte selten.

Alexander fasste ihre Hand: »Für uns beide stand schon im Stu-dium, als wir uns kennen gelernt haben, fest, dass die Gründung einer Familie im Vordergrund steht, und nicht der Beruf, weder Lottes noch meiner!«

Heide ließ noch nicht locker: »Lotte, du hast doch so erfolgreich in der Apotheke gearbeitet. Damals hast du sogar deinen Kinder-wunsch aufgeschoben, weil du erst arbeiten wolltest. Du warst die rechte Hand der Brinkmanns. Jederzeit könntest du dort wieder anfangen, sicher auch in Teilzeit, vielleicht sogar nur zwei bis drei Vormittage. Aber wenn du jetzt mit deinen fünfunddreißig Jahren noch länger aus dem Beruf bleibst, dann wird es immer schwieri-ger zurückzukehren.«

Lotte seufzte, wohl wissend, dass ihre Mutter durchaus recht hatte. Tatsächlich hatte sie sehr gerne in der Apotheke der Brink-manns gearbeitet, als feste Angestellte mit fixen Arbeitszeiten, ohne die Verantwortung für die geschäftsführende Seite. So kam ihr der Beruf sehr entgegen. Gerade durch ihre kommunikative Art hatte sie damals viele Kunden an sich und die Apotheke gebunden, was die Brinkmanns als Eigentümer zu schätzen wussten. Mit Sicherheit hätten sie Lotte jederzeit auch in Teilzeit wieder einge-stellt, aber Lotte war noch nicht wirklich bereit, wieder beruflich aktiv zu werden. Sie kümmerte sich gerne um ihre Kinder, und die

Arbeit in der Münchner Apotheke inklusive der Fahrtzeiten würde auf Kosten der Familie gehen, das war Lotte klar. Gemütliches vormittägliches Kaffeetrinken wäre dann nicht mehr möglich. Wenn auch die Argumente ihrer Mutter an Lotte nagten, noch wollte sie einfach nicht in ihren Beruf zurückkehren.

In diesem Fall aber hatte auch Alexander eine klare Meinung: »Ach Heide, jetzt dräng Lotte doch bitte nicht immer so. Wir haben es überhaupt nicht nötig, dass sie arbeitet, wir kommen gut zurecht. Und die Kinder und ich, wir brauchen sie im Moment hier zu Hause.« Beschützend legte er einen Arm um Lottes Schultern. »Wenn sie sich wirklich irgendwann langweilt, weil die Kinder größer und unabhängiger werden, kann sie immer noch wieder in den Beruf einsteigen, das wird gar kein Problem. Aber warte nur mal ab, wenn Max jetzt in die Schule kommt – und wie der Lotte brauchen wird!«

Heide senkte den Kopf. Ihrem Schwiegersohn widersprach sie ungern. Diesmal würde sie nicht weiter insistieren, aber das letzte Wort war noch nicht gesprochen. Sie fand, Lotte sollte baldmöglichst wieder einsteigen. In fünf Jahren würde sie selbst 65 werden, und dann wollte sie ihre Apotheke übergeben – am liebsten immer noch an Lotte!

Einen letzten Schuss gab sie noch ab, um immerhin Alexander wieder auf ihrer Seite zu haben: »Würdest du arbeiten, Lotte, dann hättest du mit Sicherheit auch weder Lust noch Zeit, Mordermittlungen nachzugehen. Wen möchtest du da eigentlich noch befragen?« Nun nickte Alexander wieder voller Einverständnis und sah seine Frau herausfordernd an.

»Nein, jetzt ist Schluss mit dem Familienverhör!« Lotte schüttelte mit Nachdruck ihre Locken. »Die Kinder wollen in den Tierpark.«

Sie verbrachten einen wunderbaren Tag im nahen Bergtierpark, fütterten ausgiebig die Rehe, und Max und Lilly durften sogar zwei Runden auf einem Esel reiten. Als es zu nieseln begann, machten sie sich auf den Heimweg. Lottes Eltern fuhren gleich vom Tierpark aus nach Hause. Heide umarmte ihre Tochter fest und blickte sie zum Abschluss noch einmal ernst an: »Töchterlein, halte deine Nase aus fremden Angelegenheiten heraus, und pass auf dich auf.«

Nachdem sie auch Alexander und ihre Enkelkinder gedrückt hatte, setzte sie sich in den Wagen.

Lottes Vater nahm seine Tochter vorsichtig in den Arm und flüsterte ihr zu: »Halt ruhig die Augen auf, man muss doch wissen, was vor sich geht. Und du machst schon alles richtig, das weiß ich.«

Lotte blinzelte ihrem Vater erleichtert zu. Oft war es so, dass ihre Mutter die Strenge war und ihr Vater Lotte hinter ihrem Rücken wieder Mut zusprach. »Danke, Papi, und komm gut nach Hause.«

Sie sah dem weißen Mercedes hinterher. Es würden ein paar Wochen vergehen, bis sie ihre Eltern wiedersah. Schade.

Dann stiegen sie in ihre Familienkutsche, einen VW Passat, und fuhren nach Hause.

Montag, 18.11.

Lotte war an diesem Montagmorgen besonders müde, als der Wecker erbarmungslos schrillte. Lilly, die durch den Wecker wach geworden war, schlich sich zu ihr ins Bett, und die zwei kuschelten sich ganz eng zusammen. Als Alexander auch noch seine Arme um die beiden schlang, fühlte Lotte sich absolut geborgen und glücklich.

Schließlich bezwang sie ihre Müdigkeit, knuddelte Lilly noch einmal fest, gab ihrem Mann einen liebevollen Guten-Morgen-Kuss und ließ den Tag beginnen.

Nach dem Frühstück rief Alexander, der mit den Kindern bereits auf dem Weg nach draußen war, ihr zu: »Und bitte vergiss nicht: Du wolltest diese Woche noch zum Baureferat wegen unserer Bäume. Nächste Woche kommt schon der Gärtner, und dann muss mit der Verwaltung alles geklärt sein.«

Oh je. Daran hatte sie gar nicht mehr gedacht. Seit ihrem Einzug verdunkelten drei alte, sehr hohe Tannen ihr Küchenfenster. Mittlerweile fiel kaum noch ein Sonnenstrahl in Lottes Küche. Beim Hausverkauf hatte ihr Bauträger behauptet, dass diese alten Tannen aus Baumschutzgründen dort stehen bleiben müssten. Mittlerweile aber hatte ihr findiger Mann herausbekommen, dass man der Bauverwaltung nur gut genug erklären musste, wie dunkel Küche und Kinderzimmer durch die Tannen wurden, um eine Genehmigung zum Baumfällen zu erhalten. Ihr Nachbar hatte nach mehreren Bittgängen eine solche Erlaubnis erhalten, wenn er sich zu entsprechenden Neuanpflanzungen verpflichtete. Ein

Kirschbaum im Garten als Ersatz wäre für Lotte eine willkommene Alternative zu den dunklen Tannen.

Alexander hatte Lotte bereits vor einigen Wochen gebeten, diesen Gang zu übernehmen. Er traute seiner Lotte, die er nach all den gemeinsamen Jahren immer noch hinreißend schön fand, weitaus mehr als sich selbst zu, einen Mann um den Finger zu wickeln. Lotte hatte eigentlich keine Lust, schon wieder zur Gemeindeverwaltung zu marschieren, aber dieser Bitte ihres geliebten Gatten hatte sie nichts entgegenzusetzen.

Mit einem Seufzer zog sie sich ihre Jacke über und machte sich auf den Weg.

Zwanzig Minuten später stand sie im Eingangsbereich des Rathauses vor dem durch eine Glaswand abgetrennten, immer freundlichen Portier der Gemeindeverwaltung.

»Zu wem muss ich denn gehen, wenn ich Fragen zu Baumfällungen habe?«, fragte Lotte durch die kleine Öffnung in den Pförtnerbereich hinein.

»Da gehen Sie in den zweiten Stock zum Herrn Becksteiner, der ist der Leiter der Bauverwaltung, und da fällt auch der Baumschutz darunter. Zimmer zwei null eins.«

»Danke.« Bevor Lotte hinauflief, fiel ihr Blick auf die Tafel, auf der alle Zuständigen der Gemeinde aufgelistet waren.

Obenauf stand der 1. Bürgermeister Bergermann, danach folgten die Verwaltungsleiter.

Leiter Ordnungsamt: Ritzinger, den kannte sie bereits.

Leiter Bauverwaltung: Becksteiner, den würde sie gleich kennenlernen. Darunter standen jeweils die Stellvertreter.

Stellvertretender Leiter der Bauverwaltung war August Rentler. Aha, dachte sich Lotte, das ist der, den sie als Geschäftsführer des Freizeitparks eingesetzt haben. Sehr interessant, langsam kenne ich mich hier aus.

Sie wandte ihren Blick ab und machte sich auf den Weg zu Becksteiner. Genau neben der Treppe lag verführerisch der Aufzug. Ihre Bauch-Beine-Po-Trainerin predigte allerdings immer, jede Alltagssituation als Chance zum Sport zu nutzen. »Nehmt die Treppe, lasst die Aufzüge stehen!«

Aber zwei Stockwerke fand Lotte dann doch zu viel des Guten und drückte auf den Knopf neben der Aufzugtür.

Sie klopfte an der Tür von Zimmer 2.01 an und wurde von der telefonierenden Sekretärin zu Herrn Becksteiner ins Zimmer durchgewinkt.

Der hagere, sportliche Mann bat sie, sich zu setzen. Lotte setzte ihr freundlichstes Lächeln auf und erklärte ihm ihre Situation.

»Die drei Tannen nehmen nicht nur mir in der Küche jegliches Licht. Viel schlimmer ist, dass ich im Kinderzimmer meines Sohnes tagsüber das Licht anschalten muss, damit er spielen kann, und das ist doch wirklich keine Situation für ein Kind.«

Herr Becksteiner holte Luft, um zu einer Erklärung anzusetzen, aber Lotte wollte ihm von Anfang an den Wind aus den Segeln nehmen. »Ich weiß, dass solche alten Bäume unter Schutz stehen und eigentlich nicht gefällt werden dürfen, aber, wissen Sie, die sind ein echtes Problem – wir und vor allem die Kinder können in unserem Haus nicht mehr gut leben, weil es einfach zu dunkel ist. Außerdem fallen die Tannenzapfen auf unser Dach und verstopfen die Regenrinne. Und zudem erscheinen mir die Bäume auch nicht mehr gesund. Was machen wir, wenn eine Tanne auf unser Haus fällt?«

Herr Becksteiner wollte erneut ansetzen, aber Lotte war wieder schneller. »Ich weiß doch, dass das alles nicht so einfach ist, aber wir sind auch zu Ersatzpflanzungen im Garten bereit. Das ist gar kein Problem.« Und nun sah sie mit ihren großen, braunen Kulleraugen den Herrn erwartungsvoll an.

Herr Becksteiner lehnte sich in seinem Bürostuhl zurück und lächelte. »Na, Frau Nicklbauer, da haben Sie mir ja alle Argumente schon vorweggenommen. Ich sehe, Sie kommen gut vorbereitet zu mir.«

Lotte hatte den Eindruck, dass ihre etwas naiv-kindliche Art mal wieder auf fruchtbaren Boden gefallen war. Die meisten Männer mochten es, wenn sie so auftrat, was Lotte immer wieder verwundert, aber erfreut zur Kenntnis nahm.

Augenzwinkernd fuhr der Leiter der Bauverwaltung fort: »Ich darf also davon ausgehen, dass erstens die Tannen lebensbeeinträchtigend Licht fortnehmen, zweitens wohl – die Betonung liegt auf *wohl* –, Frau Nicklbauer, nicht mehr ganz gesund sind und Sie drittens bereit wären, drei Neuanpflanzungen in entsprechender Auswahl und Größe vorzunehmen.«

Lotte nickte dankbar, dass er ihr den Antrag so wunderbar vorformuliert hatte.

In diesem Moment klingelte das Telefon. Herr Becksteiner nahm ab. »Frau Mahler, Sie wissen doch, ich bin in einer Besprechung. – Ah, der Herr Bergermann, ja, dann stellen Sie bitte durch.« Zu Lotte gewandt entschuldigte er sich leise: »Eine kurze Anfrage vom Herrn Bürgermeister – eine Sekunde bitte.«

Lotte nickte verständnisvoll.

»Ja, Herr Bürgermeister, die Pläne habe ich da. Ja, einen Moment bitte.« Aus einer Schublade zog er einen großen Aktenordner, legte ihn auf den Tisch, nahm einen Architektenplan heraus und ging damit ins Vorzimmer, wohin er auch das Telefonat weiterleitete. Er schloss die Tür hinter sich.

Allein gelassen, sah sich Lotte in dem schlicht eingerichteten Büro um und entdeckte die üblichen Familienfotos auf der Aktenablage hinter Herrn Becksteiners Schreibtisch: zwei süße Kinder und eine hübsche Frau. Die Fotos schienen älter zu sein, wahrscheinlich waren die Kinder bereits aus dem Haus.

Die Tür ging auf, die Sekretärin entschuldigte ihren Chef und bot Lotte für die Wartezeit einen Kaffee an, was Lotte gerne annahm.

»Milch? Ein oder zwei Stückchen Zucker?«, fragte die freundliche Dame.

»Milch und gerne zwei Zucker. Danke«, beeilte sich Lotte zu sagen, die sich gerade lieber nicht eingestehen wollte, dass sie am liebsten drei Zuckerstücke genommen hätte. Als die Sekretärin wieder hinausging, ließ sie die Tür einen kleinen Spalt offen, so dass Lotte, ohne besonders hinhören zu müssen, jedes Wort des Telefonates von Herrn Becksteiner verstehen konnte.

»Ja, Herr Bürgermeister, die Fläche umfasst fünftausend Quadratmeter und damit etwa einhundert alte Bäume: Eichen, Fichten, Tannen, einige Birken, Mischgehölz. Vom Baumbestand her ist das ein wesentlicher Einschnitt. – Ja, natürlich, so war das auch nicht gemeint. Natürlich hat die wirtschaftliche Ausdehnung Ottobrunns da Vorrang. – Ja, natürlich.« Nach einer kurzen Pause, in der Herr Becksteiner offenbar dem Bürgermeister zuhörte, sprach er zögerlich weiter: »Natürlich, mir ist völlig bewusst, dass das nur ein Vorab-Blick auf Architektenpläne ist. Keine offiziellen Eingabepläne. Ja, klar, nur das Vorab-Einholen eines Stimmungsbildes quasi, streng vertraulich, ich verstehe.« Becksteiners Tonfall wurde nun fast bittend: »Ich plädiere auch nur für eine entsprechende Nachpflanzung an anderer Stelle, zum Beispiel auf dem alten Flughafengelände. So könnte man das den Naturschützern viel besser nahebringen.«

Lotte begann, sich für dieses Gespräch zu interessieren. Der Bürgermeister am Ende der Leitung schien seine Interessen mit Vehemenz zu vertreten.

Fast zufällig fiel ihr Blick auf den aufgeschlagenen Aktenordner auf dem Schreibtisch. Neugierig schob sie sich den Ordner so zurecht, dass sie einen guten Blick darauf werfen konnte. Obenauf war ein einseitiger kleiner Lageplan geheftet. Ein großes Gebäude war aufgezeichnet. Was konnte das in Ottobrunn nur sein?

Draußen bemühte sich Herr Becksteiner weiter, den lautstarken Redeschwall des Bürgermeisters, der, allerdings unverständlich, sogar bis zu Lotte drang, zu unterbrechen. »Ja, das verstehe ich doch.«

Lotte beugte sich über den Schreibtisch zu dem Aktenordner und konnte nun auf dem Lageplan den Straßennamen neben dem großen Gebäude lesen: Albertstraße. Ach, dann war das wohl das Sphinx-Bad. Aber es erschien ihr doppelt so groß wie in der Realität.

Moment. Auf diesem Plan erstreckte es sich doch über die Fläche, auf der der Kindergarten stand!

Und darum herum waren lauter kleine Häuschen eingezeichnet.

Saunahäuser! Natürlich! Was Lotte hier sah, waren lauter Blockhäuser, die sich idyllisch um einen kleinen künstlichen Schwimmteich gruppierten, mit direkter Anbindung an das Schwimmbad.

Lotte sah noch einmal hin. Tatsächlich, genau auf der Fläche des gesamten Kindergartengrundstücks.

Mit einem Schlag war ihr klar, was diese Pläne bedeuteten. Ihr blieb fast die Luft weg.

Als die Sekretärin mit dem Kaffee das Zimmer betrat, wandte Lotte ihren Blick unschuldig lächelnd den Kinderbildern zu.

Kurz darauf kehrte auch Herr Becksteiner mit gerötetem Gesicht ins Zimmer zurück. Er packte die Pläne in den Aktenordner und legte diesen zurück in die Schublade. Man konnte ihm ansehen, dass ihn das Telefonat mit dem Bürgermeister aufgewühlt hatte und es ihm schwer fiel, seine Gedanken wieder auf Lottes Anliegen zu konzentrieren.

»Also, wo waren wir stehen geblieben? Ach ja. Nun dann, Frau Nicklbauer, bitte reichen Sie mir Ihren Wunsch auf Baumfällung unter Erwähnung der drei besprochenen Punkte noch einmal schriftlich ein. Eventuell schicke ich Ihnen zur Prüfung vor Ort den Herrn Räder vorbei, und dann werden wir Ihnen einen entsprechenden Bescheid zukommen lassen. Im positiven Fall mit den genauen Auflagen zur Nachpflanzung – da kann ich mich doch auf Sie verlassen, dass es damit keine Probleme gibt, oder?«

»Da können Sie sich mit Sicherheit auf mich verlassen, Herr Becksteiner. Die Nachpflanzung machen wir, sobald die Bäume gefällt sind. Danke!« Lotte nickte bekräftigend. Dann stand sie auf, obwohl ihr der Boden unter den Füßen zu schwanken schien, verabschiedete sich kurz und bündig und verließ nahezu fluchtartig das Büro. Im Flur lehnte sie sich an die kühle Wand.

Was hatte das zu bedeuten? Fertige Baupläne für eine Erweiterung des Sphinx-Bades auf dem Kindergarten-Grundstück!

Ihr geliebter Kindergarten – er war einfach verschwunden auf diesem Plan, aufgelöst in Nichts. Entsetzen und Wut mischten sich zu einem gefährlichen Gefühlscocktail in Lotte. In ihrem Kopf wirbelten all die Informationen durcheinander, die sie in den letzten Tagen zusammengetragen hatte.

Die Sekretärin kam aus dem Zimmer heraus, sah Lotte an der Wand lehnen und fragte besorgt: »Ist Ihnen nicht gut?«

Lotte atmete tief durch: »Nein, aber es wird schon.« Sie zog noch einmal kräftig Luft ein und fühlte sich wie eine Rakete, die gleich losgeschossen wird. Dann stapfte sie energiegeladen die Treppe hinunter. Jetzt brauchte sie keinen Aufzug mehr. Sie platzte fast vor unterdrückter Wut. Ihrem Kindergarten wollten sie an den Kragen, ihrem geliebten Kindergarten! Oh, das würde man ja sehen, wer am Ende den längeren Atem hatte. Das konnten die doch gar nicht einfach so machen! Die Verträge über die Grundstücksüberlassung musste sie sich jetzt sofort ansehen; und das Ganze mit Antonia besprechen und natürlich mit Regina. Wäre ja noch schöner, einfach so den Kindergarten platt zu machen!

Aber erst mal nach Hause, erst mal einen klaren Kopf bekommen.

*

Zu Hause angekommen, versuchte Lotte, sich zu beruhigen. Sie musste das alles erst ganz genau verstehen, um dann zu einem gezielten Schlag auszuholen.

Wie bei dem Mordfall nahm sie sich wieder ein Blatt und versuchte, die wirren Gedanken und Informationen zu sortieren:

- *Das Freizeitbad Sphinx plant eine Erweiterung zur »Wellness-Oase«. Die Pläne beinhalten eine Ausweitung über das gesamte angrenzende Kindergarten-Gelände (5.000 qm).*
- *Der Bürgermeister befürwortet die Pläne.*

Lotte sah auf, und wie beim Puzzlespielen, wenn sich die Teile plötzlich alle ineinanderfügten, fiel ihr auf, dass sie bereits mehr wusste, als sie gedacht hatte.

- *Herr Ritzinger vom Ordnungsamt sprach bereits von einem »Umzug« des Kindergartens. (Das war kein Missverständnis!!!)*
- *Ist es von Seiten der Gemeinde angedacht, den Kindergarten einfach zu verlegen? Oder ihn aufzulösen?*
- *Die Frau eines ehemaligen Gemeinderats hat gesagt, dass Henning den Kindergarten schützen wollte. Und die Gemeinderäte »hochgehen lassen« wollte (waren das die genauen Worte?).*

Auf Lottes Block waren jetzt genau unter diesem Punkt die durchgedrückten Worte von ihrem letzten Merkzettel zu lesen, die sie mit solchem Nachdruck geschrieben hatte, dass man sie auf dem Folgeblatt noch gut erkennen konnte:

- *Gemeinderat Henning wurde ermordet.*

Lotte sah noch einmal alle Punkte durch. Der letzte, durchgedrückte Punkt las sich wie eine logische Schlussfolgerung.

Lotte war nun hellwach.

Dann grinste sie in sich hinein: die Miss Marple von Ottobrunn. Na, vielleicht stimmte das doch.

So hintereinander gelesen klang es jedenfalls, als ob alles zusammengehörte.

Aber auch, wenn man die Vorgänge um Henning und das Sphinx-Bad nicht in Hausfrauenmanier überdramatisieren sollte, irgendetwas stank hier ganz erheblich, fand Lotte. Und es fügte sich alles wie die Puzzleteile zu einem Ganzen zusammen.

Schließlich holte sie den ersten Zettel vom Kühlschrank und fügte einen Satz hinzu:

- *Albert Henning hatte bei Alexis eine Auseinandersetzung mit August Rentler, dem Geschäftsführer des Sphinx', in der es auch um den Kindergarten ging.*

Sie griff zum Telefonhörer und hinterließ auf Antonias Anrufbeantworter eine für sie ungewöhnlich kurze Nachricht: »Toni, hier ist Lotte. Ich muss dich sprechen, und zwar sofort. Ruf mich an oder komm am besten gleich hierher. Ich hole nur noch schnell die Kinder ab.«

Lotte fuhr zum Kindergarten und rief ihre Kinder aus dem Gruppenraum. Mit unüblicher Härte drohte sie den beiden: »Ihr zieht euch jetzt alleine an und seid in drei Minuten fertig, sonst ...« Max und Lilly waren so erstaunt über diesen ungewohnten Ton, dass sie sich sofort und ohne Widerworte anzogen. Lotte klopfte derweil bei Regina im Büro an: »Hallo. Ich habe eine Bitte, ich hätte gerne die alten Verträge über die Überlassung des Kindergartengrundstücks.«

Regina sah verwundert auf. »Die können Sie gerne haben, aber wofür brauchen Sie die denn?«

»Ach, ich möchte einfach noch einmal die genauen Vertragsbedingungen nachlesen.«

»Aber, da ist doch nichts akut, oder?«

Lotte zögerte, denn sie wollte Regina nicht unnötig beunruhigen. »Nein, erst mal nicht, ich möchte nur etwas verstehen, dann erkläre ich es Ihnen auch.«

Regina zuckte irritiert mit den Schultern und suchte einen Aktenordner heraus. »Da muss eigentlich alles drin stehen. Sie sagen mir aber Bescheid, wenn es irgendwelche Probleme gibt, ja?«

»Natürlich, vielleicht ist es auch gar nichts, lassen Sie mich das bitte erst durchlesen.«

Regina sah Lotte lange nach. Es war gar nicht Lottes Art, mit irgendetwas hinter dem Berg zu halten. Meist störte es Regina eher, dass Lotte immer ein wenig zu viel redete. Ungewöhnlich ernst war sie gewesen. Regina nahm sich vor, Lotte morgen noch einmal darauf anzusprechen.

Max und Lilly standen fertig zum Aufbruch an der Kindergartentür. Als ob sie spürten, dass ihre Mutter gespannt wie ein Flitzbogen war, jederzeit zum Abschuss bereit.

Lotte hatte nicht einmal ein lobendes Wort für den ungewöhnlichen Gehorsam ihrer Kinder übrig. Stattdessen kommandierte sie sie nach Hause, wo schon Antonia mit ihren drei Söhnen auf sie wartete.

»So einen Anruf habe ich noch nie von dir bekommen, Lotte. Ist was passiert?«

»Ja, ich glaube schon. Aber kommt rein.« Und zu den Kindern gewandt: »Hört zu, ich packe euch jetzt drei Pizzas in den Ofen, die sind in zwanzig Minuten fertig. Bis dahin verzieht ihr euch in die Kinderzimmer, und ich will keinen Ton von euch hören. Sonst gibt's keine Pizza.«

Antonia sah Lotte verwundert an. Das war nun wirklich nicht ihr üblicher Tonfall. Die Kinder gehorchten genauso verdutzt.

Lotte schob die Pizzas in den Ofen und bat ihre Freundin an den Küchentisch. »Toni, hier passiert noch viel mehr, als wir bislang herausgefunden haben. Stell dir vor, die wollen auf dem Grundstück des Kindergartens das Sphinx erweitern!«

Antonia wollte gar nicht glauben, was sie da gerade gehört hatte, und forderte Lotte mit einem energischen Nicken auf weiterzusprechen.

Die nahm ihre zwei Merkzettel vom Kühlschrank und erläuterte Antonia in ungewohnt kurzer und sachlicher Weise alles, was sie bisher in Erfahrung gebracht hatte.

Antonia war wie vor den Kopf geschlagen. »Und du bist dir absolut sicher, dass du auf dem Plan das ›Gartenzwerge‹-Grundstück gesehen hast, nicht irgendetwas anderes?«

»Absolut, die ganze Albertstraße entlang, ich bin mir hundertprozentig sicher!«

Die beiden Frauen sahen sich ernst an. Ohne dass sie es aussprechen mussten, war klar, dass sie alles dafür tun würden, um den Kindergarten zu retten.

»Was machen wir jetzt?« Antonia blickte Lotte fragend an. »Deine Informationen zum Freizeitpark können zwar mit dem Mord zusammenhängen, aber zwingend ist das überhaupt nicht. Höchstens ein Hinweis in diese Richtung, mehr nicht. Die Polizei geht dem wahrscheinlich längst nach, so wie dein Verkehrspolizist es angedeutet hat. Wir sollten uns eigentlich nur dafür interessieren, ob das Vorhaben zur Erweiterung des Sphinx-Bades wirklich realistisch ist und ob wir das verhindern können.« Sie warf Lotte einen herausfordernden Blick zu. »Wann wollten die von der Gemeinde uns das eigentlich mal mitteilen!«

Lotte zuckte die Schultern. »Lass uns mal aufschreiben, was wir alles tun könnten.« Lotte war mittlerweile Herrin der Zettel geworden und betitelte ihren dritten mit »A: Mordfall, to do's« und den vierten mit »B: Kindergarten, to do's«.

A: Mordfall, to do's

Um weitere Informationen zu bekommen, nachhaken bei:
- *Hauptkommissar Maurer, Stand der Ermittlungen im Mordfall*
- *Verkehrspolizist Huber (Hinweis auf Zusammenhang zwischen Mord und Freizeitpark)*
- *Stellvertretendem Leiter der Bauverwaltung und Geschäftsführer des Freizeitparks August Rentler (vielleicht unter Vorwand der Baumfällung ansprechen?)*
- *der Polizei, ob tatsächlich ein Zusammenhang zwischen Mord und Freizeitpark vermutet wird.*

B: Kindergarten, to do's

Um weitere Informationen zu bekommen, nachhaken bei:

- dem Leiter Ordnungsamt Ritzinger (Hinweis auf »Umzug« des Kindergartens)
- dem Leiter Bauverwaltung (und Baumschutz) Becksteiner (im Besitz der Pläne!)

  Oder (siehe A): bei stellvertretendem Leiter der Bauverwaltung **und** Geschäftsführer des Freizeitparks August Rentler (vielleicht unter Vorwand der Baumfällung ansprechen?)

- der Frau des ehemaligen Gemeinderates (beim Training befragen; Hinweis, dass Henning den Kindergarten schützen wollte)
- Außerdem: Bei der Gemeinde nachfragen, ob angedacht ist, den Kindergarten einfach zu verlegen.

  Wo soll er hin? Oder soll er aufgelöst/geschlossen werden?

Die beiden Frauen teilten sich nun auf, wer wen befragen könnte. Lotte wollte ihre Kontakte zum Verkehrspolizisten Huber und zu den Herren auf der Gemeindeverwaltung nutzen. Antonia würde bei Hauptkommissar Maurer den Stand der Ermittlungen erfragen.

Antonia sah Lotte zweifelnd an: »Eigentlich sollten wir einfach zum Bürgermeister Bergermann gehen und ihn direkt darauf ansprechen, was wir erfahren haben. Dann könnten wir sehen, wie er reagiert und was er vorhat, dem Kindergarten anzubieten.«

»Nein«, Lotte schüttelte entschieden den Kopf. »Da bin ich mir ausnahmsweise mal sicher. Der wird nur versuchen, uns zu beschwichtigen. Dass dies alles noch nicht offiziell ist, wissen wir mit Sicherheit. Ein Politiker wird zu diesem Zeitpunkt besonders uns gegenüber nichts bestätigen. Aber dann weiß er, dass wir Verantwortliche vom Kindergarten über die Pläne Bescheid wissen. Ich glaube nicht, dass das gut ist. Lass uns erst mal alles an

Informationen zusammentragen, was wir bekommen können – und erst dann, wenn wir Beweise in der Hand haben, konfrontieren wir Bergermann damit.«

Antonia nickte: »Obwohl es mir einerseits fast lächerlich geheimniskrämerisch vorkommt, glaube ich andererseits, dass du recht hast.«

Die beiden Frauen blickten sich verschwörerisch an, als beide im gleichen Moment den verbrannten Geruch wahrnahmen.

»Mist, die Pizzas!«, rief Lotte und raste in die Küche – so schnell, wie ihr Gewicht dies eben zuließ.

Es war zu spät. Als Lotte in den Ofen sah, konnte sie nur noch feststellen, dass die drei Pizzas zu schwarzen Klumpen verbrannt waren. Und Lotte hatte keine weiteren im Tiefkühler. Mit einem Blick hatte auch Antonia, die hinterhergekommen war, die nicht mehr zu rettende Katastrophe erkannt, und sich dabei sofort die Frage gestellt, warum sie eigentlich von den Kindern seit fast 40 Minuten keinen Ton gehört hatten. Als erfahrene Mutter wusste sie genau, dass dies kein gutes Zeichen war. Während Lotte die schwarzen Pizzaplatten in den Müll entsorgte, lief Antonia nach oben zu den Kinderzimmern. Die vier Kindergartenkinder saßen einträchtig in Lillys Kaufladen und hatten entdeckt, dass man die kleinen Tüten mit dem echten Reis und den kleinen echten Nudeln, die Lotte zu Lillys Geburtstag gebastelt hatte, aufreißen und den Inhalt entweder essen oder über den gesamten Fußboden verteilen konnte. Ihren Hunger hatten sie außerdem mit Gummibärchen stillen können, wie an den geöffneten und überall verstreuten Tüten leicht zu erkennen war.

»Julius, hättest du uns nicht sagen können, dass die Kleinen hier Unsinn treiben«, schalt Antonia ihren Ältesten. Der Siebenjährige hatte sich mit seinem Nintendo in eine Ecke verzogen.

»Nö, ich bin doch hier nicht der Aufpasser. Und Lotte hat gesagt, keinen Ton, sonst gibt's keine Pizza. Überhaupt, wann ist die endlich fertig? Ich hab' Hunger!«

Antonia seufzte. »Ich fahre zum Pizzadienst um die Ecke und hole uns was. In zwanzig Minuten bin ich wieder da. Und ihr habt bis dahin das Chaos hier aufgeräumt.«

Normalerweise wäre Lotte entsetzt darüber gewesen, dass ihre selbst gebastelten Kaufladen-Bestände alle ruiniert waren. Im Moment jedoch war sie nur froh, dass die Kinder ihnen die Zeit gelassen hatten, um alle Gedanken in Ruhe zu sortieren.

Als sich die Tür hinter Antonia schloss, ließ Lotte sich auf ihren Küchenstuhl plumpsen und blickte versonnen auf die dunklen Tannen in ihrem Garten, die ihr auf einmal richtig bedrohlich vorkamen. Was tat sie hier eigentlich? Privatdetektiv spielen. Glaubte sie wirklich, Miss Marple zu sein? Eigentlich sollte sie sofort die Kindergartenleiterin Regina und den ersten Vorsitzenden Konrad Adler über die Pläne informieren und alles andere gut sein lassen. Dem Kindergarten musste man offiziell helfen. Und schon gar nicht wollte oder konnte sie einen Mord aufklären! Eigentlich war es doch alles Unsinn, was sie da tat. Oder?

Ein grummelndes Geräusch in ihrem Magen erinnerte sie daran, dass sie, ganz gegen ihre Gewohnheit, seit Stunden nichts zu sich genommen hatte. Zum Glück kehrte Antonia kurz darauf mit den Pizzas wieder zurück.

Auch die Kinder stürzten sich mit Heißhunger auf die Pizzastücke. Gummibärchen machten eben doch nicht dauerhaft satt.

Nur der dünnen Antonia hatten die Erkenntnisse anscheinend so auf den Magen geschlagen, dass sie Lotte um eine Tasse Tee bat. Auch sie schien auf dem Weg zum Pizzaholen über ihre Pläne nachgegrübelt zu haben. Ohne dass die Kinder es mitbekamen, flüsterte sie ihrer Freundin zu: »Lotte, ich bin unsicher, ob wir uns nicht in irgendwelche fixen Ideen verrennen. Ich mache dir jetzt einen Vorschlag. Wir geben uns eine Woche, um noch einmal nachzufragen. Spätestens dann unterbreiten wir unser ganzes Wissen Regina, Konrad und, wenn nötig, auch der Polizei.«

Das erschien Lotte sinnvoll. »Einverstanden, das ist eine gute Idee. Eine Woche für Sherlock Holmes und Doktor Watson. Dann ist Schluss.«

Als die Kinder die Pizzas bis aufs letzte Stück verspeist hatten und nur noch Krümel in den Kartons lagen, stand Antonia auf, um sich zu verabschieden, da auf Julius noch die Hausaufgaben warteten.

»Lass uns bitte, bevor du gehst, noch schnell gemeinsam über den Kindergarten-Vertrag sehen, den ich heute von Regina geholt habe. Damit wir wissen, wo überhaupt die Gefahren lauern«, bat Lotte.

Antonia war einverstanden, und Lotte suchte aus dem Ordner eine Klarsichtfolie heraus. Darauf war handschriftlich mit Rotstift vermerkt: Kiga-Vertrag, ORIGINAL!, 6 Seiten, incl. Pläne, eingegangen 5.12.1995.

Lotte nahm die bereits leicht angegilbten Seiten heraus und legte sie zwischen sich und Antonia, so dass sie beide gleichzeitig lesen konnten:

Zwischen der Gemeinde Ottobrunn, Rathausplatz 1, 85521 Ottobrunn (nachfolgend: Gemeinde) und der Kindergarteninitiative »Die Gartenzwerge« e.V. (nachfolgend: Verein), vertreten durch den Vorstand, wird folgende Vereinbarung getroffen:

1. **Die Gemeinde Ottobrunn überlässt hiermit die Flurstücke 1800/1, 1800/2 und 1800/3 zur unentgeltlichen Nutzung dem Verein zur Errichtung und zum Betrieb eines Kindergartens.**
2. **Der Verein wird auf eigene Kosten auf der überlassenen Fläche ein Kindergartengebäude errichten.**
3. **Vertragsbeginn ist der Baubeginn. Die Vertragsdauer beträgt 20 Jahre.**

4. **Das Vertragsverhältnis verlängert sich jeweils um 5 Jahre, wenn nicht zwei Jahre vor Ablauf der Frist die Beendigung schriftlich angezeigt wird.**

An diesem Punkt sahen sich die beiden Frauen an. Antonia resümierte: »Das Grundstück gehört mindestens bis Dezember 2015 uns, also noch zwei Jahre, müsste dann aber bis Ende diesen Jahres gekündigt werden.«

5. **Eine Kündigung des Vertrages ist nur aus wichtigen Gründen zulässig, insbesondere wenn gegen Punkt 8 oder 9 verstoßen wird.**

»Aus wichtigen Gründen – na, das lässt immer Raum.« Antonia schüttelte bedenklich ihren Kopf.

Lotte und Antonia überflogen schnell die kommenden Ziffern, in denen es darum ging, dass das Haus in Zweifelsfällen der Gemeinde überlassen werden musste, und kamen zu Punkt 8.

8. **Der Kindergarten verpflichtet sich, vorrangig Ottobrunner Kinder aufzunehmen.**

Antonia und Lotte nickten. Ja, das war ihnen bewusst, und nach diesem Grundsatz wurde auch immer bei der Aufnahme vorgegangen. Das konnte man ihnen nicht vorwerfen.

9. **Eine Unterverpachtung oder eine andere Nutzung als vertraglich vereinbart ist unzulässig.**

Nein, auch hieraus konnte ihnen keiner einen Strick drehen. »Es bleibt wirklich nur die Möglichkeit, uns ganz regulär im Dezember zu kündigen, und dann sind wir unser Grundstück und das Haus in zwei Jahren los. Ob Regina das wohl bewusst ist?« Lotte schüttelte zweifelnd den Kopf.

Den beiden wurde das Szenario, das die Gemeinde anscheinend bereits plante, langsam klar: Einfach dem Kindergarten das Grundstück kündigen, vielleicht mit einem Alternativangebot, und auf dessen Grundstück eine lukrative »Wellness-Oase« errichten.

Eindeutig, für die Gemeinde ergab das Sinn!

»Lotte, ich muss jetzt aber nach Hause. Auf Julius warten die Hausaufgaben.«

Lotte nickte, obwohl sie gerne noch mit Antonia zusammengesessen hätte, um all die Neuigkeiten zu verdauen.

Antonia fiel es auch schwer, sich zu trennen. »Denk dran, was wir besprochen haben. Eine Woche für weitere Nachforschungen, dann erzählen wir alles, was wir bis dahin zusammengetragen haben.«

Lotte nickte, und Antonia bugsierte ihre Bande zur Tür hinaus.

*

Als Alexander am Abend nach Hause kam, bemerkte er sofort, dass Lotte etwas auf dem Herzen hatte. »Mein Täubchen, was sagen mir denn diese traurigen, braunen Augen, was ist denn los?«

»Alexander, ich muss mit dir reden. Aber lass uns bitte erst die Kinder ins Bett bringen.«

Jetzt sah Alexander sie aufmerksam an. »Ist etwas passiert?«

»Nichts mit unserer Familie. Es geht um den Kindergarten. Aber das muss ich dir alles in Ruhe erzählen.«

Alexander war sichtlich erleichtert, dass es »nur« um den Kindergarten ging, der ihm nicht ganz so am Herzen lag wie seiner Frau. Er erklärte sich bereit, die Kinder ins Bett zu bringen, und nach einer ausgiebigen Zahnpastaschlacht und einem gewaltigen Kitzelfeldzug kehrte im Obergeschoss Ruhe ein.

Lotte nutzte die Zeit, um ihren Baumfällantrag schriftlich zu formulieren und auszudrucken. Den fertigen Brief schob sie in einen Umschlag und steckte ihn gleich für morgen in ihre Handtasche.

Als die Kinder schliefen, setzte sich Alexander zu ihr an den Küchentisch, wo sich Lotte bereits einen duftenden Roibuschtee auf ein Stövchen gestellt und ihre zwei Blätter mit den Notizen sowie das »to-do-Blatt« auf dem Tisch ausgebreitet hatte.

»Oh, das sieht hier sehr offiziell aus, Frau stellvertretende Vorsitzende. Darf ich vielleicht noch ein Wurstbrot zum Tee haben, dann werde ich mir diese staatstragenden Probleme gerne anhören.«

Erst jetzt merkte Lotte, dass ihr Mann noch gar kein Abendessen gehabt hatte. Sie schmierte ihm mehrere Brote, dekorierte schnell noch ein paar Paprikascheiben dazu und schob ihm dann den Teller hin. »Hier, aber nun sei bitte mal ernst. Antonia und ich glauben mittlerweile, dass hier etwas vor sich geht.«

Alexander verzog seine Mundwinkel zu einem spöttischen Grinsen.

Als Lotte ihm von den Erweiterungsplänen des Sphinx' berichtete, horchte er jedoch interessiert auf. »Das ist ja wirklich spannend, so ein riesiges Bauprojekt«, kommentierte er. »Wie habt ihr das eigentlich alles herausgekriegt?«

»Recherche«, antwortete Lotte cool.

»Aber das muss ja nicht heißen, dass der Ausbau ein Motiv für einen Mord ist, wenn ich das richtig sehe. Da habt ihr noch gar keine Verbindung gefunden. Reine Hypothese, oder?« Alexander steckte sich das letzte Stück Leberwurstbrot in den Mund, um sich danach genüsslich die Finger abzulecken.

Lotte war sich dieser Schwachstelle bewusst und ging einfach zum zweiten Merkzettel über, den sie mittlerweile mit der Überschrift »Kindergarten-Pläne« versehen hatte.

Als sie ihrem Mann erklärte, was sie über die bereits existierenden Pläne zur Erweiterung des Sphinx-Bades wusste, war

Alexander plötzlich hellwach. »Das gibt's doch wohl nicht. Die wollen auf dem Grundstück des Kindergartens erweitern! – Und der Becksteiner lässt die Pläne einfach so vor dir liegen. Na ja, da wollen wir mal zu seinen Gunsten annehmen, dass er nicht wusste, dass du was mit dem Kindergarten zu tun hast. Überhaupt, was ist denn jetzt eigentlich mit unseren Bäumen?«

»Das geht wahrscheinlich in Ordnung. Ich muss es noch schriftlich einreichen, aber er hat mir quasi in den Mund gelegt, was ich schreiben soll.«

»Sehr gut.« Alexander sah seine Lotte bewundernd an. Es gab keine Frau, die er gegen sie hätte eintauschen wollen. Sie war einfach seine Traumfrau: eine liebevolle Ehefrau, eine perfekte Mutter, häuslich und dazu noch patent und intelligent. Es war schon richtig, sie die schwierigen Behördengänge machen zu lassen. Sie wickelte einfach jeden um den Finger.

Als Lotte sich dann dem Zettel mit den »to do's« zuwandte und ihm ihre Pläne vorstellte, blickte er sorgenvoll auf. »Lottchen, das ergibt jetzt aber wirklich keinen Sinn. Geht doch mit diesen Informationen an die offiziellen Stellen und fragt nach. Dann werdet ihr ja sehen, wie ernst zu nehmen die Pläne der Gemeinde mit dem Kindergarten sind. Vielleicht schenken sie euch ja Grundstück und Haus an einer anderen Stelle. Und wenn nicht, muss man weitersehen. Sprich doch du, oder besser der Konrad Adler, gleich mit dem Bürgermeister Bergermann, der ist doch nett und allen Kinderbelangen aufgeschlossen. Aber macht jetzt bloß kein Geheimnis darum.« Er blickte ihr sehr ernst in die Augen. »Und – das mit dem Mordfall, davon lasst ihr bitte die Finger!«

Alexander stand auf und holte sich ein Bier aus dem Kühlschrank. Auf dem Rückweg hielt er bei Lottes Stuhl an und legte seine Arme um sie. »Mein Täubchen, immer machst du dir Sorgen um andere!«

Diese Worte genügten, damit all der Stress und die Belastung aus Lotte herausströmten und sie hemmungslos zu schluchzen begann. Alexander nahm sie fest in die Arme, wischte die Tränen mit seinem Ärmel fort und versuchte, sie zu beruhigen.

Sie gingen früh ins Bett, und unter den warmen, beruhigend streichelnden Händen ihres Mannes ließ sich Lotte in den Schlaf gleiten.

Dienstag, 19.11.

Dieser Vormittag würde unruhig werden, das war Lotte bereits klar, als sie am Morgen aufstand. Denn heute traf sich der Kindergarten-Vorstand zum alljährlichen »Nikolaus-Dichten«, allerdings ohne die zwei männlichen Mitglieder. Sowohl Konrad als auch der Bauvorstand Franz entzogen sich dieser launigen Aktion lieber, indem sie berufliche Verpflichtungen vorschützten. Wohingegen selbst die berufstätigen Frauen immer alles daransetzten, diesen Termin nicht zu verpassen.

Bei den »Gartenzwergen« kam der Nikolaus-Darsteller immer noch sehr beeindruckend im bischöflichen Ornat und nicht als roter Weihnachtsmann wie auf den Weihnachtsmärkten. Er erzählte die Geschichte des historischen Bischofs von Myra, der mit seinem Geld die Einwohner seiner Gemeinde gerettet hatte, und verteilte anschließend die Geschenke für die Kinder mit einem für jedes Kind passenden, sich reimenden Vierzeiler, den die Erzieherinnen vorher gedichtet hatten.

Auch der Vorstand setzte sich vor dem großen Auftritt zusammen und reimte kleine Gedichte auf die geschätzten Erzieherinnen, damit der Nikolaus auch ihnen etwas Freundliches zu sagen hatte.

Wie alle Frauen aus dem Vorstandskreis freute sich Lotte auf diesen Termin. Gerlinde war zwar laut ihrer Aufgabenbeschreibung als Beisitzerin für das Dichten dieser Nikolaus-Gedichte zuständig. Sie entschied aber zu ihrem Amtsantritt, dass sie diese Aufgabe auf keinen Fall alleine erledigen werde. Dafür war sie bereit, zu einem Prosecco-Frühstück einzuladen, bei dem alle gemeinsam reimen konnten. Das endete meist sehr heiter.

Lotte holte eine Prosecco-Flasche aus dem Kühlschrank, die sie am Vorabend kühl gestellt hatte, brachte ihre Kinder in den Kindergarten und fuhr im Anschluss zu Gerlinde. Sie betrat das Reihenhaus durch den gepflegten Vorgarten und war die Letzte in der Runde. Antonia und Andrea waren schon da.

Andrea begrüßte Lotte launig: »Na, langsam sehen wir uns öfter als unsere eigenen Ehemänner. – Wie schön!«

Gerlinde hatte den Tisch mit Kaffee, Brötchen, Wurst und Marmelade gedeckt. Neben den Kaffeetassen standen Sektkelche, die Lotte nun mit ihrem mitgebrachten Prosecco füllte. »Auf ein erfolgreiches Dichten!«, rief Gerlinde.

Nach einem ersten Schluck sahen sich die Frauen auf der Suche nach Inspiration die Sprüche der letzten Jahre an. Andrea las vor: »Maris ist heuer dauernd am Wieseln – die Kleinen müssen ständig zum Pieseln;/denn ist die Hose erst mal nass, dann hat die Maris doppelt Spaß!/Immer lustig und munter macht Maris unseren Kindergarten bunter.«

Die Frauen prusteten los.

»Ich erinnere mich, dass wir eigentlich zuerst eine andere Zeile hatten: ... denn ist die Hose erst mal nass, dann setzt es von der Maris was!«, fügte Andrea glucksend hinzu.

Alle lachten.

Bevor sie ein offizielles Gedicht zustandebrachten, gab es meist mehrere inoffizielle Versionen, die der Nikolaus natürlich nicht vortragen durfte, die aber oft zu »running gags« in den Vorstandssitzungen wurden.

Gerlinde fiel auch gleich noch ein inoffizieller Spruch ein: »Ich weiß noch, was wir bei Monika hatten: Moni, unsere Perle,/bändigt alle wilden Kerle./Auch zickige Eltern hat sie unter Kontrolle,/und das ist nötig, das ist das Tolle!/Und sagt eine

Mutter etwas, das ihr nicht passt,/dann wird die nicht gerade sanft angefasst.«

Als das Lachen verebbte, erinnerte Antonia die Runde daran, dass sie hier waren, um neue Reime zu schmieden, nicht nur, um sich an den alten zu erfreuen. Nun nahmen sich die gutgelaunten Frauen eine Erzieherin nach der anderen vor und dichteten jeweils einen Vierzeiler, der die Eigenheiten derjenigen hervorhob.

Regina bekam wieder einmal einen besonders schönen Reim, den Gerlinde abschließend vortrug: »Ob Dachschaden, Läuse oder Pocken,/Regina kann nichts schocken./Für Neues ist sie stets bereit/und trägt es mit Gelassenheit.«

Andrea kicherte, sie habe noch eine andere Variante: »Nur wenn der Martin tot vom Pferde fällt,/dann selbst Regina es kaum noch auf dem Stuhle hält./Sie sagt: räumt schnell den Kerl hier hinüber,/sonst fällt mir noch ein Kind darüber.«

Der Reimbann war gebrochen. Gerlinde fiel unter dem Lachen aller ein weiterer Kalauer dazu ein: »Haut's den Martin tot vom Pferd herunter,/bleiben wir dennoch alle munter./Hauptsache, das Pferd lebt weiter,/dann sind alle Kinder heiter.«

Lotte traten vor Lachen die Tränen in die Augen. Sie war keine große Dichterin und hatte nur ab und an mal eine Zeile hinzugefügt, aber nun fiel ihr auch etwas ein, unterstützt von dem Sekt, der ihr, die kaum Alkohol trank, schnell zu Kopf gestiegen war: »Der Henning ist jetzt mausetot,/da sieht der Bürgermeister rot./ In unserer Gemeinde nun ein Mord,/gibt es Beweise hier am Ort?/ Wer hat 'nen Vorteil von dem Tod?/Wem ist die ganze Sache sehr kommod?/Wer hat's getan, vielleicht mit einem Beil?/Mit Hammer, Ast oder gar einem Seil?/Bürgermeister, Gemeinderat oder der Rentler fast?/Kriegen wir es raus – wandert derjenige in den Knast.«

»Reimmäßig Mittelmaß«, stellte Antonia grinsend fest, »aber man merkt schon, was unserer Miss Marple durch den Kopf geht.«

Die anderen sahen sie plötzlich ernst an.

»Glaubst du wirklich, hinter dem Mord steckt etwas Politisches?«, fragte Gerlinde.

Lotte schüttelte den Kopf. »Nein, das war jetzt nur so blöd dahergereimt, aber es gibt schon offensichtliche politische Verflechtungen.« Antonia und Lotte berichteten den anderen Frauen, was sie bisher zu den Erweiterungsplänen des Sphinx' in Erfahrung gebracht hatten, und selbst die skeptische Gerlinde musste zum Schluss zugeben, dass diese Hintergründe zumindest nicht belanglos waren.

Während Lotte noch ausführlich, wie es ihre Art war, ihre Ideen ausbreitete, hatte sich ein leises Gespräch zwischen Andrea und Gerlinde entwickelt. Lotte hörte die Worte »Waxing«, »ein neues Studio in Ottobrunn« und »also tut das nicht weh?«.

Als Lotte merkte, dass nicht einmal mehr Antonia ihr zuhörte, sondern sich dem offensichtlich interessanteren Gespräch zuwandte, platzte sie heraus: »Sagt mal, über was habt ihr es denn?«

»Brazilian Waxing«, erklärte Gerlinde lapidar.

»Sag jetzt ganz ehrlich, hast du das schon mal gemacht?«, fragte Antonia.

»Klar. Seit langem, jeden Monat«, versicherte Gerlinde.

»Wirklich? Tut das nicht höllisch weh?«, fragte Antonia nach.

Lotte sah von einer zur anderen. Um was ging es denn da?

»Beim ersten Mal schon«, führte Gerlinde aus, »aber dann wird's immer besser.«

»Gibt es da nicht bestimmte Arten von – *Frisuren*, oder so?«, fragte Andrea sichtlich interessiert nach.

»Ja. Bei Brazilian oder Hollywood macht man alle Haare weg, beim Landing Strip lässt man eben einen Landestreifen stehen.« Gerlinde grinste. »Ich lass mir das Martiniglas machen, das ist ein kleines Dreieck, – das finde ich schick!«

Die Frauen kicherten. Antonia meinte: »Na, schön wäre es schon, wenn beim Bikini nichts mehr zu sehen ist, aber für mich ist der Schmerz unvorstellbar. Martiniglas, so, so.«

Langsam dämmerte Lotte, wovon die anderen sprachen. Nachdem aber anscheinend alle außer ihr Bescheid wussten, versuchte sie, ein möglichst neutrales Gesicht zu machen. Gab es wirklich Frauen, die sich die Haare untenrum zu einer Frisur gestalten ließen? Gespannt hörte sie weiter zu.

Gerlinde fand offensichtlich an dem Thema nichts Intimes. »Wisst ihr, der Schmerz da unten ist sogar erträglich. Unter den Armen, da ist es richtig fies!«

»Nein!«, Andrea kreischte fast schon hysterisch. »Du lässt dich auch noch unter den Armen entwachsen? Das muss doch die Hölle sein!«

»Ach, das hält man schon alles aus. Dafür ist man hinterher wochenlang haarlos! Das ist super. Und man hat nicht mehr dieses schreckliche Rasieren, bei dem es nachher stachelt wie sonst was.«

Lotte konnte ihr Entsetzen kaum noch verbergen. Entfernten die anderen sich ständig alle Haare? Also sie ließ im Winter durchaus etwas stehen. Das sah nur Alexander, und der bemerkte gar nicht, ob sie nun mit oder ohne Haare war. Jetzt traute sie sich doch mal, vorsichtig nachzufragen: »Du legst dich da also wohin und lässt dich ganzkörpermäßig von jemandem enthaaren?«

»Klar, das machen die in den Waxing-Studios ganz professionell. Da ist gar nichts dabei. Du, die jüngeren Frauen machen das alle.«

Lotte lehnte sich zurück. Sie fühlte sich plötzlich ziemlich alt. Immerhin, mit unrasierten Beinen lief sie im Sommer auch nicht herum. Das war für die Generation davor noch völlig normal gewesen. Also, wer weiß, vielleicht würde sich ihre Tochter auch einmal überall enthaaren. Besser, sie gewöhnte sich an den Gedanken, um später nicht als völlig rückständig dazustehen, falls es sich bei diesem Waxing nicht um einen kurzfristigen Modetrend handeln sollte.

Gerlinde fügte gerade noch hinzu: »In den letzten zwei Jahren begegnen mir im Waxing-Studio auch immer mehr Männer. Also, meinen kriege ich da noch nicht dazu. Aber schön wäre es schon, wenn Popo und Rücken mal haarfrei wären. Wisst ihr, die Männer bekommen auch immer mehr Haare, je älter sie werden!«

Lotte schüttelte den Kopf. So ein Unsinn.

Auch Andrea meinte: »Ach komm, ist das nicht übertrieben? – Überlassen wir das den Zwanzigjährigen.«

Lotte rutschte auf ihrem Stuhl hin und her. Na, das waren ja mal Erkenntnisse der ganz anderen Art. Waxing. Frisuren im Intimbereich. Nein, nichts für sie.

»Also, mein Mann liebt mich, auch wenn meine Bikinizone mal nicht perfekt rasiert ist.« Lotte verschränkte die Arme.

Das schien Gerlinde herauszufordern: »Na, einen Neuflirt solltest du vielleicht lieber nicht bewachsen wie im Urwald aufreißen.«

Lotte war wirklich empört: »Ich denke überhaupt nicht an einen anderen Mann. Das kommt für mich nicht in Frage.«

»Aber die Blicke von Manfred lässt du dir schon gefallen.« Natürlich, jetzt musste Antonia wieder sticheln.

Gerlinde hakte sofort nach: »Was! Flirtest du etwas mit dem schönen Manfred?«

Lotte wollte gerade vehement widersprechen, als Antonia ihre zuvorkam: »Nein, meine Lieben, da liegt ihr falsch. Unsere Lotte zieht die Blicke der Männer auf sich und bemerkt es nicht einmal. Wenn Treue einen Namen hat, dann Lotte.«

Typisch Antonia, sie selbst durfte alles spitz kommentieren, aber jemand anderes durfte über ihre liebste Freundin nichts Böses sagen.

Lotte bedachte Antonia mit einem dankbaren Blick. Die bekräftigte noch einmal: »Unsere Lotte hat bei Alexander alles, was sie sich wünscht.«

Gerlinde spottete: »Wunderbar, Lotte, du darfst ihm das Essen kochen, die Socken waschen, für ihn die Kinder großziehen, das Haus putzen. Und wenn er nach Hause kommt, sollst du noch das hübsche, freundliche Frauchen sein. Und dabei kommt dir nie der Gedanken an einen aufregenden anderen Mann? Nie der Gedanke, dass der schöne Manfred dich auf dem Küchentisch …?«

Die anderen kicherten.

Lotte sagte nichts, befand aber für sich, dass das, was Gerlinde gerade so spöttisch beschrieben hatte, genau das war, was ihr an ihrem Leben gefiel. All das mochte sie. Sogar ihrem Alexander das Essen zu kochen und sich daran zu freuen, wenn er es mit Genuss verspeiste. Ja, sie fand das schön. Das bedeutete für sie Familie. Auch nur der Gedanke an einen anderen Mann als ernsthafte Versuchung war für sie abwegig.

»Oh Gerlinde, unser Lottchen träumt von Alexander vor dem Kamin und von sonst gar nichts.« Antonia legte ihr schützend den Arm um die Schulter. Fast hatte Lotte den Eindruck, ihr Blick war auch etwas neidisch.

Antonia bereitete dem Gespräch ein Ende: »Mädels, wir müssen Schluss machen. Die Abholzeit geht zu Ende. Und wenn wir alle zu spät kommen, dann kriegen wir von Regina ordentlich was zu hören!« Schnell räumten die Frauen gemeinsam den Tisch ab, packten ihre Sachen zusammen und brachen auf.

Vor der Haustür nahm Lotte Antonia beiseite: »Kannst du bitte Lilly und Max vom Kindergarten mitnehmen, und ich hole sie dann bei dir ab? Du weißt ja –...«, sie blinzelte Antonia verschwörerisch an, »Aktion Miss Marple für eine Woche.«

Antonia nickte. »Gut. Wen nimmst du dir als Erstes vor?«

»Den Ritzinger vom Ordnungsamt.«

»Sehr gut. Lass dir Zeit, deine Kinder sind bei mir gut aufgehoben. Bis später!«

*

Lotte fuhr zur Gemeinde und stand zehn Minuten später wieder einmal vor dem freundlichen Portier. Zwar hätte sie auch direkt zum Ritzinger gefunden, aber sie wollte die Gelegenheit nutzen, um gleich noch gelbe Säcke für den Plastikabfall mitzunehmen, die an der Pförtnerloge ausgegeben wurden.

Da der Portier telefonierte, musste Lotte warten.

Sie hörte das Telefonat mit.

»Nein, zum Herrn Becksteiner kann ich Sie heute nicht durchstellen, der ist außer Haus. – Ja, morgen ist er wieder erreichbar. Oder darf ich Sie zu seinem Stellvertreter, dem Herrn Rentler, durchstellen?«

Lotte erkannte sofort, dass das ihre Chance war. Wenn der Becksteiner heute nicht da war, konnte sie wunderbar unter einem Vorwand mit dem Rentler Kontakt aufnehmen. Perfekt für ihre Nachforschungen.

Der Portier legte auf und sah sie an. »Was kann ich für Sie tun?«

»Ach, ich geh gleich zum Herrn Ritzinger, aber, wenn ich schon da bin, hätte ich gerne noch ein paar gelbe Müllsäcke.«

»Bitt'schön.« Er reichte ihr die mit einem Gummiband umwickelte Rolle.

»Der Herr Ritzinger hat sein Büro im ersten Stock, Zimmer eins null drei.«

»Danke«, flötete Lotte und wusste, dass sie dann wohl diesmal die Treppe nehmen musste. Mit einem Seitenblick auf die Verwaltungstafel las sie schnell noch einmal nach: Leiter Bauverwaltung: Becksteiner, Zimmer 2.01. Stellvertretender Leiter: Rentler, Zimmer 2.02.

Lotte erklomm die Stufen zum ersten Stockwerk, vergewisserte sich, dass sie außer Sichtweite des Portiers war und lief weiter zum zweiten Stock, wo sie nach einem kurzen Klopfen das Zimmer 2.02. betrat.

Ein gedrungener, stiernackiger Mann blickte fragend von seinen Akten auf. Der etwa 50-Jährige wirkte auf Lotte wie ein massiger, kraftstrotzender Bulle.

»Grüß Gott, mein Name ist Nicklbauer. Ich war gestern beim Herrn Becksteiner wegen einer Baumfällung, und nun wollte ich ihm meine schriftliche Bitte vorlegen. Jetzt ist er aber nicht da, darf ich das Schreiben deshalb bei Ihnen abgeben?« Sie holte den am Vorabend geschriebenen Brief aus ihrer Handtasche.

»Ja, legen's es dort in die Ablag'«, antwortete Rentler mit breitem bayerischem Dialekt und wedelte mit seinem kräftigen Arm in Richtung einer Ablage. Dann wandte er sich wieder seinen Akten zu.

Lotte gab sich hilflos: »Ach, ich habe das zwar gestern mit dem Herrn Becksteiner besprochen, aber ich bin mir doch etwas unsicher, ob ich alles richtig formuliert habe. Dürfte ich es Ihnen noch einmal vorlesen?«

Rentler sah auf.

Sie warf all ihren weiblichen Charme in den folgenden Augenaufschlag, der ihm signalisierte, es mit einem hilflosen Reh zu tun zu haben, und Rentler reagierte wie erwartet.

»Mei, dann setzen's Eahna amol.«

Lotte holte Luft und las vor: »Sehr geehrter Herr Becksteiner, ich bitte um die Erlaubnis zur Fällung dreier Tannen in meinem Garten, Rosenweg elf. Erstens: Die Tannen nehmen so viel Licht weg, dass unser Leben (in der Küche und vor allem in einem Kinderzimmer) davon negativ beeinträchtigt wird. Zweitens: Die Tannen erscheinen zudem auch in keinem gesunden Zustand. Drittens: Zu Neupflanzungen in entsprechender Auswahl und Größe verpflichten wir uns gerne. Mit freundlichen Grüßen, Ehepaar Nicklbauer«

Rentler nickte. »Mei, dös haben's scho gut geschrieben, das wird scho a Aussicht auf Erfolg ham. I leg's dem Herrn Becksteiner vor.«

»Das ist wirklich ganz reizend von Ihnen«, flötete Lotte. »Ach, und wo ich gerade da bin«, sie holte tief Luft, denn bisher hatte sie sich eigentlich keinen Plan zurechtgelegt, wie sie etwas aus ihm herauslocken konnte, »wollte ich nur mal nachfragen, wo Sie doch auch der Zuständige für das Sphinx-Bad sind, ob denn die geplante Baufläche sich über den gesamten Kindergartenbereich erstreckt oder nur über einen Teil.« Oh Gott, Lotte zuckte innerlich zusammen, wie plump war das denn gewesen, nun hatte sie bereits alles verraten. Von geschicktem Vorgehen konnte hier keine Rede sein.

August Rentler sah erstaunt auf. Er wirkte völlig überrumpelt. »Mei, die Plän, san die scho öffentlich bekannt? Ja mei, also schon über das ganze Gebiet, aber des is ja alles no netta fest, gell. Warum interessiert des Eahna überhaupt?«

Lotte war jetzt vorsichtig. Sie hatte gerade die Bestätigung bekommen, dass es die Pläne tatsächlich gab, aber sie durfte ihn nicht wissen lassen, dass ihr dies als Mitglied des Kindergartenvereins missfallen würde. »Nur weil ich ein Dauer-Abo im Sphinx habe und es eigentlich kündigen wollte, aber wenn die Vergrößerung wirklich bevorsteht, würde ich davon absehen.«

Jetzt lachte Rentler jovial. »Na, Frau Nicklbauer, da sehen's mal davon ab, das muss ich Eahna als Verantwortlicher fürs Sphinx schon ans Herz legen. Es wird halt alles noch a bisserl dauern, da gibt's schon ein paar Widerstände zu beseitigen, aber wissen's, i bin da ganz zuversichtlich.«

Nun hatte Lotte ihn dort, wo sie ihn haben wollte. Der mächtige Mann sonnte sich freundlich-herablassend in der Aufmerksamkeit der weiblichen Bittstellerin. Das galt es auszunutzen. »Wirklich, ich gehe auch gerne in die Sauna, in letzter Zeit ist es mir dort aber zu voll und zu klein geworden.«

Man konnte dem Rentler geradezu ansehen, dass er Lotte gerne in der Sauna begegnet wäre. »Genau deswegen woll'n mir ja erweitern. Aber eigentlich sollt' dös bei den Kunden noch gar nicht bekannt sein, wie gesagt, mir ham noch ein paar Widerstände aus dem Weg zu räumen.«

»Wirklich?« Lotte beugte sich über den Schreibtisch und gewährte so einen tiefen Blick in ihren Ausschnitt. Rentlers Blick rutschte prompt von Lottes Gesicht ein wenig tiefer. Ein längeres Gespräch war ihm nicht mehr unangenehm.

Er beugte sich verschwörerisch zu Lotte hin, so dass sich die beiden fast in der Mitte des Schreibtisches trafen: »Der Kindergarten, mei, des könnt halt noch a Problem wern, aber, Frau Nicklbauer, das wern mir schon lösen!«

»Ach, die können doch auch woanders hin.« Lottes Wangen färbten sich rot bei dem Gedanken an das, was sie hier gerade tat.

»Mei, genau des find ich halt auch. Des Problem lösen wir, Frau Nicklbauer, des lösen wir!« Sein Ton war so jovial und testosteronstrotzend, dass Lotte langsam Angst bekam, dass er gleich seine dicken Finger nach ihr ausstrecken würde.

Sie zog sich ein ganz klein wenig zurück. »Haben Sie denn genug Fürsprecher?« Und dann ganz verbindlich und leise: »Ich kenne nämlich jemanden aus dem Gemeinderat, falls Sie von dort Unterstützung brauchen.«

Rentler gab ebenso leise und verschwörerisch zurück: »Haben wir bereits, Frau Nicklbauer, haben wir bereits. Der Bauunternehmer Weinzierl, ich sag Eahna des im Vertrauen, der wird all sein Gewicht im Gemeinderat in die Waagschale legen, damit wir die Pläne verwirklichen können. Des sag ich Eahna im Vertrauen!« Dabei legte er eine feucht-warme Hand auf Lottes Arm.

Lotte unterdrückte den Impuls, ihren Arm sofort zurückzuziehen, und ließ Rentler für einen Moment gewähren, dann aber entwand sie sich mit ihrem charmantesten Lächeln, das sie noch zustandebringen konnte, und brachte heraus: »Dann ist es ja gut, Herr Rentler, und das bleibt unter uns, unter uns Saunafreunden. Aber jetzt muss ich mal wieder los.«

Sie stand auf und suchte die richtigen Worte, um sich zu verabschieden. Rentler erhob sich ebenfalls und nutzte die Verabschiedung, um ihre Hand ein wenig länger als üblich in seinen Pranken zu halten.

Endlich zog Lotte die Tür hinter sich zu. Ihr war warm. Dass die Männer immer noch so auf sie abfuhren. Sie konnte sich eines gewissen Stolzes nicht erwehren.

Rentler war auch warm geworden. »A so ein Vollblutweib!«, murmelte er bewundernd vor sich hin, während er sich wieder setzte. Seine Gedanken waren ganz bei ihren Rundungen, die er zu gerne nur mit einem Saunatuch verhüllt gesehen hätte.

Dass er ihr mehr erzählt hatte, als er eigentlich wollte, kam ihm gar nicht in den Sinn.

*

Die Pläne sind Fakt, und unsere geplante Vertreibung ist es auch, so viel ist sicher, dachte sich Lotte und stapfte, stolz auf das, was sie in Erfahrung gebracht hatte, wieder ein Stockwerk tiefer zum Zimmer des Herrn Ritzinger.

»Die Frau Nicklbauer, so, so«, begrüßte der Leiter des Ordnungsamts sie. »Ich hab doch den Herrn Huber zum Ranhazweg geschickt. Haben Sie denn bereits neue Erkenntnisse? Aber bitte, nun setzen Sie sich doch erst einmal.«

»Neue Erkenntnisse habe ich, wenn auch nicht in Bezug auf den Ranhazweg«, ging es Lotte durch den Kopf. Aber sie nickte und setzte nun wieder statt des Femme-fatale-Blicks ihr besorgtes Muttergesicht auf. »Ach, wissen Sie, ich befürchte ein wenig, dass der Herr Huber die Gefahrenstelle am Ranhazweg nicht ebenso wichtig nimmt wie ich.«

Herr Ritzinger sah sie so ernst an, dass Lotte fast ein schlechtes Gewissen bekam, dass ihr dieses Thema in Wirklichkeit im Moment gar nicht so wichtig war.

»Frau Nicklbauer, bitte haben Sie Vertrauen, dass wir das sehr ernsthaft prüfen werden.«

Sie diskutierten noch ein wenig über die detaillierten Gefahren am Ranhazweg, bis Lotte plötzlich umschwenkte. »Herr Ritzinger, Sie haben doch über den Umzug des Kindergartens gesprochen, und da wollte ich mal fragen, ob wir denn ein konkretes Angebot erhalten für eine anderweitige Unterbringung oder ob wir uns selbst darum kümmern müssen.«

Im Gegensatz zu Rentler war Ritzinger sofort hellwach, denn er hatte sich bereits bei ihrem letzten Besuch sehr darüber geärgert, dass er ihren Hinweis auf den »Umzug« so missverstanden hatte. Er sah Lotte kritisch an, konnte sich aber beim besten Willen nicht vorstellen, dass diese dralle Hausfrau und Mutter mit ihrem etwas einfältigen Blick hergekommen war, um ihn auszuhorchen. Trotzdem zögerte er, aber irgendetwas musste er ja nun antworten. »Es gibt keine festen Pläne, nur völlig unklare Ideen. Machen Sie sich mal keine Sorgen.«

»Ich mache mir aber Sorgen.« In diesem Moment wurde Lotte von allem übermannt. Sie kämpfte mit den Tränen.

»Ach, Frau Nicklbauer. Ich möchte wirklich, dass Sie wissen, dass Sie hier bei uns gut aufgehoben sind. Wir versuchen, uns um alle Belange unserer Ottobrunner Bürger zu kümmern. Wir wollen für Sie da sein und das Beste tun. Manchmal bedeutet das aber auch, Kompromisse zu schließen.«

Lotte hätte erwidern können, dass es ziemlich blöd war, wenn die Kompromisse zu Ungunsten von einem selbst geschlossen wurden, aber sie verbiss sich die Bemerkung, weil ihr klar war, dass Ritzinger ihr wirklich positiv gesonnen war.

»Ach.« Lotte seufzte stattdessen, eigentlich nur aus dem Grund, weil sie beim besten Willen nicht wusste, wie sie nun noch mehr herausbringen sollte.

Bei Ritzinger löste dies einen Beschützerinstinkt aus. »Machen Sie sich nicht unnötig verrückt. Nur weil der Leiter vom Sphinx erweitern möchte und ein Bauunternehmer dadurch die Chance wittert, seine maroden Finanzen zu sanieren, sind die Pläne noch nicht durch. Machen Sie sich wirklich keine Sorgen. Genauso wenig wie um den Ranhazweg. Wir kümmern uns schon um die Verkehrssicherheit unserer Kinder!«

Lotte war perplex. Mit ein paar belanglosen Verabschiedungsfloskeln flüchtete sie aus dem Zimmer und lief zu ihrem Auto.

Sie versuchte, ihre Gedanken zu sortieren. Was hatte sie jetzt eigentlich alles erfahren? Es gab Pläne, über deren Durchsetzbarkeit offenbar unterschiedliche Ansichten bestanden. Befürworter waren natürlich August Rentler in seiner Funktion als Geschäftsführer des Sphinx' und ein Bauunternehmer namens Weinzierl. Von dem wusste Lotte bisher noch gar nichts. Oder doch? Plötzlich fielen ihr gleich mehrere Dinge zu diesem Namen ein. Erstens stand er auf der Gästeliste des Bürgermeisters, zweitens war er unter den Gemeinderäten, die zu den Aufsichtsräten des Sphinx' gehörten, und, nun fiel es ihr siedend heiß ein, sie hatte ihn sogar bereits gesehen. Weinzierl, das war auch der Name, der beim Eishockey als Torschütze gefallen war. Er war das Tratschthema der Männer gewesen. Wie war das noch gewesen? – Ach ja, er hatte mit Immobilien sein Vermögen verspekuliert. Lotte erinnerte sich jetzt genau.

Sie fuhr zu Antonia und berichtete stolz von ihren neuesten Erkenntnissen, bevor sie ihre Kinder begrüßte, die fröhlich in den Kinderzimmern lärmten.

Max drückte sich ein »Hi, Mama« heraus, von Lilly war nur zu hören: »Wir gehen aber noch nicht, gell?«, so dass Lotte sich beruhigt für einen weiteren Kaffee zu Antonia an den Tisch setzte. Antonia, die genau wusste, dass Lotte nach all der Aufregung gerne etwas essen würde, sah sich in ihrer Küche um. »Hm, ich habe heute keinen Kuchen oder Kekse, aber ein paar Pumpernickel. Soll ich uns Brote schmieren?«

Lotte nickte erleichtert. Sie hatte einen gewaltigen Hunger.

Antonia beschmierte die Pumpernickelscheiben mit Leberwurst, Schinken und Käse. Der Teller, den sie vorbereitete, hätte nahezu für ihre Familie zum Abendessen genügt. Aber sie kannte ihre Freundin doch.

Antonia aß eine »Anstandsschnitte«, den Rest übernahm Lotte alleine, zusammen mit einem zweiten Kaffee – mit drei Stückchen Zucker.

Nun ging es Lotte wieder besser.

Sie kicherte. »Du, Toni, also von dem Rentler, da hätte ich auch noch mehr haben können, quasi alles. Aber, weißt du, ich steh' nicht so auf Stiernacken.«

Antonia lachte. Es war ihr ein Rätsel, wie Lotte mit ihrem Aussehen die Männer immer wieder anzog, aber daran war nicht zu rütteln. Und dabei standen die Männer nicht auf Lottes liebenswerte Art, die die kühlere Antonia so schätzte. Bohnenstangen im Fernsehen, aber unter der Decke lieber etwas Handfestes, dachte sich Antonia und war dennoch froh, selbst nicht so viele Pfunde mit sich herumtragen zu müssen. Dann erläuterte sie ihrer Freundin eine Idee, die ihr vorhin gekommen war.

»Sag mal, Lotte, was hältst du davon, wenn wir zwei heute Abend noch ausgehen?«

Lotte sah überrascht auf. »Heute Abend? Wir? Wohin?«

»Auf eine Schaumparty – in die ›Bar Rosarot‹.«

Lotte verschluckte sich beinahe an den letzten Krümeln des Pumpernickels, die sie gerade aufgestippt hatte. Hustend fragte sie: »Das ist doch diese Schwulenbar in München, oder?«

»Schwule und Lesben. Genau.«

»Nein, Antonia, das ist mir zu viel, das mach' ich nicht mit.« Ohne dass sie dies je laut zugegeben hätte, hatte Lotte durchaus Berührungsängste gegenüber Homosexuellen. Mochte es Schwule und Lesben geben, sie jedenfalls kannte keine persönlich.

»Doch, meine Liebe, du gehst mit – im Zuge unserer Ermittlungen! Der Henning war nämlich schwul und ging regelmäßig in die ›Bar Rosarot‹. Dort finden wir viel eher Motive als in deinen seltsamen Schwimmbad-Verschwörungstheorien. Ich habe gerade im Internet geblättert, heute Abend ist eine Schaumparty für Schwule und Lesben – und wir werden uns dort einmal umhören.«

Lotte seufzte. Das ging ihr nun wirklich zu weit, aber Antonia war überhaupt nicht zu bremsen. »Um zwanzig Uhr liegen die Kinder im Bett, und unsere Männer sind zu Hause. Denen erzählen wir, dass wir zum Italiener gehen. Frauenabend. Unter deinen Klamotten ziehst du bitte was Neckisch-Kurzes an, das nass werden kann.«

»Etwas Neckisch-Kurzes«, wiederholte Lotte zwar noch leicht entsetzt, aber in Gedanken schon so weit, ihren Kleiderschrank nach etwas Passendem zu durchstöbern. Schaumparty, hm. Lotte überlegte, was sie da erwarten würde. Sie hatte einmal in einer Zeitung Bilder von einer Disco gesehen, auf denen die wild Tanzenden halb bedeckt mit Schaum und Seifenblasen waren. Eine Schaumparty, warum eigentlich nicht.

Eine Stunde später nahm sie ihre Kinder mit nach Hause. Während Max und Lilly mit einem Butterbrot vor dem Sandmännchen saßen, begutachtete Lotte ihren Vorrat an »kurzen und neckischen« Klamotten. Allzu viel gab es davon nicht. Lieber trug sie Kleider, die zwar ihre Rundungen nicht versteckten, aber doch weitgehend bedeckten. Lotte seufzte. Ihren letzten kurzen Rock hatte sie vor zwanzig Jahren angehabt. Mit 15 hatte sie sich das noch leisten können, obwohl sie bereits damals pummelig gewesen war. Lotte entschied sich für schwarze Leggins und ein enganliegendes, knallgelbes Sommertop, das im Nacken gebunden wurde. Das hatte sie sich in Urlaubslaune vor zwei Jahren auf Mallorca gekauft und danach natürlich nie wieder angezogen. Für den heutigen Abend sollte es passen.

Darüber zog sie eine weite Jeans und einen Rollkragenpullover, die nichts durchblicken ließen. Nein, ihrem Alexander konnte sie nun wahrlich nichts von einer Schwulen- und Lesbenbar erzählen. In diesem Punkt war er noch weitaus traditioneller als sie. Aber er musste auch nicht unbedingt alles wissen.

Als Alexander kam, lagen die Kinder bereits im Bett, was er verwundert, aber erfreut zur Kenntnis nahm. Lotte hatte größere Proteste erwartet, als sie ihm erklärte, noch spontan mit Antonia zum Italiener gehen zu wollen, aber ausnahmsweise war es Alexander gar nicht unangenehm, dass sie ihn alleine ließ. »Heute Abend wollte Andreas noch vorbeikommen. Wir haben das Problem mit den Stoffsegeln für unseren Dreimaster immer noch nicht hingekriegt.«

Alexander war ein leidenschaftlicher Modellbauer. Zusammen mit seinem Freund baute er maßstabsgetreue Modelle von Schiffen und Flugzeugen. Sehr zum Leidwesen von Lotte beanspruchte er den großen Kellerraum gänzlich für sein mitunter zeitaufwändiges Freizeitvergnügen. Im Moment waren er und Andreas mit dem anscheinend sehr schwierigen Aufbau eines originalgetreuen Segelschiffes aus Holz beschäftigt. Bereits die Lackierung hatte mehrere Abende in Anspruch genommen. Nun hatten die zwei mit den Segeln Probleme. Diese Schwierigkeiten hatte Alexander Lotte zwar genau beschrieben, sie aber hatte wie meist bei diesem Thema kaum zugehört, was allerdings Alexander nicht daran hinderte, sie detailliert auf dem Laufenden zu halten.

Lotte war erleichtert, dass Alexander nicht sauer auf ihre Ausgehwünsche reagierte. Und Alexander war erleichtert, dass er sich kein Murren anhören musste, weil er schon wieder einen Abend mit Andreas im Keller verbrachte. »Da ist es vielleicht sogar besser, du gehst mit Toni aus. Die Kinder scheinen ja bereits zu schlafen.«

Froh darüber, dass er es ihr heute so leicht machte, zog sich Lotte schnell ihren Mantel über, schlüpfte – von Alexander unbemerkt – in die hohen schwarzen Schuhe und verschwand aus der Tür.

Als sie bei Antonia vorfuhr, hatte diese sie bereits aus dem Küchenfenster erblickt und kam heraus. Sie setzte sich zu Lotte ins Auto und grinste. Dann öffnete sie ihren Mantel und enthüllte ein hautenges, schwarzes Paillettenkleid. Antonia konnte sich bei ihrer Figur so etwas leisten.

Kritisch sah sie Lotte an: »Ich hoffe, du bist auch passend angezogen, sonst kommen wir da nämlich gar nicht rein.« Lotte zog ihren Pulli etwas hoch, so dass Antonia einen kleinen Teil des zitronengelben Tops sehen konnte.

»Sehr gut, dann geht's los!«

*

Die »Bar Rosarot« befand sich in der Münchner Innenstadt in der Nähe des Viktualienmarktes. Zwei bullige Aufpasser standen vor dem Lokal, winkten die zwei Frauen aber gleich hinein.

An der Garderobe legten sie ihre Mäntel ab und bewunderten gegenseitig ihren Aufzug. Antonia sah in ihrem schwarzen Paillettenkleid fast durchscheinend dünn aus, während Lottes Arme in dem dünnen gelben Neckholder-Top noch kräftiger wirkten. Gerade als Antonia sich fragte, ob Lotte in letzter Zeit schon wieder zugelegt hatte, kam ein junger Mann in einem enganliegenden Polizistenhemd, dem allerdings die Ärmel abgeschnitten waren, um seinen braungebrannten und gestählten Bizeps besser zur Geltung zu bringen, vorbei. Mit einem gewagten Griff schob er Lotte beiseite und deklamierte: »Königin der Nacht, schieb deinen prallen Prachthintern ein wenig beiseite, damit ich vorbeikann.« Dann kniff er Lotte in die Hüfte und flüsterte: »Oh, wenn ich auf Frauen stünde, wärst du heute meine Auserwählte ...« Mit einem vieldeutigen Augenzwinkern schob er sich ganz nah an ihr vorbei.

Antonia schüttelte ungläubig den Kopf. Vielleicht sollte doch eher sie selbst etwas zulegen als Lotte abnehmen.

Innen war es schummrig. Die Holzvertäfelung ließ das Ambiente fast bayerisch-klassisch wirken, aber die Poster mit kaum bekleideten Männern zeigten Lotte eindeutig, welches Publikum in dieser Bar verkehrte. Auch die rosa Plüschstola, die über der Theke hing, wäre in weniger rosaroten Bars nicht zu finden gewesen. Es gab mehrere Räume im Ober- sowie im Untergeschoss und oben einen großen Raum mit Bar und Tischen. Da es erst neun war, war noch nicht viel los. Antonia und Lotte setzten sich auf zwei Barhocker, die mit gewagten rosa Plüschfellen gepolstert waren, und bestellten sich bei der Bardame zwei Aperol Sprizz. Verstohlen musterte Lotte die Anwesenden. Deutlich mehr Männer als Frauen durchstreiften das Lokal und taxierten dabei ungeniert die anderen Gäste. Hier war man offensichtlich auf Eroberung aus. Einige Männer hatten knallenge Hosen und kurze T-Shirts an, die ihre Körper bestmöglich zur Geltung brachten. »Manchmal frage ich mich, warum heterosexuelle Männer sich nicht auch mal so nett anziehen können«, kommentierte Antonia sarkastisch.

Lotte lachte: »Oh ja, mein Alexander in so einer knackengen Hose, das wäre doch mal was.«

Neben ihnen unterhielten sich zwei Männer.

»Ich war letzte Woche auf der Demo am Stachus. Das war unglaublich, wie diese französischen Pilger da gebetet haben und uns im Namen des lieben Gottes unser Leben verbieten wollten.«

Lotte horchte auf. Darüber hatte sie doch in der Zeitung gelesen. Die französischen Pilger, die angeblich für Familien, tatsächlich aber gegen Homosexuelle aufgetreten waren.

»Schon erschreckend, dass diese Gruppe in Frankreich Hunderte von Menschen für solch einen Schmarrn auf die Straße bringt. Mir macht das Angst«, erwiderte der andere.

»Aber, wenn du gesehen hättest, wie die abgelost haben. Keinen Ton von deren Litanei konnte man verstehen. Wir waren einfach lauter – und lustiger! Selbst die Passanten haben uns unterstützt. Zum Schluss sind die völlig frustriert abgezogen, durch einen Polizeikorridor. Denen war klar, dass sie hier nicht willkommen sind. In München hat so etwas keine Chance.«

»Gut, dass du da mitgemacht hast. Wehret den Anfängen!«

Die Bardame kam zu Lotte und Antonia und stellte ihnen die Cocktails hin. »Bitteschön, ihr Hüüüübschen.« Lotte sah verwundert auf, als sie die tiefe Stimme registrierte und ihr beim zweiten Blick klar wurde, dass die hübsche Kellnerin mit knappem Top und kurzem Rock wohl doch ein Kellner war. Bei manchen Worten klimperte sie mit ihren falschen Wimpern und zog dabei die Vokale ins Unendliche: »Bitteschöööön!«

Lotte schwankte zwischen Verwunderung und Amüsiertheit. Ihr war ein solches Leben doch sehr fremd. Die männliche Kellnerin legte nun ihre Hand auf Lottes und raunte ihr zu: »Na, du bist ein Feger. Ich mag die ausgemergelten Lesben nicht. Duuuu hast wenigstens was zu bieten.«

Lotte sah entsetzt in das geschminkte Gesicht, in dem aus der Nähe die Ansätze von Bartstoppeln zu erkennen waren. Der Tritt an ihr Schienbein, den Antonia ihr gab, signalisierte, dass man Lottes Gefühle an ihrem Gesicht ablesen konnte. Mit Mühe versuchte sie, ein Lächeln auf ihr Gesicht zu zaubern.

Antonia half ihr aus der Klemme: »Der geht's heute nicht gut. Ein guter Freund von ihr ist gerade gestorben. Vielleicht kennst du ihn ja sogar, den Albert Henning?«

»Ach, Schnuckele, eine Freundin vom Albi bist du. – Ich hab dich nie bei ihm gesehen. Ja, Waaaahnsinn, was dem passiert ist, nicht? Ich habe es in der Zeitung gelesen.« Die männliche Bardame kam um den Tresen herum, zog sich einen Hocker heran und setzte sich zu den beiden. Affektiert zog sie ihre Handfläche über die Stirn: »Einfach entseeeetzlich, da wird unser süßer Albi umgebracht. Ich bin noch totaaaal geschockt. Wenn ihr Freunde vom Albi seid, dann geht der Sprizz auf mich.« Und damit angelte sie sich auch einen Cocktail vom Tresen und stieß mit den zwei verdutzten Frauen an. »Auf dass unser Albi oben im Himmel viele nette Freunde findet, gelle!« Antonia und Lotte prosteten sich zu dem ungewöhnlichen Trinkspruch zu.

Lotte war immer noch keines Wortes fähig, aber Antonia plauderte munter drauf los: »Also, die Lotte hier, die meint ja, der Albi hätte sich einen Boy zu viel mitgenommen, so wie damals der Sedlmayr.«

»Schnuckele, kennst du denn den Albi nicht? – Du weißt doch, was der einzig und allein wollte.«

Lotte sah weiterhin mit entsetzt aufgerissenen Augen vor sich hin. Sie wollte gar nicht wissen, was sie jetzt zu hören bekommen würde. Vor ihrem geistigen Auge spielten sich Sado-Maso-Szenen in all den ihr aus dem Fernsehen bekannten Varianten ab. Hochhackige Schuhe auf blankem Popo, Peitschen, die Schmerzen, aber keine Streifen hinterließen, Handschellen, Unterwerfung, Lack und Gummi. Die Bilder wirbelten in Lottes Kopf herum. »Nein, mir reicht's«, Lotte stand auf, »ich halte das nicht aus.«

Die Bardame verstand das völlig falsch. »Oh, Schnuckele, mir geht das auch so nahe.« Mit freundlicher Gewalt drückte sie Lotte auf den Sitz zurück. »Mir geht das genauso nahe wie dir. Der Albi und sein Hennes – sieben Jahre zusammen – das gibt's bei uns kaum noch, und dann hat der Hennes einen Schlaganfall und ist von heute auf morgen tot. Unfaaassbar! Und der Albi bleibt ihm über Jahre treu, keinen anderen hat er mehr angeguckt. Nein, wiiirklich, das geht mir genauso nah wie dir, Schnuckele. Selten habe ich so etwas Süüüßes gesehen.«

Vom hinteren Ende der Bar ertönte nun eine Bassstimme: »Mausi, könntest du mal deinen Kaffeeklatsch da vorne unterbrechen und mir auch ein Hütchen bringen.«

»Oh, ich muss weiter«, flötete Mausi, »heute ist *Rubbel dir einen* angesagt ...«

Lotte starrte ihr oder besser ihm entsetzt hinterher: »Rubbel dir einen ...! – Antonia!«

»Lotte, du bist wirklich etwas bieder. Aber es ist nicht das, was du denkst«, erklärte Antonia ihr und deutete auf ein Plakat, auf dem stand: *Jeden Dienstag: Rubbel dir einen! – Zu jedem Hütchen, Cocktail oder Schnaps gibt's ein Rubbellos: Einfach das Feld aufrubbeln – findest du einen süßen Boy darunter, gewinnst du ein Freigetränk!*

Irritiert fragte Lotte: »Was ist ein Hütchen?«

»Cola mit Cognac«, Antonia seufzte etwas verzweifelt auf. »Lebst du eigentlich hinter dem Mond?«

Lotte zuckte zögernd mit den Schultern.

»Also, mein kleines Spießerchen, dann pass mal auf. Hier gibt's keinen Sex auf Bestellung«, Antonia lachte die entsetzte Lotte an, »na ja, freiwillig gibt's davon bestimmt genug. Aber jetzt mal ernsthaft. Der Henning war also monogam homosexuell. Interessant. Also keine Toyboys zum Takeaway.«

Lotte schüttelte den Kopf. »Also wirklich, Antonia.«

»So, meine kleine Bürgerfrau, jetzt nehmen wir unseren Sprizz und bewegen uns mal auf die Schaumparty im Untergeschoss zu.«

Mittlerweile hatte sich der Raum gefüllt. Die meisten der hübschen Männer und der oft klischeehaft ungestylten Frauen schienen sich zu kennen und begrüßten sich mit laut schmatzenden Bussis und Umarmungen.

Die beiden Frauen schlängelten sich durch die Menge ins Untergeschoss, wo sich der Partyraum befand.

Lotte klammerte sich an ihrem Cocktailglas fest, als sie plötzlich einen festen Griff an ihrem Po spürte und ihr eine Stimme ins Ohr hauchte: »Wow, bist du schön. Tanzt du mit mir?« Lotte fuhr wie angestochen herum und blickte in das Gesicht einer hageren, pickeligen, kleinen Frau mit Nickelbrille auf der Nase. Wieder sprang Antonia helfend ein: »Nein, meine Freundin tanzt nur mit mir.« Dann legte sie ihr besitzergreifend den Arm um die Schulter. Lotte verfolgte den Abgang der Frau.

»Im bürgerlichen Beruf Bibliothekarin«, raunte Antonia.

Nun aber wurde die Aufmerksamkeit der beiden auf die Tanzfläche gelenkt, wo die Schaumkanonen zu spritzen begannen. Langsam legte sich ein seifiger Film über die Fläche. Die Tanzenden stürzten sich ins feuchte Vergnügen, nahmen die Blubberblasen mit den Händen auf und verteilten sie auf dem eigenen Körper oder auch genüsslich auf dem ihrer Tanzpartner.

Lotte war fasziniert. Trotz aller innerlichen Abwehr konnte sie sich der Erotik der Situation nicht entziehen. Die Kleider der Tanzenden wurden rasch feucht und durchsichtig, die Tänze immer aufreizender. Im Takt der Technomusik drehten sich die Körper durch die aufsteigenden Seifenblasen.

Wie von selbst begann Lotte sich in der Hüfte zu wiegen und erste Tanzschritte zu unternehmen. Antonia lachte sie an und pustete ihr eine Seifenblase ins Gesicht.

Die beiden tanzten. Vielleicht nicht ganz so wie die anderen Paare, aber ausgelassen und fröhlich. Lotte ließ alle Vorurteile hinter sich und rotierte wild durch den Schaum. Diesmal war Antonia die Schüchterne, die sich eher linkisch verrenkte und nicht so aus sich herausgehen konnte wie Lotte. Aber Lotte tanzte eben gerne. Dabei vergaß sie alles.

Zwei Stunden später musste Antonia Lotte regelrecht hinausziehen, die am liebsten die ganze Nacht weiter durch den Schaum getollt wäre. »Lotte, jetzt ist aber Schluss, wir müssen morgen früh aufstehen.«

Widerwillig ließ sich Lotte überreden und stellte im Auto fest: »Du Toni, da gehen wir wieder mal hin, mit der ganzen Frauenbande beim nächsten Mal!«

Antonia schüttelte den Kopf: »Also Lotte, ich weiß nicht. Hast du eigentlich gemerkt, dass du von den Blicken fast aufgefressen worden bist? Mindestens fünfzig Frauen hätten dich heute Nacht gerne mit nach Hause genommen.«

Lotte lachte nur übermütig: »Und wenn schon. Hauptsache, ich hatte meinen Spaß.«

»Lotte, Lotte, bei dir brodelt's ganz schön unter der Fassade!«

»Ach was, Toni, in zwanzig Minuten liege ich neben meinem Alexander, und da gehöre ich auch hin. Aber Tanzen darf ich doch wohl mal!«

Mittwoch, 20.11.

Mittwoch war wieder Lottes Sporttag, und mit ganz ungewöhnlichem Elan, trotz der kurzen Nacht, zog sich Lotte ihre Sportsachen an. Sie wollte heute die Erste im Turnraum sein, um der Frau des Gemeinderats auf den Zahn fühlen zu können.

Lotte hatte Glück, denn die ältere Dame gehörte immer zu den ersten Frauen, die den Raum betraten.

»Na, das ist heute ein scheußliches Griesel-Wetter«, begann Lotte mit der üblichen unverbindlichen Konversation, wobei sie direkt die Dame ansprach, deren Make-up mit lila Lidschatten perfekt auf ihren violetten Sportdress abgestimmt war.

»Ja, fürchterlich, ich hoffe, das klart heute noch auf«, stimmte die Dame zu.

»Sagen Sie, letzten Mittwoch haben Sie erzählt, dass Ihr Mann Gemeinderat war und dass Sie der Meinung sind, der Henning wollte den Kindergarten schützen. Wie haben Sie das denn gemeint? Mich interessiert das, denn ich gehöre zum Vorstand des Kindergartens.« Lotte seufzte innerlich, denn sie war wieder einmal ganz direkt auf ihr Ziel losgegangen. Ganz schön plump.

Aber die Dame freute sich offensichtlich, dass man sich für ihre Meinung interessierte. »Mein Mann ist immer noch gut verdrahtet im Gemeinderat – nach zwanzig Jahren dabei ist das auch kein Wunder«, setzte sie zu einer Erklärung an. »Jedenfalls weiß er, dass es ein mehr oder minder gut gehütetes Geheimnis ist, dass das Sphinx-Bad auf Kosten des kleinen Kindergartenvereins erweitert werden soll.«

Lotte schluckte und fragte sich langsam, warum dieses sogenannte Geheimnis, von dem alle bereits zu wissen schienen, nur bei ihnen im Kindergarten noch nicht angekommen war. Regina, die Leiterin, kam nicht direkt aus Ottobrunn und war deswegen hier nicht so gut vernetzt, auch die anderen Erzieherinnen waren nicht in den politischen Alltag in der Stadt eingebunden. Und die jungen Familien, die den Kindergarten nutzten, waren meist zugezogen. Aber Konrad als Mitglied des Gemeinderates müsste doch eigentlich Bescheid wissen. Lotte nahm sich vor, ihn darauf anzusprechen.

Die Frau in Violett fuhr fort: »Der Henning ist auf diesem Thema herumgeritten, obwohl es noch nicht mal offiziell eingereicht war. Vor allem hat er betont, dass der Rentler doch ein Halbbruder von dem Bauunternehmer, der die Pläne verwirklichen soll, ist – und dass er nicht bereit ist, all diese Verwicklungen hinzunehmen. ›Auf Kosten der Kinder!‹, soll er immer geschrien haben, wo er sich doch in Wirklichkeit gar nicht für Kinder interessiert. Der hat sich nur ein Thema gesucht, um seine Bürgermeisterwahl zu sichern!«

Lotte sah die Dame, die ungerührt fortfuhr, nur mit großen Augen an.

»Und Sie sind also Vorstand in diesem Kindergartenverein, das finde ich aber sympathisch. Den Kindergarten gibt es ja schon ein paar Jahre, und er hat immer ein gutes Renommee. Und das ist gut für die Gemeinde Ottobrunn! Na, da passen Sie jetzt mal schön auf, dass dem Kindergarten nichts passiert.«

»Der Bauunternehmer heißt Weinzierl, nicht wahr?«

»Genau. Die Traudel Habermann hat doch erst den Weinzierl geheiratet, der hatte hier schon ein großes Bauunternehmen, und dann den Rentler. Die beiden sind Halbbrüder, und die Traudel hat immer versucht, dass ihre Söhne einigermaßen miteinander auskommen. Beide sind früh in die CSU, der eine ist dann in die Gemeindeverwaltung gegangen und der andere in den Gemeinderat. Manchen passt das nicht, verstehen Sie?«

Lotte nickte, langsam verstand sie: Zwei Brüder waren der Rentler und der Weinzierl also, zwei Brüder, die sich gut verstanden.

Während des Trainings konnte Lotte sich nur schwer auf die Übungen konzentrieren. Immer wieder flogen ihre Gedanken zu den zwei Brüdern und dem Interesse, das sie so einträchtig verfolgten.

Als Lotte vom Training nach Hause kam, hoffte sie, sich nach einer ausgiebigen Dusche noch einmal kurz hinlegen zu können. Der gestrige Abend war doch ein wenig zu lang gewesen. Doch an ihrer Haustür traf sie auf einen Mann, der gerade bei ihr klingelte. Von hinten rief sie ihn an: »Grüß Gott. Ich bin hier.«

»Griaß Eahna. Da bin i aber froh, dass i ned umasonst kumma bin.« Er schüttelte Lotte die Hand, die sich fragte, ob sie irgendeinen Handwerkertermin vergessen hatte, weil sie den Mann gar nicht einordnen konnte.

»I bin der Herr Räder. Der Becksteiner hat mir heute früh gesagt, I soll bei Eahna mal vorbeischaun und die Bäum' begutachten, die Sie fällen lassen woilln. Und i war eh grad do in dera Straßn.«

Jetzt wurde Lotte der Zusammenhang klar. »Ja richtig, der Herr Becksteiner hatte mir ja bereits angekündigt, dass er Sie vorbeischickt. Kommen Sie doch gleich mit in den Garten, ich zeige Ihnen die Tannen.«

Lotte führte den Herrn in den hinteren Teil des Gartens. Mitten auf dem gepflasterten Weg lagen ein großer Plastiktraktor und das Laufrad von Lilly. »Entschuldigung, die Kinder haben wieder einfach alles irgendwohin geschmissen.«

»Kein Problem. I hab davon viere – i weiß, wie des ist!«

Lotte zeigte ihm die hohen Tannen, die nahezu vollständig ihr Küchenfenster und auch das Fenster von Max' Zimmer verdunkelten.

Herr Räder sah sich die Bäume und maß den Abstand zum Haus. »Mei, des is scho wahr, des macht hier ois sehr dunkel. Mir von der Bauverwaltung, mir stengan halt immer für den Baumschutz, und schad is scho um die schönen alten Tannen. Und – krank san die net, Frau Nicklbauer«, er warf Lotte einen ernsten Blick zu, aber bevor sie etwas erwidern konnte, beruhigte er sie: »Na, is scho guat, Frau Nicklbauer, des siag i scho ei, des Zimmer von dem Buam is dunkel, des is nix für a Kind. I konn des scho bestätigen. – Aber die Nachpflanzung machen's scho, gell!«

»Bestimmt, Herr Räder, bestimmt! Dankeschön, mein Sohn wird sich freuen!«

»Ja mei, Kinder gehen halt scho vor die Bäum, göi!« Räder lachte freundlich, nicht wissend, dass er Lotte gerade ein wunderbares Stichwort gegeben hatte.

»Na, woanders hier gehen die Leute gegen Bäume *und* Kinder vor. – Haben Sie das Kindergarten-Grundstück der ›Gartenzwerge‹ auch schon begutachtet?«

»Da ham's recht, Frau Nicklbauer. A Schand wär des, wenn der Kindergarten und die vuillen oilten Bäum da wegkumma nur für a Wellness-Dings – mei, wer braucht a so an Schmarrn. Aber, scheint so, als ob der Bürgermeister da dafür is. Mei Chef, der will wenigstens Neuanpflanzungen auf der oilden Landebahn erreichen. Aber was san scho a paar frische Baam gegen die vuin oilden! Und die Kinder, die kann ma netta neu anpflanza, göi. A Schand is des. Aber wer hört in dera Sach scho auf mi. Koaner.«

Lotte nickte bestätigend und spürte Ärger in sich aufsteigen. Nicht zu fassen, einfach alle wussten tatsächlich schon Bescheid. Die ganze Geschichte war längst generalstabsmäßig geplant – wahrscheinlich, damit man nach der Eingabe das Ganze schnell durchziehen konnte, bevor sich überhaupt jemand beschweren konnte. Das stachelte Lottes Kampfgeist nur umso stärker an. »Warten Sie mal ab, Herr Räder, das letzte Wort ist da noch nicht gesprochen.«

Zweifelnd schüttelte Herr Räder den Kopf. »I woaß net, Frau Nicklbauer, nach meiner Erfahrung, und des san immerhin scho zwanzig Jahr – wenn's so weit is wie jetzat, is es durch. Schaun mir mal. Jetzt muass i weiter. Pfüat Eahna, Frau Nicklbauer. – Und machen's Eahna koa Gedanken, des mit Ihra Bäum', des geht scho durch. Pfüad Eahna!«

Lotte sah ihm gedankenverloren nach. Um ihre Bäume musste sie sich zwar keine Sorgen mehr machen, sehr wohl aber um die Kindergartenbäume. War da wirklich bereits alles verloren?

*

An diesem Abend brachte Lotte ihre Kinder zu Bett und wartete nur darauf, dass es acht Uhr wurde, um Konrad anzurufen. Den würde sie jetzt zur Rede stellen.

»Hallo Konrad, hier ist Lotte.«

»Guten Abend, ist etwas passiert, dass du anrufst?«

»Konrad, ich habe erfahren, dass das Sphinx sich über das gesamte Kindergartengrundstück ausdehnen will.« Lotte ließ bewusst eine Pause, aber Konrad sagte kein Wort. »Und, Konrad, diese Pläne wurden bereits im Gemeinderat diskutiert!« Wieder herrschte am anderen Ende der Leitung totale Stille. »Konrad, wie konntest du uns davon nichts sagen!«

»Lotte, hör mal«, Konrad setzte seinen offiziellen Ton auf. »Im Gemeinderat werden hin und wieder Wünsche und Pläne, die Einzelne befürworten, diskutiert. Laut Paragraf zweiundzwanzig unserer Geschäftsordnung für den Gemeinderat besprechen wir Rechtsgeschäfte in Grundstücksangelegenheiten in nichtöffentlicher Sitzung. Ich würde mich schändlich fehl verhalten, wenn ich solche unausgegorenen Angelegenheiten in den Umlauf gebe und dem Tratsch und Klatsch aussetze. Ich wusste davon, dass es eine rein informative Eingabe gab, die aber so viele Ungereimtheiten enthielt, dass ich persönlich sie für nicht durchsetzbar hielt. Kein

Grund also, irgendjemanden in nutzlose Panik zu versetzen! Diese Pläne werden niemals realisiert, glaub mir. Es gibt genug Gegner im Gemeinderat.«

Lotte konnte es nicht fassen, dass er sich wie ein Priester auf eine angebliche Schweigepflicht berief. Sie bemühte sich nicht einmal mehr, ruhig zu bleiben. »Aber Konrad, es ist doch deine Aufgabe, als erster Vorsitzender die Interessen des Kindergartens zu vertreten, und wir hätten uns längst schon gegen diese Pläne wehren müssen!«

Konrad war anzumerken, dass er sich in diesem Gespräch unwohl fühlte. Er zog sich weiter auf seinen formal-juristischen Standpunkt zurück. »Überlegungen des Gemeinderates, die auch noch unter Ausschluss der Öffentlichkeit gehalten werden, gehören eben nicht in die Öffentlichkeit. Dafür zu sorgen, ist meine Pflicht als Gemeinderat. Und den Kindergarten sah und sehe ich keineswegs gefährdet.«

»Konrad, du musst jetzt ehrlich zu mir sein: Was hat das alles mit dem Tod von Henning zu tun?«

Jetzt erschien Konrad wirklich erschüttert. »Nein Lotte, mit solchen wilden Schlussfolgerungen gehst du einfach zu weit. Deswegen gehören diese Themen nicht in die Öffentlichkeit. Gar nichts haben die Baupläne mit dem Henning zu tun, davon bin ich wirklich überzeugt.«

»Konrad, ich erwarte die volle Wahrheit von dir.« Lottes eindringlicher Ton schien Konrad zu erreichen.

»Also, hör zu. Der Albert Henning, mein Gemeinderatskollege, wusste natürlich ebenfalls von den Erweiterungsplänen, die wir im Gemeinderat ganz unverbindlich als Idee vorgelegt bekommen hatten. Wie gesagt, ich hielt sie von Anfang an für völlig absurd – viel zu groß, nicht zu finanzieren, enorme Baukosten, und eben auch auf Kosten des Kindergartens. Der Henning hat sich aber fürchterlich darüber aufgeregt, auch weil er sah, dass der Rentler sein Sphinx verdoppeln wollte und zugleich seinem

Bruder, dem Bauunternehmer Weinzierl, damit einen Millionen-auftrag zuschanzen wollte. Der Henning wollte mit mir noch am Martinsabend besprechen, ob man diese Sache nicht doch publik machen sollte, um den Drahtziehern solcher Machenschaften von Anfang an das Handwerk zu legen.« Konrad räusperte sich, und sein schlechtes Gewissen war nicht zu überhören. »Du siehst also, ich habe mich sehr wohl um die Belange des Kindergartens gekümmert, aber eben in aller Ruhe und Diskretion, ohne darüber zu tratschen. Lotte, ich konnte euch das nicht erzählen. Bitte, versteh doch.«

Lotte war noch nicht bereit, ihm dafür Verständnis zu signalisieren. Sie beließ es bei der offenen Frage: »Und?«

»Nichts *und*. Zu unserem Gespräch kam es nicht mehr. Aber, du meine Güte, Lotte, das ist doch kein Grund für einen Mord! Das ist eine kleine lokalpolitische Verstrickung.«

Lotte ärgerte sich über Konrad, aber sie musste ihm auch zugestehen, dass er weder böswillig noch seinem Verständnis nach gegen das Kindergarteninteresse gehandelt hatte. Es war ein wenig überkorrekt, dass er die drohende Gefahr nicht mit seinen Vorstandskollegen geteilt hatte. Aber nun war er offen und ehrlich gewesen, und Lotte glaubte zu fühlen, dass er auch ein schlechtes Gewissen hatte.

Lotte war zu gutmütig, um ihm wirklich böse zu sein, und verabschiedete sich friedfertig von ihm.

Antonia hingegen kommentierte zynisch: »Feige und vorgeschoben korrekt. Ohne Herz, einfach typisch Konrad.«

Sie war abends bei Lotte vorbeigekommen, um mit ihr bei einem Glas Rotwein die neuen Informationen durchzusprechen.

»Du Lottchen, jetzt muss ich dir zwischendrin noch etwas anderes erzählen. Das gefällt dir bestimmt auch. Hat auch wirklich gar nichts mit dem Mord zu tun. Höchstens mit dem Schwulen- und Lesbenmilieu, in dem wir uns ja mittlerweile bestens auskennen.«

Antonia grinste. »Heute früh habe ich mit meiner Freundin aus München telefoniert und erzählt, dass ich gestern auf der Schaumparty in der ›Bar Rosarot‹ war. Meine Freundin dachte erst, ich sei ans andere Ufer übergewechselt, aber da konnte ich sie beruhigen.«

Lotte lachte. Antonia und eine Frau, nein, das war für sie nicht vorstellbar.

»Jedenfalls hat mir meine Freundin erzählt, dass in der Wohnung neben ihr zwei Frauen mit zwei Kindern leben. Die Kinder sind Geschwister, aber jede Mutter ist die Mutter eines Kindes.«

Lotte sah Antonia fragend an.

»Die Kinder haben nämlich den gleichen Vater!«

»Wie?« Lotte schüttelte verwirrt den Kopf.

»Doch. In Deutschland gibt es so etwas Eheähnliches – das nennt sich eingetragene Partnerschaft. Also, unser Henning hat seine Beziehung wohl nie so offiziell gelebt. Aber die beiden, also, die sind wie verheiratet miteinander.«

»Ja gut, das verstehe ich noch, aber das mit den Kindern, wie soll das denn gehen?«

»Das habe ich meine Freundin auch gleich gefragt. Ob da der Hausfreund am Wochenende vorbeikommt, und dann erst mit der einen und dann mit der anderen …«

Lotte schüttelte entsetzt den Kopf. Abgründe tun sich da auf!, ging es ihr durch den Kopf.

»Aber meine Freundin konnte mir das erklären«, fuhr Antonia ungerührt fort. »Die zwei Frauen, sehr nette übrigens, sagt meine Freundin, erzählen das nämlich ganz offen.« Antonia wurde nun ganz ernst. »Weißt du, wahrscheinlich ist es auch das Beste, mit so etwas ganz offen umzugehen. Dann zerreißen sich die Leute einmal das Maul, und dann ist es aber auch gut.«

»Ja, schon gut, aber was denn jetzt«, murrte Lotte, »jetzt mach's nicht so spannend, was erzählen sie, wie funktioniert das?«

»Also mit Männern hätten sie nichts, das könnten sie sich gar nicht vorstellen. Der Mann gibt nur seine Spende ab.«

Lotte starrte Antonia mit großen Augen an: »Seine Spende. Du meinst, der gibt denen da im Wohnzimmer seine Samenspende – von Hand zu Hand oder wie?«

Antonia grinste. »Also Lotte, so ganz genau, in allen Details weiß ich das jetzt auch nicht, ob mit Spritze oder der Hand, das ist nun wirklich nicht so wichtig.«

Jetzt begann Lotte zu kichern. »Doch, ich finde das total wichtig. Jetzt stell dir das mal vor. Der Kerl im Wohnzimmer, vielleicht mit irgendeinem einschlägigen Magazin, müht sich da ab, dann schreit er ›fertig‹ – die zwei Frauen kommen rein, teilen sich das Ergebnis, verschwinden ins Schlafzimmer und machen sich damit einen netten Abend.«

Antonia fiel in Lottes Lachen ein. »Das ist wirklich eine super Vorstellung. Dazu rufen sie dem Typen im Wohnzimmer zu: ›Trink ruhig noch ein Bier, und schalt bitte das Licht aus, wenn du gehst.‹«

Lotte wischte sich die Lachtränen aus den Augenwinkeln. »Ha, überhaupt, es kann doch nicht bei beiden gleichzeitig die richtige Zeit zum Kinderkriegen sein, und der arme Kerl kann ja auch nicht täglich vorbeikommen. Also muss man die wertvolle Spende dann einfrieren, so macht man das doch, vielleicht im hauseigenen Gefrierschrank. Wenn du da mal zu Besuch bist, pass bloß auf und trink keinen Whiskey on the rocks – es könnte aus Versehen auch etwas anderes im Eisfach sein!«

Die beiden Frauen schüttelten sich regelrecht aus vor Lachen.

Die Tür ging auf und Alexander streckte seinen Kopf hinein: »Man hört euch bis hinunter in den Keller. Bestimmt auch bis oben in die Kinderzimmer. Sagt mal, geht's euch zu gut?« Entgeistert sah er auf die beiden Frauen, die beide vor Lachen Tränen in den Augen hatten und sich gar nicht mehr beruhigen konnten. »Habt ihr zu viel Rotwein getrunken?«

Lotte winkte ihn einfach wieder hinaus: »Geh schon, Alexander, wir sind gleich wieder leise, bau weiter an deinem Schiffsmodell.«

Alexander warf noch einen kritischen Blick auf die zwei Frauen, verzog sich dann aber wieder in seinen Keller.

»Das ist ein total ernstes Thema hier, eigentlich fies, dass wir darüber lachen. Jetzt stell dir doch mal vor, du liebst eine Frau, deswegen wäre der Kinderwunsch doch nicht kleiner als bei uns. Also, ich hätte auch alles für Kinder getan. Und wahrscheinlich lief das alles hochoffiziell in einer Klinik ab und nicht so dämlich, wie wir uns das vorstellen.« Lottes soziale Ader siegte über ihre Vorurteile. »Und eins kann ich dir sagen. Mein Max kam auch nicht so schnell, wie ich es mir damals gewünscht habe. Deshalb habe ich immer genau die Tage abgezählt, bis es wieder soweit sein sollte. Aber einmal war mein Alexander auf Geschäftsreise, dabei waren es genau die Tage um den Eisprung herum. Also habe ich Alexander angerufen und ihm gesagt, er muss für die Nacht zurückkommen. Er musste vier Stunden mit dem Auto fahren!«

»Das hat er nicht wirklich gemacht, oder?« Antonia blickte Lotte ungläubig an.

»Oh doch, er ist zu mir gekommen. Mein Alexander fährt für mich jede Strecke.«

»Okay«, Antonia fing wieder an zu kichern, »aber dann kann ich mir die Situation genau vorstellen: Die ganze Last liegt auf ihm, und das nach vier Stunden Autofahrt, und plötzlich – zum ersten und einzigen Mal natürlich – konnte er nicht.« Antonia konnte sich kaum einkriegen vor Lachen.

»Pah«, meinte Lotte nur, aber Antonia ließ sie gar nicht zu Wort kommen.

»Und du hast es mit den erotischsten Klamotten versucht, die du in deinem Kleiderschrank hattest, aber – nichts bewegte sich.« Antonia schnappte nach Luft.

Lotte fiel in das Lachen ein: »Stell du dir das nur mal so vor … Pah!«

»Genau, sogar die Handschellen hast du ausgepackt …«

Lotte wurde etwas rot. »Unsinn!«

»Und zum Schluss habt ihr die ganze Nacht einfach ›Mensch ärgere dich nicht‹ gespielt, um euch abzulenken, weil ihr beide trotz allem viel zu aufgeregt zum Schlafen wart.«

»Mach dich nur weiter über mich lustig. Dir werde ich in Zukunft bestimmt keine Details mehr erzählen. Aber ehrlich, um Kinder zu bekommen, hätte ich alles gemacht!«

»Da hast du ja recht«, bestätigte Antonia, »aber komisch ist es schon. Bei dir wie bei den Lesben. – Na ja, bei dir es noch ein bisschen komischer.« Sie gluckste.

Lottes Gedanken wanderten zurück zu den beiden lesbischen Frauen. »Überhaupt, was bedeutet das eigentlich juristisch – hat der Vater Rechte an den Kindern?«

»Das habe ich mich auch gefragt. Die beiden haben das jeweils andere Kind anscheinend adoptiert. Ob der dann noch Rechte als leiblicher Vater anmelden könnte, keine Ahnung. Vielleicht ist es auch ein unbekannter Samenspender, was weiß ich.«

»Wahnsinn, was es alles gibt, Antonia. Aber eines ist jedenfalls für unseren Fall sicher. Das ganze Thema Homosexualität ist weder normal in unserer Gesellschaft noch unkompliziert. Der Henning könnte von dieser Seite aus auf jeden Fall unter Druck gestanden haben.«

Antonia nickte.

»Deshalb lass uns noch mal über den Henning sprechen«, kam Lotte wieder auf ihr Thema zurück. Sie berichtete Antonia von ihren Erkenntnissen über die Verwandtschaftsverhältnisse von Rentler und Weinzierl.

Antonia überlegte kurz. »Dass der Rentler und der Weinzierl Halbbrüder sind, daran habe ich überhaupt nicht mehr gedacht, mit unserer Ortsprominenz habe ich einfach zu wenig zu tun. Dabei hat mir irgendjemand noch vor Kurzem erzählt, dass der große Bauunternehmer Weinzierl sein gesamtes Vermögen verspekuliert hat, weil er sich beim Bau einer Mietshaussiedlung im Münchner Osten eingekauft hatte. Dann hat man irgendwelche

Altlasten auf dem Baugrund festgestellt, und der Bau ist eingestellt worden. Nun sitzt der Weinzierl auf den Trümmern, hatte bereits Millionen investiert und wird nun nicht einmal mehr das Grundstück wieder los.«

»Genau, so etwas habe ich über den Weinzierl auch bereits gehört«, nickte Lotte.

Antonia sah die Freundin verwundert an. Langsam begann Lotte, sich fast so gut in Ottobrunn auszukennen wie sie selbst, die doch hier geboren war. Woher wusste Lotte das denn schon wieder?

Lotte knabberte selbstzufrieden an einem Erdnussflip. »An den müssten wir herankommen.«

Antonia sah auf: »Wie denn?«

»Nun, an einen Bauunternehmer tritt man üblicherweise heran mit einem Bauvorhaben.«

Lotte sah Antonia verschwörerisch an.

Als Antonia gegangen war, lief Lotte nachdenklich nach oben. Längere Zeit saß sie am Kinderbett von Max und streichelte sanft die Hand des schlafenden Kindes. Nein, lieb wäre es ihr nicht, wenn ihr Max eines Tages statt eines Mädchens einen Jungen nach Hause bringen würde. Aber, das nahm sie sich fest vor und strich eine Haarsträhne aus dem Gesicht des schlafenden Jungen, sie würde versuchen, es vorurteilsfrei zu akzeptieren. Auch wenn es ihr schwerfiele. Und natürlich würde sie sich dann wünschen, dass es Max gelingen könnte, Vater zu werden, denn eine Oma wollte sie unbedingt mal sein. Ob Alexander so etwas auch akzeptieren könnte? Ganz sicher war sie sich da nicht.

Donnerstag, 21.11.

Wie am Vortag beschlossen, saßen die beiden Frauen, kurz nachdem sie ihre Kinder in den Kindergarten gebracht hatten, bereits wieder bei Lotte zusammen.

»So«, entschied Antonia, nachdem sie von ihrem Kaffee getrunken hatte, »jetzt rufen wir beim Maurer an und konfrontieren ihn mal ein wenig mit unserem Wissen.«

Lotte blickte sie fragend an: »Aber der sagt uns doch sowieso nichts.«

»Lass mich mal machen«, meinte Antonia nur und griff zum Telefonhörer. Lotte kramte aus ihrem Geldbeutel die Visitenkarte des Polizeihauptkommissars und gab sie Antonia.

Antonia tippte die Nummern ein und stellte das Telefon auf laut, so dass Lotte mithören konnte.

»Guten Tag, hier sind Antonia Bahner und Lotte Nicklbauer vom Kindergarten ›Gartenzwerge‹. Wir wollten uns bei Ihnen nach dem Stand der Ermittlungen erkundigen.«

»Ach, die Damen Bahner und Nicklbauer. Tja, es gibt kaum Neuigkeiten.

Lotte legte Antonia, die etwas sagen wollte, den Finger auf den Mund. Sie hatte gelernt, dass man nur lange genug das Schweigen aushalten musste, damit der andere sich genötigt fühlte zu sprechen. Tatsächlich glaubte der Polizist, nun eine Information preisgeben zu müssen, damit seine Gesprächspartnerinnen ebenfalls bereit waren, ihm etwas mitzuteilen. Natürlich eine Information, die er auch öffentlich verlautbaren durfte.

»Zwar wissen wir mittlerweile, dass der tödliche Schlag mit einem Gegenstand aus Verbundwerkstoff durchgeführt wurde, wahrscheinlich Fiberglas, das hilft uns jedoch leider nicht wesentlich in den Ermittlungen weiter. Aber möchten Sie mir noch etwas mitteilen, das Ihnen aufgefallen ist?«

Antonia nickte Lotte zu, jetzt durfte sie reden.

»Nun ja, da gibt es schon etwas, Herr Maurer. Erinnern Sie sich, Sie haben selbst gesagt, dass es bei so etwas viel Gerede gibt. Und ich könnte Ihnen einfach mal erzählen, was man sich so sagt. Darum hatten Sie uns doch gebeten.«

Antonia zog grinsend die Augenbrauen hoch und warf Lotte einen vielsagenden Blick zu. Das Gespräch entwickelte sich prächtig.

»Und was sagt man sich so?« Der Ton des Polizisten war höflich, aber distanziert.

»Also, ich erzähle Ihnen frei heraus den Klatsch und Tratsch der letzten Tage. Ob das für Sie sinnvoll ist, müssen Sie entscheiden.« Antonia streckte den Daumen in die Höhe und grinste.

»Ja, bitte gerne.«

»Was man sich so unter Frauen erzählt ist, dass der Henning sich als Bürgermeister-Kandidat zur Wahl stellen wollte.«

»Das ist wohl wahr.« Der gelangweilten Stimme des Polizisten konnte man anhören, dass er nun fürchtete, nur Banalitäten zu hören, die er längst kannte.

»Und dass er sich darüber profilieren wollte, die Missstände beim Freizeitpark aufzudecken«, fuhr Antonia fort.

»Hm.«

Lotte und Antonia sahen sich an. Dieses unscheinbare »Hm« genügte ihnen als Hinweis, dass sie mit ihrer Vermutung richtig lagen, sonst hätte Maurer das irgendwie bestritten.

»Es gibt sogar das ganz wilde Gerücht, dass der Henning gegen die Erweiterung des Sphinx-Bades war.« Antonia ließ ganz bewusst eine Pause, in die der Polizist eigentlich hätte einspringen müssen, hätte er dies dementieren wollen. Am anderen Ende herrschte jedoch Stille. Antonia nickte Lotte zu. Nun war endgültig klar, dass dem Kommissar auch diese Zusammenhänge bereits bekannt waren.

Nachdem Maurer noch immer keinen Ton von sich gab, fuhr Antonia fort: »Und jetzt, also das ist mir fast ein bisschen peinlich, aber ich erzähle nur, was die Leute so sagen: Der Bauunternehmer Weinzierl, der will die Sphinx-Bad-Erweiterung bauen und hat sich mit dem Henning angelegt, weil er nicht will, dass der Henning Stimmung gegen die Erweiterung macht.«

Antonia konnte diesen Satz kaum aussprechen, als Maurer hochging wie eine Rakete: »Jetzt machen Sie aber mal einen Punkt, Frau Bahner. So ein Unsinn! Was die Leute für ein Geschwätz von sich geben. Alles nur Halbwahrheiten. Der Weinzierl hat sich doch nicht mit dem Henning angelegt. So ein Unsinn, das ist ja fast schon Rufmord. Der Weinzierl hat sogar ein Alibi für den Martinsabend.«

Lotte und Antonia sahen sich an. Volltreffer. Ein offizielles Alibi konnte nur derjenige haben, der bereits darauf angesprochen worden war.

Antonia lenkte mit freundlichster Stimme ein. »Um Gottes willen, Sie haben völlig recht. Die Leute reden halt wirklich manchmal daher. Und ich wollte auch niemanden beschuldigen, ich wollte es Ihnen doch nur erzählen.«

Maurer wurde sofort wieder ruhig: »Natürlich. Ich bin für solche Hinweise auch sehr dankbar. Da weiß man wenigstens, was das Volk so spricht.« Er lachte jovial. Lautlos äffte Antonia mit grotesk verzerrtem Gesicht das männliche »Hahaha« nach.

Lotte hätte fast laut aufgelacht.

»Nein, natürlich«, setzte Antonia noch eins drauf, »wenn der Weinzierl ein Alibi hat, das ist natürlich verlässlich.«

»Ist es auch«, bestätigte der Polizist, »der war die ganze Zeit mit seinem Bruder im Kino.«

»Entschuldigen Sie dann bitte das dumme Gerede. Ich wünsche Ihnen noch einen schönen Tag, auf Wiedersehen.«

»Ihnen auch. Und danke. Rufen Sie mich gerne wieder an, wenn es neues Gerede gibt. Auf Wiedersehen.«

Antonia legte auf, und die beiden Frauen sahen sich lange an.

»Nein, Lotte, wir liegen ganz und gar nicht falsch mit unseren Erkenntnissen. Ich würde sogar sagen, wir sind genau auf der Höhe der polizeilichen Ermittlungen. Wir sind genauso schlau wie die Sonderkommission Martinszug!«

Lotte lief ein Schauer den Rücken hinunter. Als ob ein Kinderspiel plötzlich auszuarten drohte. »Und jetzt?«

Antonia zuckte hilflos mit den Schultern.

*

Die beiden Frauen hatten sich lange beraten und beschlossen, nun den offiziellen Weg zu gehen. Sie hatten all ihren Mut zusammengenommen und stapften jetzt im Gleichschritt die Treppe zum Büro des Bürgermeisters hinauf. Als Antonia klopfte und die Tür öffnete, blickte die Sekretärin die zwei Frauen blasiert an.

»Guten Tag, Frau Mahler, wir möchten gerne mit dem Bürgermeister sprechen.«

Nach einem kritischen Blick auf den Terminkalender sah die Dame betont langsam wieder auf: »Sie haben keinen Termin.«

»Nein, es ist aber wichtig, und die Zeit läuft uns davon. Es geht um den Kindergarten ›Gartenzwerge‹.«

»Leider, das tut mir wirklich leid, da muss ich Sie enttäuschen.« Lotte hatte nicht den Eindruck, dass der Bürodrachen solche Gefühle hegte. »Bürgersprechstunde ist mittwochs von zehn bis zwölf, oder wir machen einen Extratermin.« Frau Mahler begann, etwas in ihren Computer zu tippen. Die Audienz war beendet. Nicht einmal eine freundliche Verabschiedung hielt sie für nötig.

Lotte brauste jetzt auf – das war eine Sorte Frauen, die sie überhaupt nicht ausstehen konnte: »Frau Mahler, wir haben eine dringende Angelegenheit zu besprechen. Es geht um das Überleben des Kindergartens und vielleicht auch um den Tod des Gemeinderats Henning.«

Während die Sekretärin abwehrte: »Nein, wirklich, das geht nun überhaupt –«, öffnete sich die Tür zum Zimmer des Bürgermeisters, der seinen imposanten Kopf herausstreckte.

»Ist schon gut, Frau Mahler – bitte kommen Sie herein, meine Damen, wenn Sie ein so wichtiges Anliegen haben, dann will ich mich als Bürgermeister nicht verschließen.«

Ein missbilligender Blick der Sekretärin begleitete die beiden beim Eintreten, den Lotte mit einem triumphierenden Grinsen erwiderte.

Im stattlichen Büro des Bürgermeisters zeugten die Holzvertäfelungen vom hohen Amt des Bürobesitzers. Neben einem phänomenal großen Schreibtisch, würdig des amerikanischen Präsidenten, wie Lotte fand, stand ein gläserner Besprechungstisch mit zehn modernen Bürostühlen, zu denen der Bürgermeister die zwei Frauen nun bat.

»Bitte setzen Sie sich. Was haben Sie denn auf dem Herzen?«

»Herr Bürgermeister, danke, dass Sie uns empfangen. Wir sind vom Vorstand des Kindergartens ›Die Gartenzwerge‹ und haben in Erfahrung gebracht, dass das Sphinx-Bad über das Grundstück des Kindergartens hinweg erweitert werden soll.« Lotte fand, hier half nur noch ein direkter Angriff.

»Hm«, brummte der Bürgermeister.

»Hm statt ja, das sagen die Männer anscheinend, wenn sie etwas nicht zugeben wollen«, schoss es Lotte durch den Kopf. Aber sie sagte nichts. Jetzt sollte sich erst einmal der Bürgermeister äußern.

»Ja, Frau …?«

»Nicklbauer.«

»Also, Frau Nicklbauer«, er suchte nach Worten, »vielleicht mag es Pläne vonseiten des Sphinx' geben. Allerdings ist noch gar nichts offiziell angefragt. Sie sollten sich einfach nicht von Gerüchten beunruhigen lassen.«

Hier hakte Antonia geschickt ein: »Falls diese Pläne irgendwann einmal offiziell eingereicht und vielleicht sogar von der Gemeinde befürwortet werden würden, gäbe es dann Alternativangebote für den Kindergarten?«

Fast schon war Bergermann dankbar, dass ihm quasi ein Rettungsseil zugeworfen wurde. »Falls, und ich betone falls so etwas überhaupt jemals vorgelegt werden würde, gäbe es sicherlich ein alternatives Gelände für den Kindergarten. Das ist Ehrensache für die Gemeinde. Wir haben diesen gemeinnützigen Kindergarten doch immer geschätzt.«

»War ja für Sie immer auch der billigste Kindergarten.« Diesen Kommentar konnte sich Lotte einfach nicht verkneifen. »Gibt es denn bereits konkrete Vorstellungen für ein solches alternatives Gelände?«

»Frau Nicklbauer, aber nein, das ist ja derzeit vollständig hypothetisch, was Sie mich hier fragen. Nun machen Sie sich mal bloß keine unnötigen Sorgen.«

Lotte hasste diesen herablassenden So-spreche-ich-zu-Frauen-Ton. »Ich frage mich nur, wo es überhaupt in Ottobrunn ein vergleichbar großes Haus mit einem vergleichbar großen Grundstück geben mag?« Sie klang spitz.

»Nun, meine Damen, den Luxus eines Fünftausend-Quadratmeter-Grundstücks hat tatsächlich nicht jeder Kindergarten. Vielleicht muss das heutzutage auch nicht mehr sein. Grund ist in der heutigen Zeit anders zu bewerten als noch vor zwanzig Jahren.« In diesem Moment hatte Bergermann offenbar das gefährliche Funkeln in Lottes Augen wahrgenommen, die sofort registriert hatte, dass der Bürgermeister sowohl die exakte Größe des Kindergartengrundstücks im Kopf hatte, als auch ein so großes Gelände zukünftig nicht mehr für notwendig hielt.

»Aber dass Sie mich auf gar keinen Fall falsch verstehen«, fügte er deshalb schnell hinzu. »Falls man das Grundstück bräuchte, würde man dem Kindergartenverein ein adäquates anderes zur Verfügung stellen. Ein adäquates! Aber, meine Damen, wir reden hier ins Blaue hinein, und das ist so gar nicht meine Art. Bitte glauben Sie mir, wenn es etwas Gesichertes hierzu gibt, werde ich mich als Allererstes mit Ihnen in Verbindung setzen, und wir werden die Angelegenheit mit Sicherheit einvernehmlich regeln.«

Lotte fühlte sich wie ein Vulkan, der kurz vor dem Ausbruch stand. Einvernehmlich regeln, adäquates Grundstück – wahrscheinlich würde man ihnen ein Appartement im dritten Stock anbieten. Eine Frechheit. Dem würde sie es jetzt geben.

Unter dem Tisch trat Antonia ihr mit Nachdruck auf den Fuß. Als Lotte zu ihr hinübersah, wedelte Antonia unter der Tischplatte mit der Hand. Lotte fragte sich noch, was diese Zeichen wohl zu bedeuten hätten, als Antonia sich provokant im Sitz zurücklehnte, die Arme verschränkte und den Bürgermeister ansah, als ob sie etwas erwartete. Lotte tat es ihr verwundert nach.

Stille trat ein. Eine Sekunde, zwei Sekunden.

Wie unheimlich zwei Sekunden Stille in einer Atmosphäre sein konnten, in der eigentlich etwas ausbrechen sollte.

Der Bürgermeister hielt es als Erster nicht mehr aus. »Wie gesagt, wirklich kein Grund sich aufzuregen, da bleiben wir drei hier doch alle vernünftig und ruhig. Hahaha.« Wieder trat Antonia unter dem Tisch auf Lottes schönen Schuh, um sie zur Ruhe zu ermahnen.

Zwei weitere unangenehme Sekunden Stille, in denen Lotte sich über die schwarzen Abdrücke auf ihren hübschen hellbraunen Stiefeln ärgerte.

»Ähm, meine Damen, außerdem haben Sie da draußen noch etwas von dem Mord an Gemeinderat Henning erwähnt, oder habe ich das falsch verstanden?«

Triumphierend warf Antonia Lotte einen Seitenblick zu und beugte sich dann mit verschwörerischer Miene über den Tisch: »Sehen Sie denn da gar keinen Zusammenhang, Herr Bergermann?«

Man hätte eine Stecknadel fallen hören können.

»Was? Wie? Inwiefern?« Bergermann war völlig überrumpelt.

»Eine geplante Erweiterung des Sphinx' auf dem Grundstück des Kindergartens. Und der Henning wird als Sankt Martin bei den ›Gartenzwergen‹ ermordet. Gar kein Zusammenhang?« Mit diesen Worten stand Antonia auf und zog die verdutzte Lotte am Arm mit hinaus. »Auf Wiedersehen.«

Die Tür blieb offen stehen.

»Was hat denn das jetzt gebracht, Toni?«

Die beiden standen vor dem Rathaus.

»Erstens hätte der uns kein bisschen mehr gesagt, ganz egal, was wir gefragt hätten. Außerdem weiß er jetzt, dass der Kindergarten sich nicht mit irgendeinem Kuhstall abspeisen lassen wird, und vor allem weiß er, dass wir vermuten, dass es einen Zusammenhang mit dem Henningmord gibt. Falls er mit drinsteckt – und das kriegen wir von ihm selbst sowieso nicht heraus – hat er nun zumindest Respekt vor uns. Das ist die beste Ausgangsposition für unseren Kindergarten, die wir erringen konnten. Mehr geht im Moment nicht.«

Lotte zuckte mit den Schultern. Sie hätte den Bürgermeister ja noch mit ein wenig mehr konfrontiert, aber Antonia war mit Sicherheit diejenige von ihnen, die diplomatischer dachte.

Um in der Mordsache Henning voranzukommen, mussten sie wohl noch weiter forschen.

»Morgen müssen wir uns den Weinzierl vorknöpfen. Toni, wäre das nicht etwas für dich? Den könntest du doch mit deinen weiblichen Reizen bezirzen.«

Antonia sah Lotte entsetzt an: »Was soll ich? Du bist wohl verrückt! Ich kann bei jemandem nachfragen, aber doch niemanden bezirzen.«

»Aber du bist die Attraktivere von uns beiden. So etwas kannst du doch mit links.« Lotte schluckte die Bemerkung, dass Antonia sonst auch keinen Flirt ausließ, hinunter.

Die Freundin war empört: »Nein wirklich, Lotte, mit so etwas kann ich nicht spielen. Das kann ich ganz bestimmt nicht.«

Na gut, hier kniff Antonia also. Dann musste Lotte selbst ran. Diesen Bauunternehmer würde sie doch wohl um den Finger wickeln können. »Also schön, du hast gewonnen, ich mache das.«

Antonia sah sie kritisch an, aber Lotte hob siegessicher den Kopf. Morgen würde sie wieder auf ihre Art ermitteln, beim Weinzierl.

»Und wenn Alexander etwas mitkriegt?«

»Dann muss ich ihm eben alles erklären.«

»Und du glaubst, dass er das verstehen würde?«

Nein, da endete wohl Alexanders Verständnis. Das war Lotte klar. Weder würde er akzeptieren, dass sie ihre weiblichen Reize für die Mordermittlungen einsetzte, noch dass sie sich dabei womöglich selbst gefährdete. Oh nein, dafür würde er keinen Funken Verständnis haben. »Toni, ich muss das jetzt machen. Ich will herauskriegen, wer das war. Und was das Ganze mit unserem Kindergarten zu tun hat. Ich muss einfach. Und Alexander darf es eben auf keinen Fall erfahren!«

*

Mittags holte Lotte nicht nur Max und Lilly, sondern auch Konstantin und Tibor aus dem Kindergarten ab. Alle vier Kinder wollten erst gar nicht ins Haus gehen, sondern draußen im frisch gefallenen Schnee spielen. Lotte setzte sich mit einer Tasse Tee und ein paar Keksen an den Esstisch und sah lächelnd hinaus.

Die Kinder hatten ein neues Spiel erfunden. Sie waren auf das große Trampolin geklettert, das voller Schnee lag, und bewarfen sich dort gegenseitig mit Schneebällen. Der Lärm war beträchtlich. »Oh je, das ist so laut, gleich gibt es wieder Ärger mit den Mezgers«, schoss es Lotte durch den Kopf. Herr und Frau Mezger waren ein altes, kinderloses Ehepaar, das vom Tag des Einzugs der Familie Nicklbauer ins Nebenhaus an seine bis dahin ungetrübte Ruhe gestört sah. Bei ihrer ersten Grillparty, zu der Lotte und Alexander ihren großen Freundeskreis aus nah und fern eingeladen hatten, natürlich mit vielen Kindern, hatte Herr Mezger tatsächlich sein wutrotes Gesicht über den Zaun gehalten und gebrüllt, dass der Lärm unerträglich sei und der Grillgestank sein ganzes Haus einräuchere. Als die Partygäste nicht nur sein Geschrei nicht ernst nahmen, sondern einer der Gäste sich sogar über den alten Mezger lustig machte, hatte der sich tatsächlich nicht entblödet, mit einem Gartenschlauch über die Hecke zu zielen. Dabei verfehlte er allerdings den Grill und traf die Partygäste, darunter einige Ottobrunner, die seitdem ihre Meinung über Herrn Mezger weiterverbreiteten – nicht zu dessen Freude.

Viel schlimmer noch als ihn fand Lotte jedoch seine biestige Frau, spindeldürr, verbissen, faltig von den vielen bösen Blicken, die sie überallhin warf, – und bereits von etwas Haarausfall betroffen, wie Lotte in letzter Zeit mit einem schadenfrohen Grinsen festgestellt hatte. Die Mezger war immer auf der Suche nach einem Grund, sich aufzuregen, bösen Tratsch zu verbreiten und ihren Nachbarn das Leben schwer zu machen, wo sie nur konnte. Und wenn sie fremde Hecken so lange mit der Heckenschere bearbeiten musste, bis sie freien Blick auf etwas bekam, worüber sie sich dann aufregen konnte. Hauptstreitpunkt zwischen ihr und Lotte waren natürlich die Kinder, die für Frau Mezger immer unerträglich laut waren.

Nein, dieses nachbarliche Verhältnis war nicht mehr zu retten, was der harmoniebedürftigen Lotte gar nicht recht war, aber gegen so ein verbittertes altes Paar konnte man nichts machen.

Als ob diese Gedanken die Nachbarn angelockt hätten, sah Lotte prompt, wie im Obergeschoss des Nachbarhauses die hässliche Gardine beiseitegeschoben wurde und sich das Gesicht von Frau Mezger vor die Fensterscheibe schob. Missmutig und böse betrachtete die Alte die spielenden Kinder. Lotte konnte sehen, wie sie ihren Mann zu sich winkte. Sie konnte sich vorstellen, wie die Frau ihm zukeifte, dass die grauenhaften Kinder schon wieder so laut seien. Gleich darauf schob sich das untersetzte Gesicht des Mannes neben ihres und betrachtete ebenso missbilligend das Kinderspiel.

Oh, wie Lotte solche Menschen hasste. Menschen, die vergessen hatten, dass sie selbst einmal Kinder gewesen waren. Menschen, die vergessen hatten, dass man auch freundlich miteinander reden kann. Lieber zum Gartenschlauch greifen, lieber mit aller Gewalt und ohne Rücksicht auf andere seine Interessen durchsetzen.

Nein, auch wenn die Alte jetzt wieder ein Radio mit voll aufgedrehter Lautstärke auf die Terrasse stellen würde, was sie gerne tat, Lotte würde ihre Kinder nicht hereinrufen. Die sollten spielen dürfen. Sollten die da drüben doch an ihrer Wut ersticken. Eigentlich konnten sie einem nur leidtun. Wer weiß, welche Enttäuschungen im Leben die so gezeichnet hatten, vielleicht gerade die Kinderlosigkeit. Obwohl Lotte wirklich keinem Kind gewünscht hätte, bei dieser Keifzange groß zu werden.

Lotte lehnte sich in ihrem Stuhl zurück.

Aber für heute kam es zumindest an dieser Front zu keiner weiteren Eskalation, was Lotte mit großer Erleichterung zur Kenntnis nahm.

Lotte schüttelte die trüben Gedanken ab und versorgte die Kinder, die soeben halb erfroren hereinkamen, mit warmem Kakao und Keksen.

Nach einer kurzen Erholungspause stürmten die vier Kleinen wieder hinaus. Sie hatten sich in den Kopf gesetzt, den Schnee im Hof zu einem großen Haufen zusammenzuschieben und dann ein

Loch hineinzubauen, wie bei einem Iglu. Sie arbeiteten, als ginge es um ihr Leben, es wurde geschaufelt und gegraben, geplättet und mit Zweigen verziert. Lotte hatte sich ihren Mantel angezogen und beobachtete die vier bei ihrem begeisterten, völlig selbstvergessenen Spiel. Konnte man konzentrierter und ausdauernder sein als ein Kind, wenn es von etwas fasziniert war? Lotte sah gerne zu.

Im Haus gegenüber öffnete sich die Haustür, und zwei junge Männer kamen heraus. Nicht ohne Neugier sah Lotte auf, denn sie wusste, dass das Haus auf der anderen Straßenseite leer stand und neu vermietet werden sollte. Die beiden Männer waren ausgesprochen stylish angezogen, schicke Jacken, passende Schals, der eine hatte eine kecke Mütze halbschräg auf dem Kopf.

Lotte legte den Kopf schief. Mit ihrer Erfahrung aus der »Bar Rosarot« war sie sich eigentlich auf den ersten Blick sicher, dass die beiden ein schwules Pärchen waren.

Die Männer waren auf die Straße getreten, und hinter ihnen verließ die Eigentümerin, Ilse Bichler, das Haus. Lotte kannte sie gut, weil Ilse bisher selbst in dem Haus gewohnt hatte, bevor sie sich entschlossen hatte, zu ihrem neuen Freund nach Freising zu ziehen. Ilse verabschiedete die beiden.

Als sie Lotte im Hof stehen sah, winkte sie ihr zu und kam herüber.

»Hallo Lotte!«

»Hallo Ilse, schön, dich mal wieder zu sehen.«

»Ich bin hier, weil die beiden, die du gerade gesehen hast, mein Haus mieten wollen«, Ilse grinste Lotte an. »Zwei von der Sanftmafia, kannst du dir das vorstellen?«

Diesen Ausdruck kannte Lotte bisher nicht, verstand ihn aber sofort als Anspielung auf die Homosexualität der beiden. Dabei dachte sie, dass sie sich mittlerweile so einiges vorstellen konnte. Aber sie nickte nur.

»Weißt du, ich habe es ja nicht eilig mit dem Vermieten, und ich habe eine recht hohe Miete angesetzt. Die haben trotzdem kein bisschen gezögert. Der eine verdient sehr gut, und der andere arbeitet wohl von zu Hause und ist somit der Hausmann. Schon witzig, oder?«

Lotte nickte wieder.

»Also mir ist es egal, wie herum die sind«, quasselte Ilse weiter, »die sind sehr nett, machen einen sauberen und ordentlichen Eindruck, sind solvent – was will ich mehr von Mietern, oder?« Zweifelnd sah sie Lotte an.

Nach all ihren Erfahrungen nickte Lotte jetzt mit Vehemenz: »Wirklich, Ilse, mehr kann man sich als Vermieterin nicht wünschen. Ich fand auch, dass die nett und ordentlich wirkten. Alles andere sollte einem völlig egal sein.« Lotte dachte nach. Vor einer Woche hätte sie das nicht so sicher gesagt. Aber nachdem sie sich mit dem Thema Homosexualität in den letzten Tagen mehrfach auseinandergesetzt hatte, und nachdem sie sich vorgestern so prächtig in der »Bar Rosarot« amüsiert hatte, stellte sie fest, wie falsch ihre Vorurteile waren.

Ilse sah sie an: »Lotte, du bist einfach prima. Ehrlich gesagt, war ich mir nicht ganz sicher, ob du vielleicht ein Problem damit haben könntest, wenn gegenüber ein schwules Pärchen wohnt. Aber klar, du bist eben nicht so. Du hast keine Vorurteile.« Lotte gestand sich nur ungern ein, dass das noch vor wenigen Tagen ganz anders aussah. Nein, woher auch immer das kam, solche spießigen Gedankengänge durfte sie nicht zulassen.

»Denen da drüben passt das bestimmt wieder nicht.« Ilse bedachte das Haus der Mezgers mit einem kritischen Blick. »Schau mal, da ging die ganze Zeit die Gardine hin und her, die Alten haben die zwei genau beobachtet. Ich kann mir vorstellen, dass die Mezgers schon wieder vor Entrüstung dampfend an ihrem Eiche-rustikal-Tisch sitzen.«

Lotte stemmte ihre Hände in die breiten Hüften: »Ilse, das kann dir doch egal sein. Sollen die sich über Kinder, Schwule, Lärm, Familien und Leben jeglicher Art aufregen wie sie wollen.

Da stehen wir doch drüber.« Herausfordernd sah sie Ilse an, die kleinlaut zustimmte: »Na ja, schon, aber wenn die blöden Alten da drüben die zwei Männer auch anfeinden so wie die Kinder ringsherum, das wäre doch doof, oder?«

»Das kann den beiden überall passieren, aber dann muss die restliche Nachbarschaft eben, so wie bisher auch, gegen die Mezgers zusammenstehen. Und das machen wir auch. Wenn du die beiden Männer gut findest, vermiete dein Haus an sie!« Lotte wunderte sich fast selbst über ihre klare Meinung. »Wir hier sind offen, und den wenigen, die es nicht sind, werden wir vorleben, wie es geht.« Lotte war sehr zufrieden mit sich. »Und überhaupt, wie geht es dir in Freising?«

»Gut. Ich glaube, nach meiner schrecklichen Scheidung darf ich einfach noch einmal neu anfangen und glücklich werden. Lotte, es geht mir wirklich gut mit meinem Freund.«

Lotte ergriff mitfühlend Ilses Arm, denn sie hatte die schweren letzten Jahre hautnah miterlebt. »Das wünsche ich dir so sehr!«

Nachdem sie sich von Ilse verabschiedet hatte, bestaunte sie erst den mittlerweile tatsächlich zu einem kleinen Iglu angewachsenen Schneeberg der Kinder und setzte Antonias Jungs dann ins Auto, um sie nach Hause zu bringen. Es dämmerte bereits, und die Kinder hatten sich ordentlich ausgetobt.

Gleich an der Haustür erzählte sie ihrer Freundin, dass sie eventuell bald Nachbarin von zwei »von der Sanftmafia« – der Ausdruck brachte auch Antonia zum Lachen – werden würde. »Du, und ich finde das gut!«, bestätigte Lotte der darüber fast etwas verwunderten Antonia.

Auf dem Weg nach Hause schaltete Lotte das Autoradio an. Eine Nachrichtenstimme ertönte. Ein Blick auf das Display bestätigte, was Lotte bereits vermutet hatte: Alexander hatte mal wieder einen Nachrichtensender eingestellt, meistens wählte er Bayern 5, diesmal sogar Deutschlandradio Kultur. Da waren ihr Bayern 3 und ein paar nette Lieder doch lieber. Gerade wollte sie zu einem anderen Sender wechseln, als sie innehielt und der Reportage lauschte: »Auf dem Münchner Rathausplatz fand heute eine Demonstration gegen die von Putin und dem russischen Parlament verabschiedeten Gesetze zum Verbot sogenannter homosexueller Propaganda statt. Seitdem ist es in Russland offiziell untersagt, über Homosexualität zu sprechen. So ist es verboten, vor Jugendlichen positiv oder neutral über Homosexualität zu reden, selbst neutrale Berichterstattung in Massenmedien ist gänzlich verboten – vorgeblich zum Schutz von Minderjährigen. Wer sich dem Gesetz nicht fügt, dem drohen Geldbußen und Gefängnis. Heute demonstrierte deshalb eine deutsch-russische Organisation auf dem Marienplatz. Einer der Aktivisten ist Iwan Wladimirowitsch. Er lebt bereits seit fünfzehn Jahren in Deutschland. Zusammen mit ihm verteilte Andrej Tinkov Flyer an interessierte Passanten. Der schüchterne Vierundzwanzigjährige ist Student und lebt in Sankt Petersburg. Die ›Hass-Gesetze‹, wie er sie nennt, hätten eine Stimmung in Russland erzeugt, in der viele Homosexuelle in ständiger Angst leben.«

Lotte war mittlerweile vor ihrem Haus angelangt, aber sie lauschte aufmerksam der Reportage. Unvorstellbar, dass in einem Land gar nicht weit weg von hier wieder solch rückständige Gesetze eingeführt wurden. Sie gab den Kindern den Haustürschlüssel und bat sie, bereits vorzugehen, sie wollte nur schnell die Reportage zu Ende hören.

Mittlerweile sprach einer der russischen Demonstranten: »Die homosexuellen Menschen in Russland müssen darüber nachdenken, wie sie sich verhalten, ob sie mit den Menschen zusammen sein können, die sie lieben, sie müssen darauf achten, wie sie sprechen, worüber sie sprechen, wohin sie am Abend gehen. Im öffentlichen Raum müssen sie sich ständig kontrollieren, und sie trauen sich noch nicht einmal, jemandem in die Augen zu schauen, wenn er oder sie das gleiche Geschlecht hat. Die Situation in Russland ist derzeit an Furchtbarkeit nicht mehr zu überbieten.«

Lotte stellte den Radiosender nun aus und folgte den Kindern ins Haus. So etwas durfte doch nicht wahr sein. Jeder sollte lieben dürfen, wen und wie er wollte. Dass man das nicht überall durfte, war einfach unglaublich. Gut, dass so etwas in Deutschland nicht mehr denkbar war.

Freitag, 22.11.

Mit sanfter Gewalt zog Lotte sich ihren engen schwarzen Rock an, der unten leicht ausgestellt war. Warum ging er bloß so schwer über die Hüften? Sie hatte doch nicht etwa schon wieder zugenommen? Es war einige Zeit her, dass sie sich das letzte Mal auf die Waage gewagt hatte. Ach egal, der Rock ging noch zu. Und dass er etwas figurbetonter saß als sonst, konnte heute nicht schaden, fand Lotte.

Dazu eine weiße Rüschenbluse mit einem gewagten Ausschnitt, der ihre Weiblichkeit voll zur Geltung brachte. Schließlich toupierte sie ihre braunen Haare etwas und rundete das starke Make-up mit einem roten Lippenstift ab. Gut, dass Alexander bereits fort war. Er hätte sie so kaum auf die Straße gelassen.

Lotte machte sich auf den Weg zum Bauunternehmer Weinzierl, bei dem sie sich bereits gestern Nachmittag telefonisch angekündigt hatte.

Sie betrat das Büro, in dem der kalte Zigarettenrauch in jedem der braunen Schränke und in jedem Aktenordner zu hängen schien. Eine ältere Sekretärin bat sie ins Zimmer des Herrn Weinzierl.

Am Schreibtisch saß ein stiernackiger, feister Mann mit einer Zigarette in der Hand. Die Ähnlichkeit mit Rentler war unverkennbar.

Er sah auf, und sofort sah Lotte den gleichen gierigen Blick in seinen Augen, den ihr Erscheinen auch bei Rentler hervorgerufen hatte.

Der Anblick der drallen Weiblichkeit genügte Weinzierl, um seinen Jagdinstinkt zu entfachen. Schnell drückte er die Zigarette

177

aus und wischte sich die etwas schweißige Hand ab, um sich ganz dem Bild von Frau zu widmen, die da soeben sein Büro betreten hatte. »Griaß Eahna, setzen Sie sich doch bittschön. Was kann ich denn für Sie tun?«

»Grüß Gott.« Lotte wagte einen Augenaufschlag und beugte sich dann über den Schreibtisch, um betont langsam die Pläne auszurollen, die sie mitgebracht hatte. Sie wusste genau, dass Weinzierl diese Sekunden nutzte, um sich ganz in ihren Ausschnitt zu vertiefen. Sie gönnte ihm einen langen Blick, bis sie sich wieder aufrichtete und seinen Blick auf ihr Gesicht lenkte.

»Ich möchte bauen, Herr Weinzierl. Ich habe bereits ein Grundstück in der Nachbargemeinde Höhenkirchen. Nun wäre es mir lieb, wenn Sie mir als Generalunternehmer ein Angebot für einen Plan und die schlüsselfertige Baudurchführung machen könnten. So etwas machen Sie doch, oder?«

»Ja selbstverständlich, mir arbeiten oft als Generalunternehmer, ois aus oaner Hand, ein Fixpreis, kein Risiko«, beeilte Weinzierl sich zu sagen. Sein Blick fiel auf den Namen, der bereits auf dem Plan stand. »Frau Wenger«, schob er nach.

Lotte wusste von den Bauplänen ihrer Nachbarn und hatte sich gestern Abend unter einem Vorwand die Grundstückspläne ihrer Nachbarn ausgeliehen.

»Was genau stellen's Eahna denn vor?«

Lotte gewann Spaß daran, sich ein hübsches, großes Haus auszumalen und Weinzierl die Details zu nennen. »So hundertvierzig Quadratmeter Wohnfläche – wissen Sie, ich lebe zwar alleine, aber ich hätte schon gerne ein wenig mehr Raum. Ein repräsentatives Wohnzimmer mit Kamin. – Ein Feuer am Abend ist doch so romantisch.«

Weinzierl hing an ihren Lippen. So eine Frau, wohlhabend anscheinend und alleinstehend. Es sah sich bereits mit ihr und einem Glas Cognac auf dem Wildschweinfell vor dem Kamin.

»Ein großes Schlafzimmer brauche ich im Obergeschoss, nicht so ein kleines Ding, wo man sich kaum umdrehen kann, außerdem einen Ankleideraum und ein großes Bad mit einer angemessenen Badewanne.« Lotte sah ihm tief in die Augen. »Nun, und vielleicht einen Saunabereich im Untergeschoss.«

Er geriet ins Schwitzen. »Wunderbar, kann ich mir guat vorstellen.«

Lotte genoss ihren Auftritt in vollen Zügen, malte ihm die Räume aus und verabschiedete sich von ihm mit der Vereinbarung, dass er ihr einen ersten, unverbindlichen Plan erstellen würde.

Sie standen auf, und Weinzierl gab Lotte die Hand. Seine linke legte er auf ihren Oberarm. »Es ist mir eine Freude, Frau Wenger.«

»Mir auch, Herr Weinzierl.« Statt nun zu gehen, verharrte Lotte und lächelte ihn an.

»Ja, mei …« Weinzierl schwitzte. Ihm war klar, dass er jetzt den Stier bei den Hörnern packen musste. »Wissen's, morgen Abend ist die Eröffnung des Büros eines befreundeten Innenarchitekten. Wissen's, mei, der könnt' der Richtige für Ihre elegante Inneneinrichtung sein. Wenn's woilln, könnte ich Sie bei der Gelegenheit gleich miteinander bekannt machen und, mei, wir vertiefen noch oan paar Details.«

»Ach«, hauchte Lotte scheinbar verlegen, »warum eigentlich nicht.«

»Dann«, Weinzierl war von seinem schnellen Jagderfolg selbst überrascht, »darf ich Eahna vielleicht morgen um acht Uhr abholen?«

»Ich komme einfach zu Ihnen hier ins Büro, dann fahren wir gemeinsam.« Lotte lächelte noch einmal verheißungsvoll und stolzierte dann, gekonnt die Hüften schwingend, zur Tür hinaus.

Weinzierl räusperte sich. Na also, es ging ja doch nicht alles schief in seinem Leben. Was für eine Frau. Ihm wurde heiß bei dem Gedanken an den morgigen Abend.

Lotte freute sich auch über ihren grandiosen Erfolg. Waren Männer nicht unfassbar leicht zu lenken? Sie gestand sich ein, dass sie dieses Spiel mit dem Feuer in vollen Zügen genoss. Es war schön zu spüren, dass man noch attraktiv war. Sie machte dies alles doch nur, um die Wahrheit herauszubekommen. Genau, bekräftigte sie im Geiste noch einmal, nur um die Wahrheit herauszubekommen.

Aber – sie musste aufpassen, dass sie morgen auch wieder heil aus dieser Geschichte herauskam.

Sie fuhr bei der Metzgerei vorbei und kaufte einen Schweinebraten. Dieser Erfolg musste mit einem großen Abendessen gefeiert werden.

Lotte war stolz auf sich.

*

Den Nachmittag wollte sie eigentlich ganz ruhig zu Hause mit den Kindern verbringen. Als das Telefon klingelte, seufzte sie.

»Nicklbauer.«

»Hallo Lotte. Ilse hier. Du, ich habe mir deine Worte zu Herzen genommen und gleich gestern Nachmittag den beiden Männern zugesagt. Und die wollen auch wirklich möglichst schnell einziehen.«

»Ach, das finde ich gut, Ilse.«

»Und jetzt kommt gleich eine Bitte an dich: Die Herren sind ganz begeistert vom Haus und wollen die Zimmer noch einmal genau ausmessen, damit sie die Wohnungseinrichtung planen können. Und ich schaffe es heute Nachmittag einfach nicht mehr, nach Ottobrunn zu fahren. Du hast doch noch den Haustürschlüssel. Darf ich die beiden vielleicht bei dir vorbeischicken, und du lässt sie ganz kurz ins Haus hinein? Ich denke, das dauert nicht mehr als zwanzig Minuten.«

Als ob Lotte in der Lage gewesen wäre, die Bitte einer Freundin abzuschlagen: »Klar, mache ich, Ilse. Wann wollen sie denn kommen?«

»Sie hatten vorgeschlagen, gegen sechzehn Uhr. Wenn das für dich in Ordnung ist, bestätige ich es.«

»Gut. Kein Problem.«

Lotte seufzte noch einmal, das war's mit dem ruhigen Nachmittag. Aber eigentlich war es auch interessant, so würde sie ihre neuen Nachbarn gleich kennenlernen. Aufregend, zwei schwule Männer direkt in der Nachbarschaft. Na, das brachte mal etwas Farbe in die bürgerlichen Straßen hier.

Punkt sechzehn Uhr läutete es, und die zwei jungen Männer, die sie sofort wiedererkannte, standen vor Lottes Tür. Der eine trug einen dunklen Anzug mit weißem Hemd und einer ausgesprochen eleganten, dunkelblau gestreiften Krawatte. Lotte seufzte innerlich, so schick sollte ihr Alexander auch mal aussehen. Der andere hatte eine sportliche braune Wildlederjacke an, die er auf locker-geschmackvolle Art mit grauem Schal und Jeans kombiniert hatte. Lotte ging es durch den Kopf, dass sie vielleicht doch die alte Haushaltsjeans gegen etwas Passenderes hätte tauschen sollen, aber dafür war es nun zu spät.

»Guten Tag, mein Name ist Justus von Greder, und dies ist mein Partner Timo Binder. Dürfen wir uns hiermit gleich als Ihre neuen Nachbarn vorstellen? Frau Bichler hat uns gesagt, dass Sie so liebenswürdig sind, uns kurz in das Haus gegenüber einzulassen.«

Etwas irritiert schüttelte Lotte den beiden die Hand. Was für eine höfliche und distinguierte Ausdrucksweise – diesen Herrn von Greder hätte sie, wenn sie ihn alleine getroffen hätte, nie für homosexuell gehalten. Kann man eben nicht immer von außen erkennen, hielt sie sich vor.

»Nicklbauer, Lotte Nicklbauer«, stellte sie sich vor, »schön, dass Sie sich so schnell mit Frau Bichler einig geworden sind. Wir freuen uns, wenn hier wieder jemand einzieht. So ein leer stehendes Haus gegenüber ist ja auch komisch.« Lotte quasselte vor sich hin, um ihre Nervosität zu übertönen. Warum war sie eigentlich zappelig?

Schwul, und dazu so vornehm, die Kombination irritierte sie. Warum aber auch nicht?

»Ihr zwei bleibt für fünf Minuten hier und stellt nichts an, ihr dürft auch fernsehen, aber nur den Kinderkanal, ich bin gerade mal drüben im Haus von Ilse«, rief sie ihren Kindern zu. Sie sah noch, wie die beiden sofort zum Fernseher liefen, bevor sie die Tür hinter sich zuzog.

Ein Seitenblick auf eine schwankende Gardine versicherte ihr, dass die Keifzange Mezger die Szene mit Argusaugen beobachtete.

Auf dem Weg über die Straße versuchte Lotte, etwas Freundliches zu sagen: »Also, ich war vorgestern in der ›Bar Rosarot‹, die Bar kennen Sie bestimmt, das war wirklich lustig, da gab es eine Schaumparty.« Bevor sie weitere Details preisgeben konnte, sah sie die irritierten Blicke, die die zwei Männer austauschten.

»Die Bar kennen Sie schon, oder?«, fragte Lotte nach.

»Nun«, begann von Greder vorsichtig, »die Bar ist uns vom Namen her bekannt, aber wir verkehren in solchen Lokalitäten nicht.«

Lotte sah die beiden entsetzt an. Oh Gott, hatte sie etwas Falsches gesagt? Waren die beiden gar nicht schwul? Oder hatte sie sie irgendwie beleidigt? Sie spürte, wie ihr kleine Schweißperlen auf die Stirn traten.

Der etwas lockerer wirkende Timo Binder bemerkte ihre Verunsicherung und sprang hilfreich ein: »Frau Nicklbauer, wissen Sie, nur weil man Münchner ist, kennt man nicht alle Münchner Bars. Und nur weil man schwul ist«, er lachte Lotte offen an, »geht man nicht unbedingt in jede wilde Schwulenbar. Wissen Sie, wir leben eher zurückgezogen.«

Lotte wurde puterrot. Offensichtlich hatte sie etwas völlig Falsches gesagt. Warum konnte sie nicht einfach mal ihren Mund halten!

Wieder half der junge Mann: »Aber ich finde es nett, dass Sie gleich auf uns eingehen wollen. Ich verstehe das schon richtig!« Er nickte der völlig verzweifelten Lotte aufmunternd zu. »Darf ich Sie andersherum fragen, was *Sie* in dieser Bar gemacht haben?« Er zwinkerte ihr verschwörerisch zu. »Das passt doch nicht ganz zu Ihnen.«

Lotte hatte mittlerweile Schweißausbrüche. »Ich, ja ich, nein also, ich bin nicht ...«, sie verhedderte sich völlig und setzte noch einmal neu an. »Eine Freundin, also, die wollte mir das zeigen.«

Die zwei Männer nickten freundlich zu Lottes verzweifeltem Gestammel, als ob sie eine ganz einleuchtende und völlig verständliche Erklärung für ihren Barbesuch gegeben hätte.

Lotte blieb mit knallrotem Gesicht mitten auf der Straße stehen.

Von Greder half: »Sie wollten uns hinüber in das Haus führen.«

»Genau«, Lotte war froh, als sie wieder loslaufen konnte. Sie hatte kompletten Blödsinn geredet. Am besten, sie sagte überhaupt nichts mehr.

Sie schloss den beiden die Haustür auf und blieb im Flur stehen, während die Männer mit einem Zollstock durch die Räume liefen und sich einige Maße auf einem Block notierten.

Lotte hatte währenddessen Zeit, einerseits ihre Hitzewallungen langsam einzudämmen und andererseits die beiden unauffällig zu beobachten. Dem jüngeren Timo Binder sah man sein Schwulsein an, fand Lotte. Er hatte diese weibliche Art, sich zu bewegen, und eine gänzlich unmännliche Handhaltung. Es war etwas, was ihr unnatürlich und seltsam vorkam. Aber wenn es ihr eigener Sohn wäre, der sich so bewegte, dann fände sie es wahrscheinlich nett.

Der andere, der elegante von Greder, passte gar nicht in ihre Vorstellung von schwulen Männern. Distinguiert, gebildet, vornehm – der hätte ihr glatt als Mann gefallen können. Na, vielleicht etwas zu vornehm für sie.

Lotte dachte über ihre Ansichten nach. Nein, sie war weit davon entfernt, keine Vorurteile zu haben. Nur die Absichtserklärung allein genügte nicht, alle klischeehaften Vorstellungen, die sich über Jahre in ihr festgesetzt hatten, zu durchbrechen. Aber sie würde an sich arbeiten, das nahm sie sich fest vor.

Als sie alle Maße genommen hatten, bedankten sich die beiden äußerst höflich bei Lotte. »Wir hoffen, wir haben Ihnen nicht zu viele Umstände gemacht, Frau Nicklbauer«, verabschiedete sich von Greder.

»Nein, gar nicht, ich freue mich auf Sie als Nachbarn.« Und das war absolut ernst gemeint.

Die beiden spürten Lottes Aufrichtigkeit: »Es ist ausgesprochen nett, dass Sie das sagen, Frau Nicklbauer, nicht immer wird man so freundlich willkommen geheißen.« Von Greder sah Lotte aufmerksam in die Augen. »Wir freuen uns auch auf Sie als Nachbarin.«

Timo Binder schüttelte ihr die Hand und dann lachte er Lotte an: »Und mit Ihnen würde ich sogar mal in die ›Bar Rosarot‹ gehen!«

Lotte stimmte in sein herzliches Lachen ein.

Nett, dachte sie sich und ging zurück zu ihren Kindern.

Samstag, 23.11.

Eigentlich hatte Lotte keine Geheimnisse vor Alexander. Dass der Ausflug mit Antonia am Dienstag in die »Bar Rosarot« gegangen war, war ja nur ortsmäßig geschummelt gewesen – nicht zum Italiener, sondern eben in die »Bar Rosarot«. Das empfand Lotte eher als ein kleines Weglassen von Wahrheit. Beim heutigen Abend lag das etwas anders. Mit einem fremden Mann auszugehen, ohne dem eigenen Mann etwas davon zu verraten, das war eine andere Sache. Aber – es war ja für einen guten Zweck, quasi. Lotte nickte sich im Spiegel aufmunternd zu.

Trotzdem war ihr gestern fast schlecht geworden, als sie Alexander gegenüber behauptet hatte, sie mache mit Antonia am Samstagabend eine Mädels-Tour.

Nicht einmal das passte ihm.

Wenn er gewusst hätte …

Kritisch sah Alexander zu, wie sich Lotte in ihr enges Kleid presste. Ihm gefiel es nicht, wenn sie ohne ihn ausging.

Lotte bemerkte das kaum, denn sie ärgerte sich gerade. Verflixt, das Kleid spannte ganz schön über den Hüften. Kurzerhand schlang sie sich einen Fransenschal um die Taille und bewunderte das Ergebnis im Spiegel. Fast wie eine Spanierin. Sie schminkte sich und steckte unauffällig den tiefroten Lippenstift ein, mit dem sie sich erst im Auto die Lippen nachziehen würde.

Alexander beäugte die Ankleideprozedur mit größtem Missfallen. »Musst du dich so herrichten, wenn ihr ausgeht? Ich finde das wirklich höchst übertrieben.«

»Ach, mein Schatz, hab Vertrauen in mich.« Ihr wurde schon wieder schlecht, als sie den Satz beendet hatte. Im Geiste leistete sie jetzt bereits Abbitte – ein reiner Pflichttermin, Alexander musste wirklich nichts befürchten.

Aber manchmal war es eben besser, wenn Ehemänner nicht alles wussten, weil sie es einfach nur falsch verstehen würden. Antonia hatte sie in dieser Ansicht bestärkt.

»Alexander, was sind eigentlich Verbundwerkstoffe und Fiberglas?«

»Fragst du mich das jetzt, um von deinem gewagten Äußeren abzulenken?«

»Nein, ich habe einen Artikel gelesen, in dem das vorkam, und gar nichts verstanden.« Innerlich seufzte Lotte. Das war schon wieder eine Lüge. Wenn sie Alexander jetzt aber erklärte, dass sie sich mit Maurer ausgetauscht hatte, wäre er ernsthaft sauer. Langsam wurde das mit den Geheimnissen wirklich zu viel. Wenn Alexander auf alle ihre kleinen Unwahrheiten stoßen würde, hätte sie größere Schwierigkeiten, sich zu erklären.

Aber in Alexander war der Ingenieur erwacht. Er dachte nun weniger über Lottes Abendgestaltung nach, sondern versuchte engagiert, ihr etwas Technisches zu erklären: »Verbundwerkstoffe und Fiberglas sind neue Kunststoffe. Mein Tennisschläger ist zum Beispiel aus Fiberglas. Fest und leicht. Aber diese Stoffe werden heutzutage überall eingesetzt: bei Fahrzeugteilen, Kinderrutschen oder Rohren. Sie sind einfach besser als alte Naturstoffe. Biegsam, nahezu unzerbrechlich, wetterbeständig. Das sind die wahren Erfolge von Ingenieuren, Physikern, Chemikern! Da kommen wissenschaftliche Erkenntnisse zusammen, und plötzlich entstehen in der Praxis ungeahnte Anwendungsbereiche.«

Lotte musste in sich hineinlachen, als sie ihren Ingenieur mit leuchtenden Augen dozieren sah. Wenn sie ihn jetzt fragen würde, ob der Stoff auch als Mordinstrument geeignet wäre, und wenn ja, in welcher Form, würde das Leuchten wohl wieder verschwinden. Das ließ sie besser sein. Stattdessen hauchte sie ihm einen Kuss auf die Wange. Sein missbilligender Blick begleitete sie bis zum Auto.

Egal, heute musste das Finale sein. Nur so konnte sie etwas herauskriegen. Sie zog ihren Mantel fest um die Schultern, stieg ein und fuhr los.

*

Weinzierl erwartete Lotte bereits an der Tür seines Büros. Er hatte sich in seinen anthrazitfarbenen Anzug geworfen und mehrmals mit dem teuren Eau de Toilette eingesprüht. Wie ein Gockel war er den Gang auf und ab spaziert und hatte versucht, seinen Bauch ein wenig einzuziehen. Er war in Hochstimmung. Wie er sich auf den Abend mit dieser göttlichen Frau freute!

Als sie auf ihn zukam, mit dem kurzen Mantel, der den Blick sowohl auf ihre kräftigen Beine in den hochhackigen Schuhen wie auf den gut gefüllten Ausschnitt freigab, schoss ihm das Blut in heißen Wellen durch den Körper. Er fühlte sich wie ein pubertärer Schuljunge.

Lotte schüttelte auf diesem kurzen Weg ganz bewusst ihre Bedenken ab. Sie hatte hier eine Aufgabe zu erledigen. Dass sie die Situation in vollen Zügen genoss, musste sie nachher niemandem erzählen. Schon Weinzierls bewundernder Blick ließ sie noch aufrechter auf den ungewohnt hohen Schuhen daherstolzieren.

Weinzierl kutschierte sie im 7er BMW nach München und geleitete sie in das elegante Büro des befreundeten Innenarchitekten, der sie mit einem anerkennenden Pfiff begrüßte, als er Lotte sah.

Mit einem Champagnerglas in der Hand ließ sich Lotte den Gästen vorstellen: Architekten, Statiker, Bauunternehmer und Kunden des anscheinend renommierten Innenarchitekten, der heute sein neues Büro in der Münchner Innenstadt eröffnete.

Lotte hielt Small-Talk in die eine und in die andere Richtung, als ob sie jeden Tag nichts anderes tat, als sich auf solchem Parkett zu bewegen. Weinzierl gockelte neben ihr her und ließ jede halbe Stunde seine Hand ein wenig tiefer gleiten. Begonnen hatte er am Schulterblatt, und Lotte nahm sich vor, dass an der Obergrenze ihrer Pobacke der richtige Zeitpunkt für einen Themenwechsel war.

Just an diesem Punkt standen sie beide alleine in einer Ecke, und Weinzierl hauchte ihr ins Ohr: »Frau Wenger, Sie san einfach eine wundervolle Frau.«

Lotte lächelte ihn an und sagte mit vorgeschobener Schüchternheit und einem verlegenen Blick auf den Boden: »Herr Weinzierl, ich bin gerne in Ihrer Nähe, aber …«, hier folgte ein gekonnter Augenaufschlag, »ich bin nicht mehr die Jüngste, und ich brauche ein wenig Zeit, damit man sich näher kennenlernen kann.«

Weinzierl blieb fast die Luft weg. Diese Mischung aus Vollblutfrau und schüchternem Reh. Er hatte das Idealbild seiner Frau gefunden. Die wollte er haben.

Lotte lenkte ihren Blick wieder zu Boden. »Wissen Sie, ich habe das schon oft erlebt. Da ist eine erste Sympathie, aber man braucht eben gemeinsame Interessen. Ich zum Beispiel gehe gerne zum Wellness. Sauna, Baden, Bäder, Massage – das finde ich herrlich.«

»Genau meine Welt!«, bestätigte Weinzierl selbstzufrieden. »Überhaupt, da san Sie quasi an den Spezialisten geraten. I plan' grad, das Sphinx-Bad in Ottobrunn in oane Wellness-Oase umzugestalten. Nichts oils Wellness auf fünftausend Quadratmeter. Gigantisch wird das, sage i Eahna!«

»Ach, wie interessant«, flötete Lotte. »Und Sie setzen das auch um?«

»Freilich«, Weinzierl räkelte sich im Status des erfolgreichen Bauunternehmers, »das is oa Riesennummer, aber mei Bruader, der is' der Geschäftsführer vom Sphinx – und da ist ganz kloar, wer den Auftrag gewinnt. I bring' das Vorhaben dafür durch den Gemeinderat, i hoab' da so meine Verbindungen. Das wird oa ganz große Sach'n!« Er gefiel sich darin, der Frau zu erklären, wie die große Politik funktionierte. »Wissen's, man muss sich nur darum kümmern, dass a jeder was davon hat. Die Gemeinderäte, die bisher noch net überzeugt san, locken mir damit, dass von den zusätzlichen Steuereinnahmen die Ost-Umgehung für Ottobrunn gebaut werden kann. Davon profitieren oane Menge Anrainer. Und wer dann noch net überzeugt is', der muass eben beteiligt wer'n.« Sein joviales Lachen sollte weltmännisch klingen. Er senkte die Stimme: »A poar Gemeinderäte profitieren eh scho' von den deut-lichen Mehreinnahmen des Sphinx'. Mehr Einnahmen bedeuten höhere Profite für die Aufsichtsräte. Und wenn dann beispielsweise oaner wie der Gemeinderat Binger immer noch dagegen ist, dann darf sei' Installationsgeschäft die Installation moachen. So läuft das. Alles schon in trockenen Tüchern.«

Lotte blickte kokett zu ihm hoch. »Ich bewundere Sie, wie Sie so etwas dirigieren.«

Weinzierl orderte noch ein Glas Champagner und winkte eine der Hostessen, die Häppchen auf silbernen Tabletts anboten, heran. Er nahm ihr einfach das ganze Tablett aus der Hand und stellte es auf den Stehtisch neben sich. »Von den Happerln nützt oans ja nix.« Lotte musste ihm recht geben und griff zu. Die Hos-tess verschwand mit einem pikierten Blick.

Lotte unternahm einen weiteren Anlauf. »Nun, Herr Wein-zierl –«

»Aloisius, und bitte sagen's doch oafach Alo zu mir.«

»Ja, Alo«, Lotte zögerte, sagte dann aber: »Lotte, ich heiße Lotte«, und fuhr schnell fort, um keine Zeit für Freundschafts-küsse oder ähnliches zu lassen, »und dann, wenn man sich wirklich näher kennenlernen will, müssen auch die Freizeitbeschäftigungen passen, ich zum Beispiel gehe gerne ins Kino.«

Aloisius Weinzierl nahm einen tiefen Schluck aus seinem Champagnerglas. »Ins Kino bin i scho' immer gern ganga, aber weißt', in letzter Zeit hatte ich wenig Gelegenheit dazu. Mir fehlte die passende Begleitung.« Er fand, er hatte gut geantwortet.

Lotte musste aufpassen, dass Aloisius bei ihrer Fragerei nicht misstrauisch wurde, aber der hatte nur den Gedanken, sich gut vor ihr zu präsentieren. »Wann waren Sie, ich meine, wann warst du denn das letzte Mal im Kino?«, fragte sie harmlos.

»Mei, das muss Jahre her sein, aber mit dir würd' i morgen schon gehn!« Er strahlte sie mit einem Dackelblick an, und seine Hand landete nun mit festem Griff direkt auf Lottes rechter Pobacke.

Lotte nahm ebenfalls einen tiefen Schluck aus dem Champagnerglas. Mehr musste sie eigentlich nicht wissen. Das letzte Lachshäppchen gönnte sie sich noch, bevor sie ihm verheißungsvoll ins Ohr flüsterte: »Ich geh mir mal die Nase pudern, dann bin ich gleich wieder da, Alo.«

Aloisius Weinzierl lockerte sich den Schlips, als er ihrem wippenden Po hinterhersah. Eine richtige Frau und eine echte Dame. Die würde er heute nicht mehr rumbekommen, aber vielleicht war die etwas für immer. Jetzt musste er nur noch seine katastrophale finanzielle Situation in den Griff bekommen, dann stand einer prachtvollen Zukunft nichts mehr im Wege. Er hatte schon die richtigen Maßnahmen eingeleitet. Von nun an ging es wieder aufwärts.

Nach einer Viertelstunde wunderte er sich etwas, doch er gestand einer Dame ein längeres Nasepudern durchaus zu. Als sie nach vierzig Minuten immer noch nicht erschienen war, schickte er eine Hostess zur Toilette, die kopfschüttelnd wieder herauskam. »Da ist keiner drin.«

Alo war wie vor den Kopf geschlagen.

*

Lotte saß währenddessen ausgesprochen munter in einem Taxi nach Hause. Was für ein herrlicher Abend. Wenn jetzt noch

Alexander statt des feisten Alo an ihrer Seite gewesen wäre, hätte das der aufregendste Abend seit Monaten sein können. Aber sie hatte den Abend auch ohne Alexander genießen können.

Zurück in Ottobrunn schlich sie sich in das dunkle Haus. Sie wusch sich in der unteren Toilette, damit der Geruch von Alos penetrantem Aftershave nicht länger an ihr hing, und schickte wie verabredet eine Nachricht auf Antonias Handy: »Auftrag erledigt. Täter gefunden.«

Keine drei Sekunden später klingelte Lottes Handy.

»Erzähl!«, war das einzige, was Antonia sagte.

»Der war's. Der will unbedingt den Bauauftrag fürs Sphinx haben. Und im Kino war der seit ewigen Zeiten nicht. Mit Sicherheit nicht letzte Woche mit seinem Bruder!«

»Und das hast du alles einfach so rausgekriegt?«

»Einfach so.« Lotte verbarg ihren Stolz nicht.

»Wahnsinn. Und jetzt?«

»Geh' ich schlafen, Alexander schnarcht schon so laut, dass ich ihn bis hier runter höre. Morgen sehen wir weiter.«

Lotte zog sich um und kuschelte sich an den schlafenden Alexander. Spaß hatte der Abend schon gemacht, aber eines war klar: Sie gehörte zu ihrem Mann.

Sonntag, 24.11.

Am nächsten Morgen stand Alexander bereits mit schlechter Laune auf. Es hatte gestern lange gedauert, bis es ihm gelungen war, die Kinder endlich zum Schlafen zu bewegen. Jetzt hatte er sich einen ruhigen Sonntag redlich verdient.

Aber dann eröffnete ihm Lotte beim Frühstück, dass sie unaufschiebbare, dringende Kindergartenangelegenheiten zu bearbeiten hätte und ihn daher bitte, mit den Kindern ins Sphinx-Bad zu gehen, sich eine 4-Stunden-Karte zu kaufen und danach noch eine Pizza essen zu gehen. Max und Lilly jubelten. Alexander glaubte seinen Ohren nicht zu trauen.

»Lotte, jetzt reicht's mir, diese ganzen Kindergartengeschichten gehen auf Kosten unseres Familienlebens. Mir ist das jetzt einfach zu viel. Noch dazu, wo du plötzlich sogar ständig abends ausgehst. Das ist doch sonst nicht deine Art!«

»Ja, mein Schätzchen, ich verstehe dich wirklich, und du hast auch recht. Ab morgen weht hier wieder ein anderer Wind, aber den heutigen Tag brauche ich, und ich brauche vor allem ein paar Stunden Ruhe. Ich bitte dich nicht allzu oft um etwas, aber heute ist es mir wichtig.« Der letzte Satz war eine glatte Lüge, denn Lotte bat ihn oft um etwas, aber beide schien das jetzt nicht zu berühren.

»Wenn ich nicht absolutes Vertrauen in dich hätte, würde ich denken, da steckt ein anderer Mann dahinter.«

Lotte ging um den Tisch herum, setzte sich auf Alexanders Schoß und gab ihm einen Kuss. »Ich liebe dich, nur dich, unendlich mal unendlich.«

Wie so oft, gab Alexander bei diesem Ton nach: »Ach, mein Täubchen, einverstanden, in einer Stunde bin ich weg, und du bekommst fünf Stunden Ruhe. Aber danach gibt es hier nur noch Familie.«

Lotte nickte und küsste ihn noch einmal.

In ungewohnter Geschwindigkeit packte Lotte die Badetasche für ihre Lieben: Badehosen für Vater und Sohn, für Max natürlich die mit dem Seepferdchen-Abzeichen, den Lillifee-Badeanzug für Lilly, einmal Schwimmflügel, eine Schwimmnudel, zwei Taucherbrillen und Taucherflossen für Max, dazu 50 Euro in die Seitentasche, damit sie auch genug Geld für die Pizza hatten – und dann trieb sie ihre Familie aus dem Haus.

Sie rief zuerst Antonia an, die sie nur bat, zu ihr zu kommen. Die Freundin versprach, in fünf Minuten da zu sein.

Dann rief Lotte ihren Vorstandskollegen Bernhard an, der einigermaßen verwundert darüber war, dass Lotte ihn am Sonntagvormittag störte: »Bernhard, ich kann dir das jetzt nicht genauer erklären, aber ich brauche deine Hilfe. Kannst du bitte so schnell wie möglich bei mir sein?«

Bernhard war höchst verwundert, willigte aber ein und wollte in etwa zwanzig Minuten kommen.

Schließlich wählte sie die Mobilnummer von Polizeihauptkommissar Maurer, die sie der Visitenkarte entnahm. Sie war erleichtert, als er sich nach dem zweiten Klingeln meldete.

»Guten Morgen, Herr Maurer, ich weiß, dass es Sonntagmorgen ist, und ich weiß, dass Sie mir das, was ich Ihnen jetzt sage, erst einmal nicht glauben werden. Aber ich bin mir sicher, dass ich den Mörder von Albert Henning kenne. Und ich bitte Sie, mir eine Stunde Ihrer Zeit zur Verfügung zu stellen. Ich verspreche Ihnen, dass Sie das nicht bereuen werden. Bitte kommen Sie zu mir nach Hause, jetzt.«

Wichtigtuerische Menschen waren dem Polizeihauptkommissar ein Gräuel, aber irgendetwas in der ernsten Stimme von Lotte ließ ihn zumindest aufhorchen.

»Also gut, ich kann in einer Stunde bei Ihnen sein, Frau Nicklbauer. Aber – wirklich nur für eine Stunde.«

Lotte beschrieb ihm noch den Weg und legte erleichtert auf.

Zuerst kam Antonia, die es übernahm, eine große Kanne Kaffee zu kochen und Tassen, Milch und Zucker bereitzustellen. Lotte hatte weder Durst noch Hunger, so aufgeregt war sie. Und das war außergewöhnlich für sie.

Dann klingelte Bernhard an der Tür. »Meine Damen, werde ich hier zum sonntäglichen Frühstücksbrunch empfangen?«, versuchte er zu scherzen, als er Lotte und Antonia sah.

Lotte ging auf seinen Ton gar nicht ein. Sie nahm ihm den Mantel ab und bat ihn, sich zu setzen. »Ich brauche dich als Stimmenimitator. Ich erkläre alles der Reihe nach später. Aber vor allem bitte ich dich, mach einfach mit. Kannst du einen Bayern nachmachen?«

Bernhard sah sie zwar etwas irritiert an, legte dann aber los: »Jo mei, was würd denn hier gspuit? Wollts Ihr vielleicht a Theaterstück aufführa? Kruzifix no amoi, a so was.«

Lotte sah ihn kritisch an: »Das war zu viel des Guten. Es muss eher ein Bayer sein, der sich hochgearbeitet hat und wenigstens versucht, hochdeutsch zu sprechen.«

Bernhard fand Gefallen an der Sache: »Ah so woins des, mir versuchen ja gscheid hochdaitsch zu sprechen, mir Bayern, denn mir ham scho was im Kopf, gell!«

»Genau so«, befand Lotte, »aber jetzt mit tieferer Stimme, bitte.«

Die beiden probierten ein wenig hin und her, Lotte verbesserte einiges an Höhe, Stimmfarbe und -klang. Als sie zufrieden nickte, klingelte es wieder.

Maurer, ganz in Zivil, stand vor der Tür, und Lotte bat ihn, sich zu ihnen zu setzen.

»Herr Maurer, ich weiß, dass Sie mir nur eine Stunde Zeit geben. Ich werde versuchen, mich kurz zu fassen.«

Antonia verschränkte die Arme. Einen so knappen, strengen Ton war sie von Lotte gar nicht gewohnt. Alle Achtung.

»Herr Maurer, Sie und Frau Bahner waren sich ja bereits bei Ihrem Telefonat am Donnerstag einig, dass Gemeinderat Henning sich gegen die Erweiterungspläne des Sphinx' stellen wollte. Wir wissen auch, dass es auf der anderen Seite eine Menge Befürworter mit zahlreichen Eigeninteressen gab: Geschäftsführer Rentler wollte sein Sphinx verdreifachen, die sieben Gemeinderäte, die bereits Aufsichtsräte sind, würden dadurch wie auch Rentler deutlich höhere Bezüge erhalten. Die anderen Gemeinderäte sollten darüber geködert werden, dass sie entweder am Bau beteiligt werden, wie der Installateur Binger, fragen Sie ruhig bei ihm nach, oder darüber, dass die Ost-Umfahrung gebaut würde. Es blieb nur einer übrig, der nicht ruhigzustellen war: Albert Henning. Auch nicht wirklich aus Uneigennützigkeit, möchte ich mal vermuten. Der wollte seine Wahl zum Bürgermeister dadurch sichern, dass er diesen ganzen Filz an die Öffentlichkeit bringen wollte. Sein Manko, die Homosexualität, wollte er durch diesen geschickten Schachzug ausgleichen. Das i-Tüpfelchen, mit dem er die öffentliche Meinung auf seine Seite hätte bringen können, wäre der Protest von Familien und ihren Kindern gewesen, die sich lautstark mit ihm an der Spitze gegen die Vertreibung ihres Kindergartens wehren würden. Und genau dazu hätte er uns gebracht, wenn der nette Sankt Martin nach dem Umzug mit uns einen Glühwein am Feuer getrunken und dem versammelten Vorstand und der Elternschaft von den Vertreibungsplänen berichtet hätte. Deswegen hat er sich so freundlich angeboten, für uns den Sankt Martin zu spielen. – Um seinen großen Auftritt zu haben. Ein feiner Heiliger! Jedenfalls hätten sich dann alle großen Pläne mit ihren vielen Millionen erst einmal in Luft aufgelöst.« Lotte blickte triumphierend in die Runde.

Bernhard sah sie sprachlos an. So hatte er Lotte noch nie erlebt.

Antonia war verwundert, denn wie Lotte nun die Zusammenhänge klargemacht hatte, war einleuchtend und sachlich.

Auch Herr Maurer konnte sich der Logik nicht entziehen. Als er fragen wollte, wer denn nun tatsächlich der Täter sein könne, legte Lotte mit ihrem Finale los.

»Aber von all diesen Profiteuren hat einer das allergrößte, ganz existenzielle Interesse am Bau des Wellness-Giganten: der Bauunternehmer Aloisius Weinzierl.« Maurer holte Luft, um etwas einzuwenden, aber Lotte sprach schnell weiter. »Weinzierl hat sich verspekuliert, sein Vermögen ist futsch, er hat ein paar Millionen Schulden. Wenn kein Wunder geschieht, kann er in die Insolvenz gehen. Dieses Wunder aber, das könnte der Bau der Wellness-Oase sein. Dank der Unterstützung seines Halbbruders Rentler schien ihm die Auftragsvergabe fast sicher. Und mit dieser Kombination Bauunternehmer und Gemeinderat, die Hand in Hand arbeiten, könnten beide genug aus diesem Bau herausziehen, um sich zu sanieren. Weinzierl brauchte die Realisierung des Baus, er wusste von seinem Bruder, dass der Henning den Bau gefährden würde – und dass er auf dem Weg zum Kindergarten war, um dort von diesen Plänen zu berichten. Dazu durfte es nicht kommen, das war Weinzierl klar. Der Rest, ich gestehe es, beruht ein bisschen auf Annahmen. Ich denke, Weinzierl hat den Henning vor dem Kindergarten abgepasst und ihn zur Rede gestellt. Der hat ihn wahrscheinlich höhnisch wissen lassen, dass er das Ganze gleich auffliegen lassen würde. Ob der Weinzierl bereits ein Tatwerkzeug eingesteckt hatte, ob es ein Tennisschläger oder ein herumliegendes Rohr war, ich weiß es nicht.«

»Das ist nicht ganz unwichtig. Ein Tennisschläger scheidet beispielsweise aus, weil er nicht scharfkantig genug ist. Ein Rohr müsste vielleicht aufgeschlitzt gewesen sein. Diese Möglichkeiten haben wir natürlich bereits durchgespielt.« Maurer musste noch einmal mit seinem Wissen auftrumpfen, gab dann jedoch zu: »Aber vielleicht ist das tatsächlich nicht so wichtig. Fahren Sie nur fort.«

Lotte wandte sich dem stirnrunzelnden Maurer zu: »Mir ist klar, dass Sie nun zwei Einwände haben. Der erste ist: Angeblich hat der Weinzierl ein Alibi und war zur Tatzeit mit seinem Bruder im Kino. Zweitens: Egal wie wahrscheinlich meine Geschichte klingt – noch gibt es weder Beweise noch Geständnisse. Vielleicht kann ich Ihnen nicht gänzlich helfen, aber ich werde es jetzt versuchen. Ich werde das Telefon auf Lautsprecher stellen und bitte Sie alle, ganz leise zu sein. Herr Maurer, hier haben Sie einen Stift und einen Zettel, vielleicht wollen Sie ja mitschreiben. – Wissen Sie noch, in welchem Kinofilm der Weinzierl mit seinem Bruder angeblich war?«

»Titanic. In der Klassiker-Reihe, die immer montags im Otto-brunner Kino läuft.«

»Geschickt gewählt«, murmelte Lotte vor sich hin. Dann zeigte sie mit dem Finger auf ihren Vorstandskollegen. »Und du, Bernhard, achte auf die Stimme!«

Lotte wählte Weinzierls Telefonnummer. Während es klingelte, atmete sie tief durch und strich sich ihre Haare zurück. Maurer hingegen schien sich unsicher, ob er nicht doch eingreifen sollte, aber er entschied sich zu schweigen und griff nach Stift und Zettel.

»Weinzierl.«

»Alo, ich bin's, Lotte.« Wie fortgewischt war die eben noch so sachlich-resolute Lotte, stattdessen säuselte sie mit aufreizender Stimme: »Ich wollte dir nur sagen, dass es mir so wahnsinnig leid tut wegen gestern. Ich bin einfach in Panik geraten. Ich muss dir gestehen, ich habe ganz schlechte Erfahrung mit einem Mann gemacht und habe mir vorgenommen, mich nie wieder auf eine Partnerschaft einzulassen. Aber dann kamst du, und, ich sage es dir ganz ehrlich, ich habe mich Hals über Kopf in dich verliebt. Und als mir das gestern Abend plötzlich klar geworden ist, bin ich in Panik geraten und einfach davongelaufen. Nun habe ich die ganze Nacht wach gelegen und es bereut. Kannst du mir verzeihen?«

Bernhard, Antonia und Maurer sahen die völlig verwandelte Lotte völlig perplex an.

Diese Lotte kannte ich bisher noch nicht, dachte Antonia.

»Ach Herzerl, wie du das sagst. I würd' dir alles verzeihn.« Man sah den Weinzierl quasi durch das Telefon dahinschmelzen. Antonia grinste.

Lotte säuselte weiter: »Da bin ich jetzt aber erleichtert, dass du das sagst. Du musst einfach Geduld mit mir haben, ich kann nicht so schnell …«

»Ja, eh klar.« Weinzierl sah seine Zukunft gerettet.

»Könnten wir nicht zum Beispiel heute Abend ins Kino gehen, zur Versöhnung und um uns besser kennenzulernen?«

»Ja, gern, sehr gern.«

»Gerade fällt mir ein, dass du mir doch erzählt hast, dass du schon seit Jahren nicht mehr im Kino warst. Vielleicht magst du lieber nicht ins Kino?«

»Doch. I hab' dir doch g'sagt, mit dir geh i da allweil wieder hi'.«

»Ach wie schön. In München läuft ein alter Film im Imax-Kino. Titanic, der ist so herrlich romantisch. Wie wäre es damit? Oder kennst du den schon?«

»Na, den hab i bloß vor Jahren oamal im Fernsehn g'sehn, I kann mi kaum erinnern. Mei, die Geschicht' kennt ja oa jeder. Romantisch, mit dir, im Kino, ja, das wär' schön.«

»Ach, ich bin so erleichtert. Ich bin um sieben Uhr in der Nähe von deinem Büro. Können wir uns dort treffen?«

»Ja, freilich. Mei, wie schön, bis dann. Pfiat di.«

»Ciao«, flötete Lotte noch ein letztes Mal und legte auf. Sie warf einen triumphierenden Blick in die Runde. Antonia grinste sie bewundernd an. Jetzt verstand sie langsam, warum die Männer auf Lotte standen. So was von geschickt, das hätte sie ihrer Freundin wirklich nicht zugetraut.

Bernhard bewegte seine Lippen, und man sah ihm an, dass er die Stimme, die er soeben am Telefon gehört hatte, einübte.

Herr Maurer nickte und beendete seine Notizen. Dann lehnte er sich auf seinem Stuhl zurück, verschränkte die Arme und erklärte: »Frau Nicklbauer, das war beeindruckend. Sein Alibi überzeugt mich nicht mehr. Sehr beeindruckend, wirklich, Frau Nicklbauer.« Dann schüttelte er den Kopf. Langsam wurde ihm klar, dass Lotte da wohl bereits vorher auf ihre ganz eigene Art recherchiert hatte. Er räusperte sich, schüttelte dann noch einmal den Kopf, sagte aber schließlich nichts.

»Jetzt geht's weiter! Bernhard, meinst du, du kannst seine Stimme nachahmen?« Lotte sah ihren Vorstandskollegen auffordernd an.

»Jo mei, dös kann i scho!«, sagte Bernhard mit tiefer Stimme und bayerischem Akzent, aber vor allem mit dem typischen gutturalen Unterton, den Weinzierl in seiner Stimme hatte.

Lotte schilderte ihm nun kurz, worum es ihr ging.

Maurer schüttelte kritisch den Kopf. »So etwas darf ich eigentlich nicht erlauben. Also, eins sage ich Ihnen. Ich bin hier praktisch ganz privat zum Kaffeetrinken.« Er goss sich eine weitere Tasse ein.

Bernhard räusperte sich und nickte. Lotte wählte eine Nummer, die sie sich vorher bereits herausgesucht hatte: die Privatnummer von August Rentler. Sie drückte noch einige Tasten auf ihrer modernen Telefonanlage und überreichte Bernhard dann den Hörer.

Bernhard legte ein Taschentuch über die Sprechmuschel, das er während des Sprechens hin und her bewegte, um ein ständiges Rauschen zu erzeugen.

»Rentler«, schallte es aus dem Lautsprecher.

Bernhard ahmte Weinzierls Stimme nach: »Griaß di, hier ist der Alo. August, mir ham a Problem.«

»Alo, bist du's? I kann di kaum verstenga. Bist unterwegs?« Rentler schien nicht zu bemerken, dass der Anrufer nicht wirklich sein Bruder war.

Bernhard raschelte heftig mit dem Taschentuch und fuhr fort: »Ja eh, August, i bin's. I foahr im Auto. Der Empfang is net guat.«

»Morgen Alo. Mei, wennst du zu miar August sagt, dann wird's ernst. Wos is etzat scho wieda?«

»Also«, Bernhard zögerte, »Augi, i fürcht', mit dem Henning ham mir noch netta alle Probleme gelöst. Erst amoi, hast du des mit den Kinokarten gemacht?«

Rentlers Stimme wurde unwirsch: »I? Bist deppert? Du woilltest doch deinem Spezl vom Kino an paar abnehma. Reicht eh scho, wenn i da mitmach und sog, dass i mit dir im Kino gwen bin. – I hoff' nur, die fragen netta mei' Frau!«

Bernhard lenkte ein: »Is guat, Augi, des mach i scho.« Er wischte heftig mit dem Taschentuch, um das Rauschen noch zu verstärken.

Prompt schrie Rentler zurück: »Alo, i hör die net! Die Verbindung is fast furt. Kannst mi verstenga?«

Bernhard legte das Taschentuch doppelt, offenbar hatte er Angst, doch noch entlarvt zu werden: »Hearst mi wieda? Gib obacht: Des Problem is, die im Kindergarten, die wissen was. Kennst oane Frau Nicklbauer? Die wor bei miar.«

»Net wahr! Die war auch bei miar wegen ihrer Bäum'. Aber geh, des is a reizendes Fraulein, die weiß doch gar nichts. A tolle Frau wor des«, bekräftigte Rentler.

»Ja, a tolle Frau, die wär auch was für mi!« Bernhards dämliches Lachen war fast ein wenig übertrieben, aber dem Rentler erschien das offensichtlich ganz normal. »Aber – die hat was mit dem Kindergarten zu tun. Die g'hört dazu, und die weiß was!«

»Na, net wahr! War die da vielleicht bei mir, um mich auszu-hören? Mir haben nämlich über die Erweiterungspläne gespro-chen.«

»Siagst, mi hat die auch drankriagt. I glaub, die weiß alles. Augi, es hilft nix, mit der müssen ma des gleiche machen wie mit dem Henning.«

»Nein, Alo, dös geht mir jetzt alles zu weit. Etzat ist Schluss.«

»Du brauchst ja niax damit zu tun zum haben. Du gibst mir nur für heut' Abend wieder ein Alibi. I mach's genauso wie beim Henning.«

»I dacht, du hättst deinen Hockeyschläger schon im Wald ent-sorgt?«

»Muss ja net wieda mit dem Hockeyschläger sein.«

»Na, Alo, miar geht das jetzt alles zu weit. Hör zu, mir treffen uns in oaner Stund' bei dir. Bis dann. Pfiat di.«

Bernhard legte auf.

Es herrschte absolute Stille im Raum.

Bis Lotte sich zurücklehnte und sagte: »Großartig. So gut hätte ich es mir gar nicht vorgestellt.«

Und Bernhard entschied für sich selbst: Ein Wahnsinn! Ich bewerb' mich bei den Kammerspielen.

Lotte blickte triumphierend in die Runde: »Das Beste ist: Das Telefonat habe ich soeben aufgezeichnet. Ist alles festgehalten. Das geht bei den modernen Telefonen, hat mir mein Mann noch vor Kurzem gezeigt – der ist Ingenieur!«

Maurer schluckte. »Quasi ein Geständnis.« Er schien die Fak-ten noch einmal zu überdenken. »Die Tatwaffe: ein Eishockey-schläger – aus Fiberglas«. Er nickte. »Frau Nicklbauer, ich muss jetzt ein paar Kollegen auftreiben, um in einer Stunde vor Wein-zierls Haus Rentler abzufangen, beide auf die Wache mitzunehmen und zu verhören. Ich kann mir nicht vorstellen, dass sie jetzt noch leugnen werden.« Er stand auf, schüttelte wieder den Kopf und sah

Lotte an: »Frau Nicklbauer, also wirklich, nein, also …« Er brach einfach ab und nahm seinen Mantel. »Ich muss gehen.«

»Ich komme mit«, entschied Lotte.

»Nein, das ist nicht nötig.«

»Oh doch. Um die beiden endgültig zu überführen.«

Maurer widersprach nicht länger. Wahrscheinlich war er von Lottes ganzer Vorstellung einfach zu überrumpelt. Antonia wandte noch ein: »Lotte, das erscheint mir zu gefährlich. Der Rentler ist jetzt bestimmt nicht gut auf dich zu sprechen.« Doch Lotte schüttelte nur den Kopf. Keiner konnte sie im Moment aufhalten. Das war jetzt ihre Geschichte.

»Dann begleite ich dich«, seufzte Antonia.

»Weinzierl wohnt im Resedenweg siebzehn. Steht im Telefonbuch.« Lotte hatte alles im Griff.

»Also gut, wir fahren alle zusammen«, entschied Maurer.

Sein Auto stand vor dem Haus. Bevor sie einsteigen konnten, musste er erst noch einen Kindersitz von der Rückbank nehmen und im Kofferraum unterbringen.

Na also, auch ein ganz normaler Mensch mit Kindern, grinste Lotte in sich hinein, und wenn man ihm genaue Anweisungen gibt, auch ganz umgänglich. Der war bisher einfach überfordert.

Obwohl die grazile Antonia ihrer Freundin den vorderen Sitz überließ, musste sich Lotte mühsam in den kleinen Polo hineinzwängen. Auch Bernhard stieg wie selbstverständlich hinten ein. Maurer zuckte nur mit den Schultern.

Auf dem Weg forderte Maurer über Handy zwei Streifenwagen an.

»Die sollen aber unbemerkt hinter der Ecke parken!«, rief Lotte dazwischen.

Maurer richtete auch diese Anweisung aus.

»Na, ich hoffe, die schaffen das. Ottobrunner Verkehrspolizisten tun sich damit schwer.« Lotte seufzte.

»Und wie gehen wir die Sache jetzt an?«, fragte Maurer. Anscheinend hatte er aufgegeben, so zu tun, als hätte er mehr zu sagen als Lotte.

»Das kommt darauf an, ob wir Rentler alleine vor Weinzierls Haus abpassen können. Mal sehen, ich werde mir dann schon was einfallen lassen.«

»Lotte, du machst aber nichts Gefährliches«, mischte sich Antonia besorgt ein. Doch Lotte ging gar nicht darauf ein, sie war im Jagdfieber.

Vor Weinzierls Haus schien alles noch ruhig. Sie warteten im Auto, bis zehn Minuten später ein BMW heranbrauste, aus dem Rentler stieg.

»Lassen Sie mich das erst mal alleine machen. Der Rentler hat Sie noch nicht gesehen«, bat Lotte.

Maurer nickte. Er hatte sich völlig in Lottes Hände begeben. Antonia schüttelte missbilligend den Kopf, sagte aber auch nichts mehr.

Lotte stieg aus und passte Rentler kurz vor der Haustür ab. Dass Maurer, Antonia und Bernhard mit heruntergekurbelten Fenstern nur ein paar Meter entfernt im Auto saßen, bemerkte Rentler nicht.

Er schien wie vor den Kopf geschlagen, als er Lotte erkannte: »Was woilln Sie denn hier?«, fragte er misstrauisch.

»Ich bin auf einen Kaffee beim Herrn Weinzierl eingeladen.«

»Sie schnüffeln hier herum! Sie machen ois kaputt!«

»Was sollte ich denn hier erschnüffeln? Was denn kaputtmachen?« Lotte blickte ihm direkt in die Augen. »Ihren großen Plan rund um das Sphinx zerstören? Das große Geld vernichten?«

Aus den Augenwinkeln sah Lotte zwei Polizeiwagen direkt auf sie zufahren. Die parkten also nicht wie besprochen um die Ecke.

Rentler sah die Wagen auch und geriet in Panik. Er packte Lotte mit einem Griff um den Hals.

In diesem Moment öffnete sich die Haustür und Weinzierl streckte seinen Kopf heraus. Er sah Lotte im Würgegriff seines Bruders keuchen, davor zwei Streifenwagen, aus denen schon die Polizisten sprangen: »Augi! – Lotte!« Hilflos sah er von einem zum anderen. »Augi, lass sofort die Lotte los!«, schrie er und versuchte, sie zu befreien.

»Die macht ois kaputt. Schau, die Polizei is kumma!« Rentler drehte jetzt völlig durch und hielt Lotte nur immer fester. Sie bekam kaum noch Luft.

Die Polizisten zogen ihre Waffen und kamen bedrohlich auf sie zu. Auch Maurer und Antonia standen plötzlich direkt vor den dreien. Rentler war völlig außer sich. »Die macht ois kaputt. I mach die fertig!« Er bog Lottes Hals nach unten.

Lotte hatte Todesangst. Niemals hätte sie sich auf all das einlassen dürfen. Sie spürte, wie sie langsam besinnungslos wurde. Die Beine sackten ihr fast weg.

In diesem Moment kam ein blauer Passat die Straße entlang, der plötzlich mit einer Vollbremsung stehenblieb. Die Tür ging auf, und Alexander stieg aus. Ganz aufrecht und gemächlich lief er auf die Gruppe zu, durch die bewaffneten Polizisten hindurch, stellte sich vor Rentler und sagte völlig ruhig: »Lassen Sie meine Frau los.«

Weinzierl hauchte hinter Rentler: »Das ist net Ihre Frau.«

Alexander warf ihm einen tödlichen Blick zu: »Doch, das ist meine Frau.« Dann nahm er Lotte am Arm, und Rentler ließ es einfach geschehen. Wie eine Königin führte Alexander seine Frau davon. Lotte bemerkte nur aus den Augenwinkeln, wie die zwei Brüder sich widerstandslos festnehmen ließen.

»Du hast mir so einiges zu erklären«, sagte Alexander, bevor er Lotte ins Auto einsteigen ließ. »Zu Hause.«

*

Lotte und Alexander waren die wenigen Minuten stumm nach Hause gefahren. Immerhin hatte das Lotte die Gelegenheit gegeben, wieder zu Atem zu kommen.

Als sie das Haus betreten wollten, sahen sie, dass Maurer mit Antonia und Bernhard hinter ihnen hergefahren war, um die beiden bei ihren Autos abzusetzen.

Antonia stolzierte geradewegs auf Alexander zu. »Alexander, lass uns das bitte gemeinsam mit Lotte erklären.«

Alexanders Blick zeigte deutlich, dass er jetzt weder Antonia noch sonst jemanden im Haus haben wollte.

Doch Antonia bestand darauf: »Bitte, Alexander, Lotte ist viel zu aufgeregt. Und wir können dir alles erklären.«

Mit einem Schulterzucken ließ Alexander Antonia und auch Bernhard eintreten.

Lotte war erleichtert, dass sie nicht alleine war. Sie hatte die ganze Zeit fieberhaft überlegt, wie sie Alexander die ganze Situation plausibel machen könnte.

Sie schickte die Kinder nach oben und bot mit einer Geste allen einen Platz am Esstisch an.

Alexander setzte sich ans Kopfende. Er hatte noch keinen Ton gesagt.

Antonia begann: »Du hast mitbekommen, dass Lotte und ich so einiges zu dem Mordfall herausbekommen haben. Zu Anfang eher nebenbei, fast aus Versehen. Als wir aber gemerkt haben, dass es einen Zusammenhang mit dem Kindergarten geben könnte, haben wir weiter nachgefragt. Aus Neugier, weil uns der Kindergarten am Herzen liegt.«

Lotte nickte und wartete gespannt, wie Antonia das Folgende erklären würde.

»Lotte hatte die Gelegenheit, im Gemeindeamt mehr zu erfahren. Weil sie doch wegen eurer Baumfällung dort war. Und mit dem Streifenpolizisten hat sie wegen des Ranhazwegs zu tun bekommen. Sie wollte es nicht, aber jeder hat ein Puzzlestück zu dieser ganzen Sache beigetragen. Alexander, sie konnte wirklich nichts dafür. Die Menschen sprechen eben gerne mit ihr.«

Da konnte selbst Alexander nicht widersprechen und ein winziges Zucken um seine Mundwinkel verriet zum ersten Mal eine Regung. Antonia deutete es als ein gutes Zeichen und sprach weiter.

»Und jetzt kommt das einzige, das du noch nicht weißt.«

Alexander reckte sein Kinn hoch und zog die Augenbrauen zusammen. Lotte wurde heiß. Am liebsten hätte sie aufgeschrien. Nein, Antonia, das kann Alexander gar nicht verstehen.

»Gestern Abend haben wir den Weinzierl hinters Licht geführt. Er war mittlerweile unser Hauptverdächtiger. Wir haben ihm den Bauplan eurer Nachbarn vorgestellt, ihn als unseren ausgegeben und sind dabei ganz locker ins Gespräch gekommen.«

Lotte bekam hektische Flecken im Gesicht. Was für eine geniale Idee von Antonia, es so darzustellen, als wären sie beide gemeinsam zu Werke gegangen. Ob Alexander sich nun direkt an sie wenden würde? Konnte sie das Ganze auch so geschickt erklären wie Antonia?

Doch Antonia ließ keine Pause für Nachfragen. »Dabei ist herausgekommen, dass das Alibi von Weinzierl und seinem Bruder Rentler für die Mordnacht falsch war. Ja, Alexander, dieses Gespräch mit Weinzierl war unser Fehler. Das war verrückt. Und du kannst dir vorstellen, wessen Idee es war.«

Totenstille. Lotte seufzte. Gut, nun musste sie eben Farbe bekennen.

Sie wollte gerade alles zugeben, als Antonia ihr zuvorkam: »Meine.«

Lotte sah ihre Freundin perplex an, doch die redete ungerührt weiter: »Ich weiß, Alexander, dass dein schlechtes Bild von mir dadurch nicht besser wird. Und du hast recht damit. Ich habe Lotte mit der ganzen Aktion so in Verlegenheit gebracht, dass sie es einfach nicht mehr gewagt hat, dir gestern Abend etwas zu erklären. Alles meine Schuld.«

Die Augenbrauen von Alexander zogen sich noch ein Stückchen enger zusammen. Diesmal gab es keine Zweifel an der Interpretation. Alexander glaubte sofort, dass Antonia seine Lotte zu solch einem Unfug angestiftet hatte.

»Heute Morgen haben wir dann nur noch ein Telefonat in Anwesenheit von Herrn Maurer geführt, bei dem unser göttlicher Stimmenimitator Bernhard den Weinzierl nachgemacht hat und dadurch praktisch ein Geständnis vom Rentler erreichen konnte. Maurer wollte die beiden festnehmen. Und wir drei waren so übermütig, dass wir mitgegangen sind.«

Bernhard nickte: »Wir haben wirklich nicht erwartet, dass der Rentler derart ausflippt und sich auf Lotte stürzt. Das war einfach verrückt. Eigentlich hätte der Hauptkommissar uns da besser schützen müssen. In so was müssen Polizisten doch geschult sein.«

Oh Gott, dachte sich Lotte, Antonia nimmt einen Teil der Schuld auf sich, der Kommissar bekommt den anderen Teil zugeschoben, und für mich bleibt nichts übrig. Sie holte tief Luft, um der Wahrheit etwas näher zu kommen, als ein messerscharfer Tritt von Antonia sie am Bein traf.

»Wir waren wirklich alle übermütig. Es war ein Fehler. Und einfach fantastisch, dass du genau im richtigen Moment gekommen bist. Wie ein Held aus der griechischen Mythologie.« Antonia blickte Alexander bewundernd an. »Wie der richtende Zeus.«

»Jetzt ist aber mal gut, Antonia.« Alexander war unwirsch, aber er musste sich eingestehen, dass ihm seine Rolle in dem Spiel gefiel.

Er wollte noch etwas einwenden, als Antonia ihn fragte: »Warum warst du eigentlich so plötzlich da? Du solltest doch noch eine Weile mit den Kindern im Schwimmbad sein. Hast du Lotte vielleicht nachspioniert?«

Lotte blickte Alexander nachdenklich an. Dieser Gedanke wäre ihr im Leben nicht gekommen.

»Unsinn. Max war schlecht. Deswegen sind wir früher nach Hause gefahren. Ich musste sogar einen Umweg fahren, weil eine Straße gesperrt war.« Alexander war immer noch ungehalten. Lotte konnte ihm ansehen, dass er sich fragte, ob Antonia ihm die ganze Wahrheit gesagt hatte. Er wägte ab, ob Antonia, der er viel zutraute, Lotte wirklich in all dies hineingeredet hatte. Die hingegen fürchtete, dass er zu der Ansicht gelangen könnte, dass es da tatsächlich noch etwas zu beichten gäbe. Sie starrte ihren Mann erwartungsvoll an und merkte selbst, dass sich schon wieder rote Flecken auf ihren Wangen ausbreiteten, so aufgeregt war sie. Wie eine Angeklagte, die den Henkerspruch erwartete, fühlte sie sich.

Von Lottes Gesicht konnte man die Angst ablesen und – Liebe zu Alexander. Alexander sah dies auch, und alles andere war ihm plötzlich egal. Seiner Lotte war nichts passiert. Er stand auf, zog sie in seine Arme, und sie ergoss den bis jetzt zurückgehaltenen Strom Tränen auf sein Hemd.

»Ich weiß, dass du uns jetzt loswerden willst, aber wir gehen noch nicht. Lotte hat uns ein Frühstück versprochen, und darauf bestehen wir jetzt, damit wir den Schock alle gemeinsam verdauen können.« Antonia sah Bernhard auffordernd an, der ihre Worte mit einem lauten »Ja« unterstrich.

Das Wort »Frühstück« wirkte auf Lotte wie ein Startschuss. Sofort löste sie sich von Alexander und lief in die Küche. Antonia folgte ihr. In der Küche umarmte Lotte ihre Freundin ganz fest.

»Reicht schon, ich ersticke gleich«, prustete Antonia.

»Danke.« Mehr bekam Lotte nicht heraus.

»Hol alles Essbare, was du hast. Essen wirkt auf Männer immer beruhigend. Und erzähl nicht mehr als ich gerade. Muss einfach nicht sein.« Antonia strich ihrer Freundin über den Kopf wie einem kleinen Kind, das sie gerade gerettet hatte. »Und außerdem brauche ich jetzt etwas zu trinken.«

Lotte ging in den Keller und zog dort eine Flasche hervor, die Alexander vergangenes Jahr geschenkt bekommen hatte. Sie blies die dünne Staubschicht fort und trug sie nach oben in die Küche. »Weißt du was, ich bin gestern auf den Geschmack gekommen, ich finde, der heutige Tag riecht nach Champagner«, flüsterte sie Antonia zu.

Antonia hob warnend den Finger und erwiderte ebenso leise: »Lotte Nicklbauer, ich hoffe sehr, du hast nicht noch Spaß an mehr gefunden! – Wer weiß, ob ich dich beim nächsten Mal auch retten kann.«

Lotte öffnete ihren Kühlschrank und holte alles Essbare heraus, das auch nur annähernd für ein spätes Frühstück geeignet war: Butter, Wurst, Käse, Marmelade. Dazu Brot und einen eingepackten Marmorkuchen.

Die beiden Freundinnen trugen alles zusammen mit Kaffee und Champagner an den Esstisch.

Bernhard ließ den Korken ploppen und lobte sich immer wieder selbst für seine bravouröse schauspielerische Leistung.

Nach kurzem Zögern griff auch Alexander zu.

Wieder und wieder gingen sie das gekonnt inszenierte Telefonat durch, bis Lotte schließlich selbstgefällig sagte: »Na, ein Danke von Maurer wäre schon angebracht gewesen.«

»Der war einfach zu perplex. Wie wir alle, Lotte!« Zum Glück verstand Alexander nicht, was genau Antonia damit ausdrücken wollte. Er belegte seelenruhig sein Brot mit Wurst.

Lotte war erleichtert. Sie hatte jetzt auch gewaltigen Hunger.

Schnell rief sie noch die Kinder zum Frühstück hinzu. Max schlich herunter: »Mama, mir war im Bad schlecht, weil ich zu viel Wasser geschluckt habe. Deswegen sind wir auch früher nach Hause gekommen. Aber jetzt kann ich schon wieder einen Toast mit Butter essen, glaube ich.«

»Na, diesmal war es ganz gut, dass dir schlecht geworden ist. Ich habe den Papa nämlich dringend gebraucht.« Sie drückte Alexanders Hand, bevor sie erst Max und Lilly und dann sich selbst einen Toast mit Butter und Marmelade bestrich.

Montag, 25.11.

Noch am gestrigen Abend hatte Maurer Lotte telefonisch berichtet, dass Rentler und Weinzierl weitgehend geständig waren.

Und dass er »nahezu zufällig« gestern mit einem Redakteur vom *Münchner Merkur* gesprochen habe, wobei ihm »aus Versehen einige Details« herausgeschlüpft seien, die der Reporter wohl bereits in der Montagsausgabe verwenden würde. Solche Dinge wie: politische Kungeleien, persönliche Vorteilnahme zulasten eines Kindergartens, Vorteile für die Gemeinde ohne Rücksicht auf soziale Belange …

Es sei unwahrscheinlich, dass die Erweiterung des Sphinx' danach noch möglich sei, jedenfalls nicht auf dem Gelände des Kindergartens.

Lotte bedankte sich bei ihm.

»Nein, Frau Nicklbauer, mein Dank geht an Sie. Und meine Bewunderung!«

»Hauptsache, die Details meiner Bekanntschaft mit Herrn Weinzierl bleiben unter uns«, bat Lotte.

»Ehrensache. Wie versprochen. Auf Wiedersehen, Frau Nicklbauer.«

Lotte lehnte sich in ihrem Schreibtischstuhl zurück. Heute vor zwei Wochen war der Mord geschehen.

Sie schaltete ihren Computer ein und schrieb eine E-Mail an alle ihre Freundinnen:

Meine Lieben,

ich wollte mich noch einmal ganz herzlich bedanken, dass ihr alle mit so guter Laune meiner Einladung zur Geburtstagsfeier gefolgt seid! Auch vielen Dank für euer nett ausgedachtes Geburtstagsgeschenk: das Murder-Mystery-Dinner.

Ich glaube, ich habe in den letzten zwei Wochen Lust darauf bekommen.

Wann gehen wir gemeinsam Mörder jagen?

Mit allerliebsten Grüßen,
Eure Miss Marple aus Ottobrunn, Lotte Nicklbauer

Sie schickte die Mail ab und ging in die Küche.

Ein riesiges Marmeladenbrötchen hatte sie sich nun verdient, fand sie.

Danke

Zu allererst geht mein Dank an die Gemeinde Ottobrunn, von deren örtlichen und sozialen Gegebenheiten ich mich habe verführen lassen, hier einen Mord geschehen zu lassen – den ich natürlich in dieser schönen Gemeinde in der Realität für glattweg undenkbar halte!

Leiht man sich regionale Schauplätze und Gegebenheiten aus, begeben Leser sich oft auf die Suche nach realen Personen – das jedoch ginge fehl! Alle Figuren, die diesen Krimikosmos bevölkern, sind allein meiner Fantasie entsprungen.

Auch die Gründe für den »Ärger« sind natürlich frei erfunden. Es gibt beispielsweise ein Freizeitbad in Ottobrunn, das sich zum Wellnessbad vergrößert hat – aber es stand niemals zur Diskussion, dies auf Kosten anderer zu tun.

– Alles Fiktion!

Aber ohne etwas Konstruktion hätte meine liebenswerte Lotte in Ottobrunn doch nichts zu ermitteln gehabt …

Danke auch an meine unermüdlichen und ausgesprochen hilfreichen Korrekturleser Henrike Tribbensee, Franziska Rohr und Alexandra Dusel.

Und vor allem an meine Familie!

Stefanie Gregg

Buchhinweise

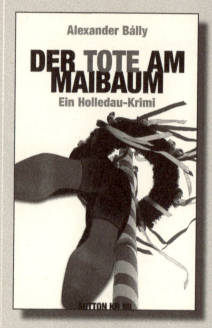

Der Tote am Maibaum
Ein Holledau-Krimi

Alexander Bály

12,99 €
978-3-95400-328-0

»Guat schaut des fei ned aus.« – Dass der ortsbekannte Bauunternehmer Bertram Brunnrieder aufgeknüpft am Maibaum von Wolnzach hängt, mitten im Herzen der Marktgemeinde, irritiert die Wolnzacher doch ziemlich. Nur gut, dass Metzgermeister Ludwig Wimmer, der sein Geschäft jüngst seinem Schwiegersohn übergeben hat, sich furchtbar langweilt und dringend eine Beschäftigung sucht: Wäre doch gelacht, wenn er dem Täter nicht draufkommt. Und im Notfall hilft ihm ja seine kluge Enkelin Anna – nicht nur mit diesem seltsamen Internet.

Dolphin Dance
Ein
Katharina-Klein-Krimi

Helmut Barz

12,00 €
978-3-95400-038-8

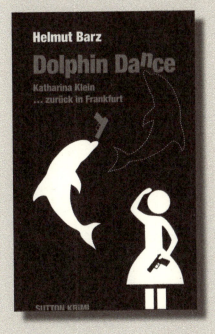

»Ich hatte eine Spur. Und am Ende waren eine Menge Leute tot.«
Noch vor Antritt des neuen Jobs als Leiterin einer Spezialeinheit für unaufgeklärte Verbrechen stürzt sich Katharina Klein, Frankfurts explosivste Kriminalpolizistin, in den drängendsten unerledigten Fall, den es für sie gibt: den Mord an ihrer eigenen Familie vor 16 Jahren. Doch irgendjemand will Katharinas Ermittlungen mit allen Mitteln stoppen und geht dabei wortwörtlich über Leichen.

SUTTON KRIMI

Buchhinweise

Das Recht zu töten
Ein Stuttgart-Thriller

Sybille Baecker

12,00 €
978-3-95400-224-5

Kirstin Schwarz will Rache. Die Tochter ihrer Pflegeeltern wurde Opfer einer tödlichen Vergewaltigung. Dann kommen die Täter ungeschoren davon und Kirstin hat nur noch ein Ziel: die Verantwortlichen eigenhändig zur Strecke zu bringen. Doch der Anschlag misslingt und unversehens gerät die Rächerin ins Fadenkreuz eines übermächtigen Gegners. In letzter Sekunde kann Giorgio Paradi sie retten und bietet ihr Unterstützung an. Doch wer steckt hinter ihm? Und welchen Preis muss Kirstin für die Hilfe zahlen? Nur eines ist sicher: Es gibt kein Zurück.

Weitere Krimis und Romane finden Sie unter:
www.sutton-belletristik.de